DER GROSSE LIEBESROMAN

Mary McClusky

Die Schönen von Bell-Air

Roman

Deutsche Erstveröffentlichung

WILHELM HEYNE VERLAG
MÜNCHEN

DER GROSSE LIEBESROMAN
Band 28/84
im Wilhelm Heyne Verlag, München

Titel der amerikanischen Originalausgabe
BEL-AIR
Deutsche Übersetzung von Rosmarie Kahn-Ackermann

Printed in Germany 1984
Umschlaggestaltung: Atelier Ingrid Schütz, München
Gesamtherstellung: Ebner Ulm

ISBN 3-453-84084-4

1

Nicola war in Florenz, als sie von seinem Tod hörte. Dieser so überschattete Tag begann wie jeder andere ihres Urlaubs – mit einem von der Sonne bestrahlten Spaziergang über die gepflasterten Gassen bei der Kathedrale, dann Kaffee in einem Straßencafé, wo die Luft vom Duft heißen Gebäcks und dem Eau de Cologne der dort frühstückenden Geschäftsleute gewürzt war. Nicola ging immer rechtzeitig weg, bevor die Touristen kamen.

Als sie zur *pensione* an der Piazza Mentana zurückkehrte, hatten Steve und Janey eben ihr Frühstück in dem sonnigen Speisezimmer beendet.

Nicola nahm eine unbenützte Tasse von einem leeren Tisch und gesellte sich zu ihnen. Die Tür, die zur Terrasse führte, stand offen, und eine sanfte Brise bewegte die Leinentischtücher und die Blätter der vielen Pflanzen im Raum.

Janey ließ die Finger durch ihr lockiges, kastanienbraunes Haar gleiten und gähnte. »Das wird ein netter, ruhiger Tag heute. Keine Galerien. Absolut keine Galerien.«

Die drei waren seit einer Woche in Florenz und hatten mit gierigem Enthusiasmus versucht, zu viel zu schnell zu sehen. Steve, angehender Rechtsanwalt mit einer professionellen Neigung für Organisation, hatte nach dem Stadtplan eine Liste der Galerien aufgestellt; die drei hatten sich durch sie hindurchgearbeitet.

»Mir wäre es egal, wenn ich mein Leben lang keine Bilder mehr sehen würde«, erklärte Janey. »Jedenfalls keine Meisterwerke. Lieber Himmel, die Machwerke meiner Kinder werden nach all dem hier eine reine Erholung sein.«

Sie lachten. Janey gab in einem Londoner Gymnasium Kunstunterricht.

»Wenn Felix hierherkommt, müssen wir wieder von vorne anfangen«, sagte Nicola.

Die beiden anderen stöhnten.

»Felix kann allein gehen«, erklärte Steve mit Festigkeit.

Ihr Freund Felix wollte an diesem Abend mit dem Flugzeug aus Nizza ankommen. Er hatte die erste Hälfte seines Urlaubs in der Provence verbracht, da er, wie er behauptete, den Überfluß an Rotwein, Oliven und Knoblauch einer aus alten Meistern bestehenden Diät vorzog.

»Eine Woche Florenz reicht mir völlig«, hatte er gesagt, »um jede Form von *Pasta* auszuprobieren. Und vielleicht auch ein paar Bilder anzuschauen.«

Janey trank ihre Tasse vollends leer. »Wollen wir uns nicht einfach auf der Terrasse braun brennen lassen? Wir können schließlich nicht wie halbgare Spaghetti aussehen, wenn wir heimkommen.«

»Gute Idee«, pflichtete Steve bei. Er warf einen Blick auf Nicolas zweifelndes Gesicht. »Komm schon, Herzchen.« Er berührte ihre Wange. »Belade dich nicht mit Schuldgefühlen. Es wird auch morgen noch alles da sein.«

Nicola lachte. »Na gut. Ich hole meinen Bikini.«

Später jedoch, als die Sonne sie zu langweilen begann, besuchten sie den Palazzo Pitti. Nicola empfand Zufriedenheit, als sie im Garten draußen saßen, am Vermouth nippten und die untergehende Sonne betrachteten. Das wechselnde Licht vertiefte die einheitlichen Farben. Florenz – gebranntes Siena, gedämpftes Gold – wurde zu einer magischen Sandburgenstadt, getrocknet von der Sonne.

Aber als sie Arm in Arm zum Abendessen in die *Pensione Caterina* zurückkehrten, wartete dort Signora Signorelle auf sie.

»Da ist ein Anruf für Sie gekommen«, sagte sie zu Nicola. »Sie sollen zurückrufen. Ich habe die Nummer.«

Nicola starrte sie an. »Für mich?« Sie runzelte verblüfft die Stirn, eine Spur besorgt wie immer bei etwas Unerwartetem.

»Felix«, sagte Janey. »Ganz sicher.«

Nicola nickte. »Er hat seine Maschine verpaßt.« Sie seufzte.

»Nein«, sagte Janey. »Er hat schon den Bus zum Flughafen verpaßt.«

Steve blickte von einer zur anderen. »Beides falsch. Er hat die Maschine erwischt, aber es war die falsche, und er ist in Beirut gelandet und fragte sich nun, wo all die hübschen Palazzi hingekommen sind.«

Die Mädchen lachten. Bei Felix war sogar das möglich.

»Ich glaube nicht, daß es Ihr Freund war«, sagte die Signora ruhig. »Der Anruf kam aus London. Ich werde die Nummer für Sie wählen.«

»London? Wahrscheinlich will die *Chronicle* irgendeine blöde Story von mir haben«, sagte Nicola verdrossen.

Steve beobachtete die freundliche Pensionsinhaberin, während sie die Nummer wählte, und flüchtig begegneten sich ihre Blicke. Die Frau schüttelte den Kopf.

»Die Zeitung ist es nicht, Herzchen«, sagte er und kramte in seiner Tasche nach Zigaretten.

Überraschenderweise war es relativ einfach, nach London durchzukommen, und Nicola hatte kaum Zeit, sich eine Zigarette anzuzünden, bevor die Signora ihr den Hörer reichte.

»Nicola. Leider muß ich ...«

Sie erkannte die Stimme nicht. Schlimmer noch, sie konnte nicht verstehen, was die Stimme sagte. Dann, ganz plötzlich hörte sie mit erschreckender Klarheit einen Satz: »Er ist tot, Nicola. Es tut mir so leid ...«

»Wer ist tot? Wer ist tot?« schrie sie.

In der Leitung knackte es, ihre eigenen Worte schienen als Echo zurückzukommen. Die Stimme sagte: »Jenson.« Nicola erkannte endlich die Stimme von Mrs. Jenson, der Haushälterin ihres Vaters. Furcht hüllte sie ein wie eine dunkle Nebelwolke.

»Ich verstehe nicht.« Ihre Stimme klang, als ob sie am Rand der Hysterie sei, und ihr wurde bewußt, daß Steve ihr den Hörer weggenommen hatte.

»Hallo«, sagte er. »Würden Sie mir bitte erzählen, was geschehen ist, ich werde es Nicola dann erklären.«

Eine Pause entstand, während er zuhörte. Nicola merkte, daß Janey ihre Schultern umfaßt hielt und daß die Signora ihr ein kleines Glas mit einer bernsteinfarbenen Flüssigkeit hinhielt. Sie nippte daran und starrte auf Steves ausdrucksloses Gesicht. Er warf ihr einmal einen Blick zu und wandte die Augen schnell wieder ab.

»Ja. Wann? Ja, das ist mir klar. Würden Sie mir bitte alle Einzelheiten mitteilen?«

Erneute Stille, während der er aufmerksam lauschte.

»Wir werden einen Flug für sie buchen. Danke. Es tut mir leid.«

Nicola wußte es jetzt, noch bevor er den Hörer aufgelegt hatte und sich umdrehte, um sie traurig anzusehen, noch bevor Janey, die seinen Blick sah, ihr das Glas mit dem scharfen Alkohol hinhielt. Sie wußte, daß ihr Vater tot war. Daß er sich selbst umgebracht hatte, erzählten sie ihr jetzt nicht.

2

Es war Mrs. Jenson, die ihr sagte, daß es ein Selbstmord war. Er hatte eine ganze Flasche Tabletten mit einer großen Menge Scotch hinuntergespült.

»Es kann sich auch um einen Unfall gehandelt haben«, sagte sie und wollte es selbst glauben. »Er könnte betrunken gewesen sein.«

Nicola betrachtete die rundliche, grauhaarige Frau mitfühlend. Sie war zehn Jahre lang Nick Grahams Haushälterin gewesen und hatte ihn geliebt.

»Eine *ganze* Flasche Tabletten?« fragte Nicola leise.

Sie stieg allein ins Atelier ihres Vaters hinauf. Das Haus, in dem Nicola ihre Kindheit verbracht hatte, lag am Arlington Square im jetzt so modischen Islington, war wie so viele Gebäude in diesem Gebiet in georgianischem Stil erbaut und verfügte über drei Stockwerke. Nick Graham hatte es für ein Butterbrot in einer Zeit erworben, als Islington noch vorwiegend eine Arbeitergegend gewesen war, lange bevor die Schickeria sich dort breitgemacht hatte. Er hatte das Dachgeschoß in ein helles, geräumiges Atelier verwandelt, Fenster ins Dach eingesetzt und die schon vorhandenen erneuert. Aber an diesem Tag roch der Raum muffig und machte einen verlassenen, staubigen Eindruck.

Mrs. Jenson war immer aus diesem Atelier verbannt geblieben, allenfalls durfte sie Kaffee und Essen hinaufbringen. Ihre Versuche, den Raum gelegentlich zu reinigen, hatte Nick

Grahams Zorn hervorgerufen. Hin und wieder hatte er selbst den Boden gefegt und leere Farbtuben und unbefriedigende Bilder hinausgeworfen. In letzter Zeit scheint er das nicht mehr getan zu haben, dachte Nicola bedrückt. Der Boden war mit zerdrückten Metalltuben und alten Zeitungen übersät. Seine Staffelei stand an ihrem alten Platz, aber es war kein Leinwandrahmen darauf. Ein Stapel kaum begonnener Bilder lehnte an der Wand. Nicola betrachtete jedes einzelne in der Hoffnung, darauf irgendeinen Hinweis auf den seelischen Zustand ihres Vaters zu finden, aber alles war skizzenhaft und sagte wenig aus. Nur eines, das Mrs. Jenson beim Wäscheaufhängen darstellte, während der Wind ihren Rock blähte, wirkte einigermaßen belebt und realistisch; der Rest bestand aus unsicheren Umrissen, ermangelte völlig der früheren Autorität ihres Vaters. In einer Ecke zusammengeknüllt fand Nicola eine Leinwand, auf der ein Sturmhimmel mit unheildrohenden Wolken zu sehen war. Es wies auf eine deprimierte oder angstvolle Gemütsverfassung hin, aber sie hatte keine Ahnung, wann er es gemalt hatte.

»Hat er noch gearbeitet?« fragte sie Mrs. Jenson, als sie unten in der ordentlichen Küche miteinander Tee tranken. Mrs. Jenson nippte an ihrer Tasse und schwieg eine Weile.

»Nicht viel«, sagte sie schließlich. »Er hat eigentlich – er tat überhaupt nicht mehr viel. Meistens hat er getrunken. Allein – in seinem Atelier«, fügte sie hinzu.

Nicola konnte sich vorstellen, wie das die Haushälterin verletzt haben mußte. Nick Graham war ein geselliger Mann gewesen. An den wenigen Abenden, an denen er zu Hause geblieben war, hatte er mit Mrs. Jenson geredet, gelacht und sie mit seinen Geschichten und Reminiszenzen unterhalten. Nie war er ein Einsiedler gewesen. Nicola vermutete, daß Mrs. Jenson, die seine vielen Geliebten, seine wilden Nächte außerhalb des Hauses, seine verrückten Parties fröhlich toleriert hatte, den plötzlich so merkwürdig verschlossenen Mann als schwierig empfunden haben mußte.

Mrs. Jenson, so als habe sie Nicolas Gedanken gelesen, nickte. »Mir gefiel das nicht. Es sah ihm so gar nicht ähnlich«, sagte sie. »Er machte mir Sorgen.«

»Hatte er irgendwelche neuen Frauen?« erkundigte sich Nicola und dachte, daß die Frage wahrscheinlich völlig irrelevant sei, da ihr Vater niemals zugelassen hätte, daß eine Frau ihn wirklich verletzen konnte. Schon gar nicht so weit, daß er sich deshalb umgebracht hätte.

»Seit dieser Schauspielerin nicht mehr«, sagte Mrs. Jenson bedrückt, so als ob auch dies ihr Kummer gemacht hätte. »Und er warf sie hinaus, weil sie anfing, an seiner Trinkerei herumzunörgeln und daran, daß er nie zu einem vereinbarten Zeitpunkt auftauchte. Sie wissen ja, wie er war. Na ja, er sagte ihr, sie solle verduften. Ich glaube, sie war ziemlich aufgeregt deshalb.«

Nicola nickte. Ein weiteres gebrochenes, wenngleich zweifellos schnell wieder zusammengeflicktes Herz auf der Liste, die weit in die Vergangenheit ihres Vaters zurückreichte.

Mrs. Jenson stand auf und hantierte in der Küche herum, um frischen Tee aufzugießen. »Haben Sie den Anwalt angerufen?« fragte sie über die Schulter weg.

»Ja. Er war nicht sehr hilfreich. Von Vermögen kann kaum die Rede sein.«

Die Ältere drehte sich um, die Teekanne in der Hand. »Das sollten Sie eigentlich erwartet haben, Liebe.«

»Ja.« Nicola saß eine Weile schweigend da und wartete, bis sich Mrs. Jenson wieder gesetzt hatte, bevor sie fortfuhr. Sedley zufolge würde das Haus verkauft werden müssen, bevor die Besitzverhältnisse geregelt waren. Nick Graham hatte nur noch ein paar hundert Pfund auf der Bank gehabt. Ein Testament hatte er nicht hinterlassen.

»Mrs. Jenson«, begann sie verlegen.

»Ja, Liebe, ich weiß schon. Er hatte Schulden.«

»Ja, und ...«

»Sie müssen das Haus verkaufen und mir kündigen.«

Nicola sah sie traurig an. »Ich möchte, daß Sie von dem, was nach dem Hausverkauf übrig ist, die Hälfte bekommen.«

»Keinesfalls«, sagte die Haushälterin energisch. »Ich bin hier glücklich gewesen. Und ich bleibe hier, bis mit Ihnen wieder alles im Lot ist. Dann, du meine Güte, kann ich mir noch immer einen anderen Job suchen.«

»Um Himmels willen, es wird ohnehin nicht viel sein!« rief

Nicola. »Aber ich möchte, daß Sie die Hälfte nehmen. Bitte – Sie haben es verdient!«

Mrs. Jenson schwieg eine Weile.

»All diese Arbeit«, murmelte Nicola unglücklich, die sich daran erinnerte, wie sich ihr Vater tagelang im Atelier eingeschlossen hatte. »Und umsonst.«

»Er hatte keinen Sinn für Geld«, sagte Mrs. Jenson. »Ich habe erlebt, wie er Bilder verkauft hat – und große auch noch – an irgendeinen kleinen Händler oder sonst jemand, und wie er nicht mehr dafür verlangt hat, als eine Flasche Whisky kostet. Manchmal war er verrückt. Na ja, nicht gerade verrückt«, fügte sie lahm hinzu, um Nicola nicht zu kränken. »Aber ... Sie wissen schon.«

»Ja, ich weiß.«

Die beiden Frauen nippten an ihren Teetassen.

»Wir müssen uns über die Beerdigung unterhalten, Liebe«, sagte Mrs. Jenson sanft.

»Ja, stimmt.«

3

Nick Graham hatte einen Horror vor einer Einäscherung gehabt.

»Was, wenn ich noch nicht wirklich tot bin! Was, wenn es tatsächlich eine Auferstehung des Leibes gibt? Ich habe keine Lust, die Ewigkeit mit dem Aussehen eines gebrauchten Aschenbechers zu verbringen und all diese hübschen Engel um mich herum. Es ist barbarisch. Ich möchte eine ordentliche Beerdigung haben. Und dann – hörst du überhaupt zu, Nicola – möchte ich einen schönen behauenen Stein haben mit Verszeilen, vielleicht was von Byron oder auch Keats. Wie wärs mit Herrich ... ›pflücke die Rosenknospen, so lange du kannst‹ und oben drauf ein Engel. Ein Engel mit scheuem Lächeln und Sex-Appeal.«

»Dad, um Himmels willen.«

»Um *meinet*willen, du Dickschädel. Und du legst Blumen auf

das verdammte Grab, ja? Einmal im Jahr genügt – an meinem Geburtstag.«

Während der Wind an ihrem Mantel zerrte, schauderte Nicola und wünschte einen Augenblick lang, ihr Vater hätte sich weniger nachdrücklich geäußert. Obwohl er möglicherweise an jenem verrückten Tag vor vielen Jahren nur Spaß gemacht hatte. Es war nur selten klar gewesen, ob er etwas ernst meinte oder nicht.

Der Augenblick war gekommen, an dem der Sarg in die Erde gesenkt wurde, und Nicola spürte Mrs. Jensons Hand auf ihrem Arm. Sie drückte leicht die kalte, zitternde Hand. Die Stimme des Pfarrers ging fast in dem pfeifenden Wind verloren. Der Friedhof auf dem Muswell Hill mit dem Blick auf London, war der kälteste, düsterste Ort, den Nicola je erblickt hatte.

Der Sarg wurde hinabgesenkt und sie schluckte mühsam, während sie sich sagte, daß das dort nicht ihr Vater war. Nicht das, was in Wirklichkeit ihr Vater gewesen war. Was immer der Tod sein mochte, was immer er bedeutete, die Knochen und das verrottende Fleisch im dem Holzkasten hatte nichts mehr mit dem Mann zu tun, der er gewesen war.

Sie begruben ihn neben Nicolas Mutter. Aber deren Beerdigung lag viele Jahre zurück. Nicola war damals fünf Jahre alt gewesen, und man hatte ihr nicht erlaubt, dabei zu sein. Ihre Erinnerung an ihre Mutter war nur noch vage: eine stille Frau mit weicher Haut, schnellen und leichten Bewegungen, ein anmutiger Schatten, eine weiche Stimme, eine warme Umarmung. Das war alles.

Mrs. Jenson schluchzte und überraschenderweise auch eine elegante Dame mittleren Alters, die Nicola nie zuvor gesehen hatte. Sie stand hinter dem Pfarrer, war blond, komplett in Schwarz gekleidet und trug einen Hut mit Schleier im Stil der dreißiger Jahre. Sie drückte ein Taschentuch ans Gesicht und ihre Schultern bebten. Die Schauspielerin? Irgendeine andere Geliebte aus verflossenen Jahren? Ein paar Freunde Nick Grahams standen hinter der Frau: einer, James, ein prominenter Kunstkritiker, die anderen Saufkumpane. Sein ältester Freund, Jack Dunstable, stand neben Nicola. Jack und ihr Vater waren als junge Männer gemeinsam nach Paris gegangen – um dort zu malen und alles über Frauen zu erfahren, behaupteten sie. Jack war nach einem Jahr zurückgekehrt, als Angestellter in eine große Fabrik eingetreten und nun deren Generaldirektor. Ihr Vater war damals in Paris geblieben, um seine Träume zu verwirklichen.

Wie enttäuscht wäre er über all das hier gewesen, dachte Nicola, während sie sich umsah. Nicht mehr als zwanzig Leute, kein einziger davon ein Künstler wie er. Nick Graham war vor zehn, fünfzehn Jahren Mitglied eines faszinierenden Kreises britischer Maler gewesen, war von vielen Kritikern für den besten von ihnen gehalten worden. Aber während sich die anderen weiterentwickelten, hatte sich sein Stil wenig verändert. Und obwohl er erfolgreich gewesen war, hatte er sich später nie mehr dieser Gruppe angeschlossen. Er hatte kein Risiko auf sich genommen, zwar gute Bilder gemalt, aber nur solche, die sich verkaufen ließen. Und sie hatten sich verkaufen lassen – spielend. Aber es entsprach der Natur ihres Vaters, Geld ebenso schnell auszugeben wie es zu verdienen, und er brauchte immer mehr und mehr. Ein berühmter Mann, der am Hungertuch nagte.

Die Zeremonie war endlich vorüber. Nicola und Mrs. Jenson nahmen den ersten Wagen, der sie zum Haus zurückbrachte. Nicola hatte niemand eingeladen. Es gab keine Totenwache, keine Trinkerei, keine endlosen Reminiszenzen. Sie hatte kurz mit Jack und Angela Dunstable gesprochen und war dann gegangen. Es gab nichts, was sie anderen Leuten zu sagen wünschte.

»Gott sei Dank, daß er das hier nicht mehr mitangesehen hat«, sagte sie im Wagen. »Er wäre schrecklich enttäuscht gewesen.«

Dann, ganz plötzlich, ohne jede Vorwarnung, begann sie zu weinen, es war ein harsches Schluchzen, das Mrs. Jenson bewog, ihre eigenen Tränen zurückzuhalten und die bebenden Schultern des Mädchens zu umfassen.

»Gut«, sagte sie. »Ich hatte gehofft, daß Sie bald weinen würden. Ich habe mir solche Sorgen um Sie gemacht.«

Ted Sharp, Nachrichtenredakteur der Londoner ›Evening Chronicle‹, las eben die ›Times‹, als er Nicola energischen

Schritts durch den großen Redaktionssaal auf sich zukommen sah. Er hatte gerade den Nachruf auf ihren Vater gelesen und empfand etwas wie Verlegenheit. Mitgefühl hatte er nie gut Ausdruck verleihen können – er wußte nie, was er da sagen sollte. Außerdem mochte er Nicola gern. Und es gehörte zu seinen Gewohnheiten, niemandem, den er mochte, das zu zeigen.

Sie blieb stehen, um mit Lilian Hill, der Redakteurin der Frauenseite, zu reden, die übertriebene Beileidsgesten machte – ihr die Hand tätschelte und so weiter. Lilians große, goldene Ohrringe schwangen hin und her, als sie den Kopf schüttelte.

Ted beobachtete die beiden Frauen: Lilian war dunkelhaarig und hatte von allem zu viel – Make-up, Schmuck, Busen und Haarknoten; Nicola war schlank, grazil; ihr langes blondes Haar war heute mit einer Spange hinten zusammengehalten. Im allgemeinen trug sie es offen. Er seufzte. Eine hübsche Person. Er wandte sich wieder der ›Times‹ und ihrer Sportseite zu.

Gleich darauf blickte ihm Nicola über die Schulter. »Ah, genau das, was ich suche. Ist das das Archivexemplar?«

»Nein, es ist meines. Aber – du kannst es haben.« Er reichte Nicola die Zeitung, mit einem flüchtigen Versuch zu lächeln.

»Danke, Ted. Du bekommst sie in ein paar Minuten zurück.«

»Sie haben da ein paar freundliche Sachen über deinen Vater gedruckt«, murmelte er verlegen. Nicola blieb neben seinem Schreibtisch stehen und blätterte die Zeitung bis zur entsprechenden Seite durch.

»Das habe ich gehofft«, sagte sie.

Sie begann zu lesen, und Ted beschloß, mit seinen Beileidsäußerungen zu warten, bis sie fertig war. Sie brauchte lange; wahrscheinlich las sie das ganze zweimal durch.

»Na ja«, sagte sie schließlich. »Nicht schlecht. Danke, Ted. Ich werde mir später selbst eine Ausgabe besorgen.«

Sie hatte die Zeitung auf seinen Schreibtisch zurückgelegt, lächelte ihm zu und war verschwunden, bevor Ted Sharp auch nur ein Wort des Mitgefühls hatte äußern können. Er war erleichtert und zugleich ärgerlich auf sich selbst. Dann wandte er sich wieder dem Blatt auf seinem Schreibtisch zu und machte sich ernsthaft an die Arbeit.

Den ganzen Tag über bemühte sich Nicola, den Beileidsbekundungen anderer Leute aus dem Weg zu gehen. Die geschraubten Umschreibungen für das Wort ›Tod‹ waren ihr peinlich, zumal sie mit solch offensichtlichem Unbehagen vorgebracht wurden.

»Es hat mir so leid getan, vom Hinscheiden deines Vaters zu hören, Nicola«, sagte der junge Sportreporter und wurde rot. Nicola errötete ebenfalls.

»Danke«, sagte sie. Eine unzureichende Reaktion, fand sie, aber was sonst hätte sie erwidern sollen?

Nur ein Kollege unter den jüngeren Kritikern, Jonathon, schien völlig gelassen und natürlich. Nicola war dankbar dafür. Jonathon schrieb über die Aufführungen, die der verschrobene und in Tradition verhaftete Theaterkritiker nicht besprechen mochte. Nicola war für die kleinen Kunstausstellungen zuständig, mit denen sich der gleichermaßen verschrobene Kunstkritiker nicht belasten wollte. Das gemeinsame Bewußtsein, jeweils den Notnagel spielen zu müssen und die geringe Aussicht auf eine bedeutendere Rolle verschaffte Nicola und Jonathon ein Gefühl der Kameradschaft, das, obwohl es sich lediglich auf das Beisammensein in der Redaktion beschränkte, ihren Arbeitstag wesentlich erfreulicher machte.

»Ich habe gesehen, wie dir die Zimtzicke versucht hat, den Arm auszurenken«, sagte Jonathon munter, als sich Nicola an ihrem Schreibtisch niederließ, der dem seinen gegenüber stand – weit entfernt von der Dame, auf die er Bezug nahm – Lilian Hill.

»Sie hat mir mitgeteilt, wie tief, tief traurig sie ist«, sagte Nicola, erleichtert auf seine flapsige Art eingehend.

»Wie reizend«, sagte er spöttisch. »Übrigens, dieser Frosch, der unter der Bezeichnung ›Kunstkritiker‹ bekannt ist . . .« Er sah Nicola mit einer erhobenen Braue an.

»Jeremy?«

»Eben der. Er hat heute früh auf der Suche nach dir hier herumgeschüffelt. Die ›Chronicle‹, so scheint es, will in der Abendausgabe was über deinen Dad bringen. Steht ihr auch zu. Unser Froschgesicht Jeremy hat seine Fleißaufgabe zusammengeschrieben – aus anderen Artikeln, versteht sich. Er meinte aber, du könntest ihm vielleicht ein bißchen ›Lokalkolorit‹ verschaffen. So ähnlich hat er sich ausgedrückt. Ich habe ihm nahegelegt zu verduften«, schloß Jonathon mit erkennbarer Befriedigung.

»Und hat er das getan?«

»Ja.«

»Vielen Dank, Lieber.«

»Es war mir ein Vergnügen. Kann ich sonst noch was für dich tun?«

Seine Stimme klang nun ernsthaft. Nicola blickte auf und sah das Mitgefühl in seinen Augen.

»Nimmst du mich zum Lunch mit?«

Er grinste. »Ich bin entzückt. Ich werde sogar mit einer lebenslangen Tradition brechen und für uns beide bezahlen.«

Nicola, im Begriff zu protestieren – bisher war grundsätzlich jeder für sich selbst aufgekommen – schluckte ihren Widerspruch hinunter. Es war eine freundliche Geste von seiner Seite und sie mußte sie ihm zugestehen. Jonathon nahm ihr Lächeln zur Kenntnis und wandte sich wieder seiner Arbeit zu.

Nicola begann, die Ankündigungen der Galerien zu sortieren und sie in alphabetischer Reihenfolge zu stapeln, um sie für die Wochenendausgabe des ›Führers durch Galerien‹ zu verwenden.

Aushilfskritikerin, mein Gott, dachte sie. Eine Zehnjährige, des Alphabets mächtig, könnte diese Arbeit erledigen. Ich wollte mal Malerin werden, eine zweite Berthe Morisot – und nun murmle ich mein Abc vor mich hin wie ein Karteiangestellter mit schlechtem Gedächtnis. Ihr Vater war von ihrer Berufswahl nicht eben beeindruckt gewesen, erinnerte sie sich. Vielleicht hatte er recht gehabt.

»Kunstkritikerin!« hatte er vor zwei Jahren gebrüllt. »Heiliger Strohsack, Kind, für so was brauchst du doch keine Ausbildung. All diese Jahre des Studiums, diese ganze rausgeschmissene Zeit auf der besten Kunstakademie Großbritanniens – von Paris abgesehen der besten überhaupt.«

»Nur weil du dort warst...«

»Trotzdem.«

»Dad, wenn du jemals auf jemand anderen gehört hättest, so hätte dir jeder einzelne meiner Lehrer sagen können: ich habe kein wirkliches Talent. Ausreichend, sogar ganz gut – aber jedenfalls nicht gut genug.«

»Hm...« Er betrachtete sie nachdenklich. »Möglich, möglich. Keine Originalität vielleicht.«

Nicola hatte widersinnigerweise innerlich die Federn gesträubt.

»Aber da gibts doch noch anderes – Illustrationen, Unterrichten...« Er machte eine Pause und stöhnte. »Aber Kunstkritikerin – o Gott!«

Trotzdem hatte er ihr geholfen, die Anstellung zu bekommen.

»Du wirst es noch bereuen«, hatte er düster gesagt, als sie bei der ›Chronicle‹ untergekommen war. »Mehr noch, jede einzelne Minute dort wird dir zuwider sein.«

Es war ihr nicht jede einzelne Minute dort zuwider gewesen. Nur an Tagen wie heute... LMNO...

»Du brummelst wieder vor dich hin«, sagte Jonathon.

»Es ist das Alphabet. Ich kann es mir anders einfach nicht merken.«

»Kannst du es nicht in deinem Kopf vor dich hinmurmeln?«

»Nein.«

»Du lieber Himmel«, sagte er mit freundlichem Spott. »Und du bezeichnest dich als Kunstkritikerin.«

»Komisch, genau das habe ich eben gedacht.«

4

»Du lieber Himmel, ich begreife einfach nicht, warum du nicht gehen willst!« rief Felix aus der Küche.

Er war im Begriff, in Nicolas kleinem Apartement das zusammenzubrauen, was er seine ›kreativen Küchenkombinationen‹ nannte. Verführerische Düfte drangen zu Nicola herüber, während sie dasaß und dumpf auf den Brief vor sich starrte. Sie griff danach und legte ihn wieder hin, während sie darauf wartete, daß Felix seine Kocherei beendete, damit sie sich beim Essen weiter über das Schreiben unterhalten könnten.

»Es ist nicht so, daß ich nicht *will.* Ich bin mir nur einfach nicht sicher.«

»Überaus klar«, sagte Felix sarkastisch und wandte sich seinem Hackbrett zu.

Seit dem Tod ihres Vaters waren nun drei Wochen vergangen, und Nicola, obwohl gelegentlich noch immer anfällig für nächtliche Tränen, hatte im wesentlichen wieder ihr normales Leben aufgenommen. Sie hätte zuvor nie geglaubt, daß sie ihren Vater so sehr vermissen würde. Gesehen hatte sie ihn selten; sie hatte ihr eigenes Leben geführt, aber ihr fehlten jetzt seine überschwenglichen Telefonanrufe und die gelegentlichen ausgedehnten Lunchverabredungen – die seinerseits vorzugsweise flüssiger Art waren, für sie jedoch ein ausgesprochener Luxus. Immer hatte er sie zu Extravaganzen ermuntert:

»Alle zivilisierten Menschen lieben Austern, Süße. Warum willst du dich selbst kasteien?«

Und selbst, wenn sie sich an eine Diät hielt:

»Nun komm schon, Nicola, Schätzchen. Räucherlachs ist eine ausgesprochene Diätnahrung. Eine Kalorie pro Pfund.«

Auch wenn sie ihn nur selten gesehen hatte – er war immer dagewesen.

Ihre Freunde waren, nachdem sie sich wiederholt geweigert hatte, sich mit ihnen im Pub oder bei Parties zu treffen, dazu übergegangen, immer wieder bei ihr vorbeizukommen, gewöhnlich mit einer Flasche Wein oder Gin unter dem Arm. Nicola war dankbar dafür, vor allem was Felix betraf. Er ging immer einen Schritt weiter als die anderen, brachte die Ingredienzen für ganze Mahlzeiten mit, die er dann mit Hingabe zubereitete. Er war, wie er behauptete, davon überzeugt, daß sie nicht genügend aß. Damit hatte er recht. Vorhin, als Nicola dem großen, lächelnden Mann mit der Riesentüte voller Lebensmittel die Tür geöffnet hatte, hatte sie ihn entzückt angestrahlt.

»Du freust dich ja, mich zu sehen«, sagte er mißtrauisch. »Warum?«

»Ich brauche deinen Rat, Felix.«

»Rat?« Es gelang Felix, geschmeichelt und zugleich leicht nervös dreinzublicken. »Meine Güte, ich bin der letzte, den man um einen Rat bitten sollte. Sieh doch bloß, wie ich immer alles heillos verpfusche.«

Felix war mit seinen achtundzwanzig Jahren ein angesehener Dozent für Altertumsgeschichte. Seine Ausbildung in Cambridge hatte ihn hierauf vorbereitet, hingegen keineswegs auf die Realitäten des modernen Daseins. Verwirrt durch die Tücken des Schicksals, geriet Felix von einer Krise in die nächste. Seine Schecks pflegten zu platzen, weil er oft vergaß, sein Gehalt aufs Konto einzuzahlen, und er fand sich öfters ohne einen roten Heller in Restaurants wieder; seine Aktentasche ließ er mit monotoner Regelmäßigkeit in Taxis liegen; sein Privatleben war belastet von Mißverständnissen und nicht eingehaltenen Verabredungen. Trotz alledem war er überall beliebt, und Nicola – wie viele andere – genoß seine Gesellschaft höchlichst. Sie betrachtete Felix als ihren besten Freund.

»Es ist eigentlich ein ganz einfaches Problem«, sagte sie.

Er lud seine Mitbringsel auf dem Küchentisch ab, zog seine abgetragene Samtjacke aus und wandte sich ihr zu.

»Schieß los, bevor ich mit meiner schöpferischen Tätigkeit beginne.«

Nicola reichte ihm den Luftpostbrief.

Er betrachtete den Poststempel von Los Angeles und las dann den Brief, den der Umschlag enthielt. Er war schnell damit fertig und grinste. »Phantastisch – genau was du brauchst. Wo liegt also das Problem?«

»Findest du, ich sollte hinfliegen?«

»Aber natürlich. Wann wirst du denn sonst wieder Gelegenheit haben. L. A. zu sehen – oder wie die Eingeborenen dort das sonst nennen?«

»Aber ich kann mich kaum an Barbara erinnern!«

»Na und? Die Ausstellung müßte eigentlich gut sein. Und Barbara selbst muß eine interessante Person sein. Was war sie noch – die dritte Frau deines Vaters?«

»Die zweite. Meine Mutter war die erste. Barbara war sechs Jahre lang meine Stiefmutter.«

»Na, siehst du. Und schau bloß, wo sie wohnt – in Bel-Air!

Das ist doch ein Glücksfall, du Einfaltspinsel. Das darfst du dir keinesfalls entgehen lassen.«

Aber Nicola war noch immer unsicher, und während Felix die Mahlzeit zubereitete, schlug sie sich innerlich nach wie vor mit dem Problem herum.

Sie hatte Barbara gern gehabt – eine elegante, attraktive blonde Frau mit der Ausstrahlung ausgeprägter Kultiviertheit, die die junge Nicola fasziniert hatte. Barbara war immer von übersprudelnder Heiterkeit gewesen, hatte Nicola zum Lachen gebracht. Nie hatte sie versucht, mütterlich oder übermäßig liebevoll zu sein. Statt dessen hatte sie Nicola etwas wie Kameradschaft geboten und Gelächter, Musik und köstliche Mahlzeiten in das Haus in Islington gebracht, das seit dem Tod von Nicolas Mutter still und einsam gewesen war. Ihr Vater war damals so beschäftigt, so geistesabwesend gewesen. Barbara entsprach Nicolas Bedürfnis nach einer Vertrauten und auch – denn sie war phantasievoll und spielfreudig – dem nach einer Spielkameradin.

Aber, so dachte Nicola, das lag nun lange zurück. Sie war damals, als Barbara und ihr Vater sich hatten scheiden lassen, zwölf Jahre alt gewesen, und es hatte seither keinerlei Kontakt gegeben. Sie erinnerte sich, daß ihr Vater gesagt hatte, Barbara habe wieder geheiratet – einmal oder zweimal? – und zwar jeweils reiche Männer.

Es hatte den Anschein, als ob Barbara sich nunmehr mit Kunstangelegenheiten beschäftigte. Nicola begriff nicht recht, weshalb eine ehemalige Ehefrau in Amerika eine Ausstellung von den Arbeiten ihres Vaters machen wollte. Vielleicht hatte sie das Gefühl, er habe nie die Anerkennung gefunden, die er verdient hätte? Vielleicht hatte sie ihn noch immer geliebt? Ihr Brief war reizend und voller Mitgefühl, sie hatte geschrieben, daß sie selbst nach so vielen Jahren diesen Verlust als schmerzlich empfände. Und er sei ein großer Künstler gewesen. Nicola seufzte und Felix tauchte, wie auf ein Stichwort hin, aus der Küche auf.

»Seufze nicht. Das Steak Pizzaiola ist fertig.«

Er stellte das Essen schnell auf den Tisch und versuchte mit einigem Geschick seinen Stolz über die gelungene Mahlzeit zu verbergen. Nicola setzte sich nieder und blickte bewundernd auf die dampfenden Schüsseln.

»Felix, du hättest Küchenchef werden sollen.«

»Warum sollst du etwas beruflich tun, wenn du es zu deinem Vergnügen machen kannst«, sagte er leichthin. »Das hätte von Fanny Hill sein können. Also – wann mußt du dort sein?«

»Lieber Himmel, ich bin doch noch gar nicht entschlossen, überhaupt hinzufliegen.«

»Natürlich bist du das. Wie dem auch sei, Janey und Steve werden später noch kommen – ich habe sie auf einen Drink eingeladen, weil ich weiß, daß du nichts dagegen hast, also verzieh' nicht das Gesicht! Warten wir ab, was sie dazu sagen werden.«

»Sie werden sagen, ich soll hinfliegen.«

»Na klar.«

Sie waren sogar noch begeisterter, als Nicola erwartet hatte.

»Es wird dir sehr gut gefallen, Nicola«, sagte Steve, während er die langen Beine über die Seitenlehne seines Stuhls hängen ließ. »Man hat da unheimlich viel Spaß.«

»Aber ich bin eigentlich gar nicht auf Spaß aus. Im Grund bin ich ein ernsthafter Mensch«, protestierte Nicola.

»Unsinn, Darling«, sagte Janey, forsch und bündig wie immer. »Einen Monat lang kannst du Spaß ertragen. Das kann jeder. Und auch noch Bel-Air! Überlege mal – Das Üppigste, Berühmteste, Größte und Beste von allem.« Sie kicherte. »Phantastisch vulgär.«

»Ich weiß überhaupt nichts über den Ort.«

»Man kann es kaum als Ort bezeichnen«, sagte Felix. »Es ist eher ein psychischer Zustand. Der Heilige Gral für die Erfolgshungrigen und Saturierten.«

Nicola zwang sich zu einem Lächeln. Sie konnte sich ihr Zögern selbst nicht erklären, obwohl sie das Gefühl hatte, es sei wahrscheinlich durch ihre persönliche Feigheit begründet. Eine Scheu, mit Unbekanntem konfrontiert zu werden, ohne die Sicherheit und Geborgenheit ihres gewohnten gesellschaftlichen Kreises zurechtkommen zu müssen.

Sie sah in die eifrigen Gesichter ihrer Freunde. »Die Zeitung wird mir keinen Urlaub geben. Bis auf eine Woche habe ich nichts mehr gut.«

Drei Stimmen protestierten laut.

»Du wirst über die Ausstellung berichten, du Trottel«, sagte Felix. »Wenn du deinen Flug selbst bezahlst, werden sie ganz hingerissen sein.«

»Vielleicht«, sagte Nicola zweifelnd. »Vermutlich könnte ich auch noch einiges andere mit einbeziehen.«

»Und vergiß nicht, es wird dort warm sein«, sagte Janey.

»Aber ich mag den Herbst hier gern. Der Oktober ist herrlich.«

»Nun komm schon, Nicola!« stöhnte Steve.

Sie sah sie noch einmal alle der Reihe nach an und gab sich geschlagen. »Vermutlich wird's mir gut tun.«

»Aber natürlich«, sagte Felix.

Am Abend bevor sie nach Los Angeles fliegen sollte, traf Felix bei ihr ein, um die Nacht über dazubleiben, weil er behauptete, er würde sonst verschlafen und sie nicht rechtzeitig zum Flughafen bringen können. Nicola sah ihn mit falscher Fröhlichkeit ein paar Sekunden lang an.

»Keine Sorge. Ich habe nicht vor, dich zu verführen.«

Nicola lachte. »Gut. Und ich verspreche, *dich* nicht zu verführen.«

Nicola und Felix hatten vor rund zwei Jahren einmal miteinander geschlafen. Es war ein eher zufälliges Ereignis gewesen; beide hatten sich emotionell an andere Leute gebunden gefühlt, und so war die Sache für jeden von ihnen bedrückend und unbefriedigend ausgefallen. Danach hatten sie es nie wieder versucht und zogen, ohne die Frage jemals zu diskutieren, die problemlose Freundschaft vor, die sie sich erhalten konnten. Beide hatten sich im Verlauf der letzten zwei Jahre in andere verliebt, ihre Affären gehabt, aber ihre freundschaftliche Verbindung war intakt geblieben. Nicola spürte intuitiv, daß ihre Beziehung, wenn sie ein Liebespaar würden, bald zu einem Nichts zerfasern würde. Natürlich gab es in dieser Beziehung, wie bei allen männlich-weiblichen Freundschaften, eine Unterströmung von Sexualität. Nicola fand Felix attraktiv und genoß seine beiläufige Zärtlichkeit, die Wärme seines um ihre Schultern gelegten Arms. Aber das, was gelegentlich zwischen ihnen aufflackerte – zumeist nach einem gemeinsamen Abendessen einschließlich Wein – war ein zu schwaches Flämmchen. Nicola schätzte den Zustand so wie er war, und sie war überzeugt, daß Felix das gleiche empfand.

In der Nacht vor ihrem Wegflug wirkte er rastlos, leicht nervös. Zur Abwechslung hatte sie einmal gekocht; sie tranken erhebliche Mengen Wein, er las eine Weile, während sie vollends ihre Koffer packte, dann hörten sie sich Musik an. Felix, das merkte sie, war unkonzentriert.

»Was ist los, Herzblättchen?« sagte sie schließlich. »Ist irgendwas nicht in Ordnung?«

Er sah sie ein paar Sekunden lang intensiv an, so als ob sie ärgerlich wäre.

»Ich denke nur daran, daß ich *dort* schlafe«, sagte er und deutete auf die Couch. »Während du in deinem Bett liegst. Ich werde völlig verrückt.«

Nicola war verblüfft. »Aber Felix ... Hör mal, geh heim und schlafe dort.«

»Ich will aber hier bleiben«, sagte er eigensinnig. »Ich möchte mit dir schlafen. Seit Urzeiten möchte ich mit dir schlafen.«

»Das haben wir doch mal getan. Für keinen von uns wars das Richtige. Mit Sicherheit sind wir glücklicher als das, was wir jetzt sind – nämlich gute Freunde.«

»Es ist durchaus möglich, miteinander zu schlafen und trotzdem gute Freunde zu sein.« Felix lächelte. »Entschuldige, ich wollte eigentlich den Mund halten. Wahrscheinlich liegt es nur an dem Gedanken, daß du einen Monat lang weg sein wirst, weißt du.«

»Wirst du mich so sehr vermissen?« fragte Nicola sanft. Sie ihrerseits würde Felix vermissen, aber keineswegs zutiefst oder gar verzweifelt. Sie hatte sich eingebildet, er empfände dasselbe wie sie, aber offensichtlich war das nicht so, und sie wußte, daß es angesichts ihrer Gefühle nur eine noch größere Grausamkeit sein würde, mit ihm ins Bett zu gehen. Beide schwiegen eine Weile. Felix füllte erneut ihre Gläser.

»Lieber, ich glaube, du gehst besser nach Hause«, sagte

Nicola einigermaßen mühsam. »Ich werde dich morgen früh anrufen – rechtzeitig, so daß du mich noch zum Flughafen bringen kannst. Und wenn ich weg bin«, fügte sie hinzu, »solltest du dich auf einen Bummel begeben und dir einen dynamischen Rotschopf unter den Nagel reißen.«

Felix leerte seinen Wein hinunter. »Ich mag keinen dynamischen Rotschopf«, sagte er in verkrampftem Ton. »Ich möchte eine magere Blonde mit weichen blauen Augen und dem aufregendsten Mund der Welt haben.« Dann wurde seine Stimme fester und sein Humor kehrte zurück. »Na schön – wenn das Spiel nun mal Kompromiß heißt, dann werde ich also nach Hause gehen. Und mir morgen irgendeinen Rotschopf einfangen.«

Sie begleitete ihn zur Tür, und er hielt sie einen Augenblick lang fest, um ihr einen Kuß auf den Kopf zu geben.

»Ich habe ein zu großes Mundwerk«, sagte er. »Entschuldige.«

Er hielt sie noch ein paar Sekunden an sich gepreßt, sein Atem streifte ihre Wange, dann war er verschwunden. Nicola schloß die Tür. Sie fühlte sich traurig und unsicher. Halb wünschte sie sich, er wäre geblieben, um die innere Spannung, die sie empfand, zu mildern, ihre Nervosität des Flugs, Los Angeles' und Barbaras wegen.

»Reisefieber«, sagte sie energisch zu sich selbst. »Hör auf mit dem Quatsch.«

Sie bereitete sich zum Insbettgehen vor. Im allgemeinen Wirbel des Erwerbs ihres Flugtickets, der Aufgabe des Gepäcks und dem vorschriftsmäßigen Chaos, das in Heathrow offensichtlicher zu sein schien als in irgendeinem anderen Flughafen der Welt, hatten Nicola und Felix wenig Zeit für intimere Gespräche als die, welche über die nächstliegenden Bedürfnisse einer Reisenden hinausgingen – Zeitschriften, Zeitungen, Schokolade, Zigaretten, Kaffee. Nicola war entsetzt gewesen ob der Notwendigkeit, so lange vor dem Start am Flugplatz sein zu müssen, aber die zwei Stunden vergingen schnell. Bevor ihr bewußt wurde, wie spät es war, wurde ihre Maschine aufgerufen, und sie stand am Flugsteig und verabschiedete sich von Felix.

»Wirst du schreiben?«

»Natürlich. Aber schreibe ja zurück.«

»Paß auf dich auf – iß ordentlich und so weiter.«

Sie lächelte, gerührt über seine Besorgnis, die ihr die Kehle zuschnürte. »Ich verspreche es.«

Sie umarmte ihn schnell und folgte den anderen Passagieren durch die Paßkontrolle. Als sie sich umdrehte, war Felix im Ozean fremder Gesichter verschwunden.

5

Von der Luft aus sah Los Angeles für Nicola wie eine auseinandergelaufene Sauce aus. Sie hatte erwartet, daß die Stadt mehr auf einen Mittelpunkt zustrebend, geschlossener wirkte. Statt dessen erstreckte sie sich sorglos über ein riesiges Tal und erinnerte sie an die Modell-Rennbahn eines Kindes: gewaltige Straßen, die im Bogen um Plastikbauten herumführten. Eine Gruppe Wolkenkratzer wirkte völlig fehl am Platz, so als wäre sie einfach dorthingestellt worden, um der konventionellen Vorstellung von Fortschritt zu genügen.

Die Maschine senkte sich schließlich nach unten. Nicola wischte sich schnell das Gesicht mit einem mit Kölnischwasser getränkten Papiertaschentuch ab und versuchte, wirklich wach zu werden. Sie hatte das Gefühl, während des Flugs gewaltsam durchgefüttert worden zu sein – drei in Plastikschachteln arrangierte Mahlzeiten in zwölf Stunden – und sie hatte sehr wenig geschlafen. Ihre Handflächen waren feucht vor Nervosität.

Es dauerte eine Stunde bis sie Zoll und Immigration hinter sich hatte, und als Nicola schließlich durch die automatische Tür in die hell erleuchtete Ankunftshalle trat, fühlte sie sich abgerissen und verängstigt. Wie sollte sie Barbara erkennen – und umgekehrt? Es war vierzehn Jahre her, seit Barbara ihren Vater verlassen hatte. Die zwölfjährige Nicola war damals aufgewacht und hatte festgestellt, daß sie zu spät in die Schule kommen würde, und daß es im Haus merkwürdig still war. Kein Geruch nach gebratenem Schinken, keine Barbara, die in der Küche draußen sang. Lediglich ein Zettel auf dem Toilettentisch: ›Ich muß fortgehen, Nicola, mein Herzchen. Aber wir sehen uns eines Tages wieder, das verspreche ich Dir.‹ Unterschrieben mit ›Küssen‹ und ›alles Liebe‹.

Nicola hatte ihren Vater noch im Bett vorgefunden, seine Kleidung war auf dem Boden verstreut.

»Wo ist Barbara? Ich komme zu spät in die Schule.«

»Hallo, Hühnchen«, sagte Nick Graham und streckte sich. »Barbara ist ins Land der großen Freiheit zurückgekehrt.«

»Warum?«

»Warum? Weil sie die Hitze in der Küche nicht mehr ausgehalten hat, mein Herzchen.«

Nicola stellte für ein paar Sekunden verblüffte Überlegungen an.

»Kommt sie zurück?«

»Ich glaube nicht. Nein, wahrscheinlich nicht, möchte ich behaupten.«

»Und wer weckt mich morgens, damit ich rechtzeitig in die Schule komme? Wer kocht das Essen?«

Nick Graham kletterte aus dem Bett und legte den Arm um die Schultern seiner Tochter. »Wir werden dir einen erstklassigen Wecker erstehen. Und mir auch. Wir werden beide lernen, allein aufzuwachen. Und wir werden uns eine nette, freundliche, gemütliche alte Dame suchen, die für uns kocht.«

Damit hatte es sich. Viele Jahre lang erwähnte Nick Graham Barbaras Namen nicht mehr, und er heiratete auch nicht wieder. Statt dessen kamen und gingen eine Reihe Haushälterinnen mittleren Alters, bis er schließlich an Mrs. Jenson geriet – und sie blieb.

Und nun, auf dem von Menschen wimmelnden Flughafen von Los Angeles, hielt Nicola mit erzwungener Ruhe Ausschau unter den Gesichter der Wartenden. Barbara war blond, groß und schlank und mit Sicherheit gut angezogen.

Eine Frau mit ergrauendem Haar in einem eleganten marineblauen Kostüm erwiderte ihren Blick, lächelte halb und wandte sich ab. Nein, das war nicht Barbara. Nicola stellte ihren Koffer hin und blieb still stehen. Sie wird mich finden müssen, dachte sie – sofern sie überhaupt hier ist. Und wenn nicht... dann werde ich mich mit einem Taxi zu ihrem Haus in Bel-Air bringen lassen. Ganz einfach. Keinerlei Grund zu Nervosität. Eine schlanke Blonde mit sonnengebräunter Haut schob sich an ihr vorbei. Nicola schnappte nach Luft und hielt den Atem an. Zu jung. Sie glich ein bißchen Barbara, so wie sie vor vielen Jahren gewesen war. Aber ihre Stiefmutter mußte jetzt Ende vierzig sein. Nicola war den Tränen nahe.

Jemand tippte ihr auf die Schulter. Sie drehte sich schnell um. Ein junger Mann stand da; er trug einen fadenscheinigen Jeansanzug und lächerlicherweise eine Chauffeursmütze. Sie hatte ihn noch nie im Leben gesehen. Er sagte nicht sofort etwas, sondern starrte sie nur an ohne zu lächeln, und mahlte mit den Zähnen auf einem Kaugummi herum. Nicola erwiderte seinen Blick, auf absurde Weise verängstigt.

»Miß Graham? Ich komme von Mrs. Hampton-Norde.«

Nicola, überwältigt von Erleichterung, erkannte, daß ihre Müdigkeit und die fremde Umgebung sie nervös gemacht hatten. Sie lächelte.

»Ist sie hier?« fragte sie.

Er lächelte nicht zurück. Er antwortete auch nicht, ergriff lediglich ihren Koffer und ging weg, wobei er es Nicola überließ, ihm wohl oder übel zu folgen.

»Wie haben Sie mich erkannt?« fragte sie. »Hat Barbara . . .«

Der Mann drehte sich um und sah sie an, verringerte aber dabei keineswegs sein Tempo. »Sie hat mir ein Bild gezeigt«, sagte er.

»Was für ein Bild?«

Der Mann seufzte, stellte ihren Koffer hin und zog einen zerknüllten Zeitungsausschnitt aus der Tasche, den er ihr gab. Sie betrachtete das Ding. Es handelte sich um ein Pressefoto, auf dem sie und ihr Vater bei der Eröffnung einer Ben Nicholson Ausstellung vor drei Jahren in London zu sehen waren. Der eine Rand des Ausschnitts war grün, was darauf hinwies, daß es sich um einen Bestandteil aus einem Ausschnittdienst handelte. Nicola grübelte darüber nach, weshalb Barbara wohl Zeitungsausschnitte über ihren Vater sammelte. Nun ja, vielleicht war sie auch nach all den Jahren noch an dem interessiert gewesen, was er getan hatte. Möglicherweise hatte sie ihn noch immer geliebt.

»Danke«, sagte der Mann und streckte die Hand nach dem Fetzen Papier aus. Er nahm ihn und wandte sich schnell wieder ab.

Nicola, die ihm folgte, war irritiert über seine abrupte Art, aber sie fühlte sich unfähig, die richtigen Fragen zu formulieren und eine Verbindung zwischen sich und ihm herzustellen. War er Barbaras Chauffeur? Er war jung, schwerlich über dreißig, und wirkte in seinen abgetragenen Jeans ziemlich schmuddelig. Er verstaute Nicolas Gepäck im Kofferraum eines großen schwarzen Cadillac, öffnete dann die hintere Wagentür und winkte dem Mädchen, einzusteigen.

Der weiche Ledersitz war angenehm. Nicola ließ sich in die eine Ecke zurücksinken und blickte durchs Fenster, während der Wagen leise durch den übrigen Verkehr summte. Es begann dunkel zu werden, die Lichter der verlassenen Bürogebäude, kleinen Läden und Gebrauchtwagengeschäfte blitzten durch die Scheiben herein. Abgesehen von den schnellen, in Dreierreihen fahrenden Wagen auf der breiten Straße hätte es sich um eine illuminierte Geisterstadt handeln können. Keine Fußgänger, keine dahinschlendernden Paare. Niemand war zu sehen, außer den sicher von ihren Wagen umschlossenen Fahrern.

»Wo sind denn hier all die Leute?«

Ihre Frage hallte im Cadillac wider und wurde ignoriert. Der Fahrer, den Blick auf die Straße gerichtet, zuckte nur kaum merklich mit den Schultern.

»Geht hier denn niemand zu Fuß?« fuhr Nicola verbissen fort.

Sie behielt seinen Hinterkopf im Auge und wartete auf eine Reaktion. Er sah sie flüchtig im Rückspiegel an, äußerte sich jedoch nicht. Nicola blickte wieder auf die leeren Gehsteige hinaus.

»Keine Menschenseele«, murmelte sie.

Sie begann nach Anzeigen zu suchen, die auf Bel-Air hinwiesen, aber der Wagen hielt schließlich vor einer Kunstgalerie – in Beverly Hills, wie Nicola annahm, denn dort sollte die Ausstellung stattfinden. Beverly Hills, Hochburg der Moderne und der diskreten Restaurants. Nicola sah sich flüchtig um. Keine Neonlichter. Die Geschäfte, vornehm gedämpft beleuchtet, waren verborgen hinter raffinierten Fenstern und dicken Balken. Hier und dort sah man ein paar Fußgänger, einige führten kleine Hunde spazieren. die Lichter der Galerie leuchteten hell in der Dämmerung. Die Fenster waren kahl bis auf ein Poster in der rechten unteren Ecke. Es handelte sich um das bekannteste Bild ihres Vaters, eine junge, dunkelhaarige Frau vor einem Spiegel, offenbar im Begriff, sich auf eine Party vorzubereiten. Ihre Augen funkelten. Er hatte das Bild gemalt, als Nicola noch ein Kind gewesen war. Sein Name war in großen goldenen Lettern quer über den Poster gedruckt.

Durch das eine Fenster konnte Nicola eine Reihe von Leuten erkennen, die in der Mitte des Raums standen. Sie schluckte und ging hinein.

Innen hielt sich ungefähr ein Dutzend Leute auf, deutlich in zwei Gruppen geteilt. Alle sprachen laut. Nicola forschte in den Gesichtern. Welche der Frauen war Barbara? Hilflos wandte sie sich nach dem Fahrer um. »Wo . . .«

Er deutete auf die größere Gruppe der plaudernden Leute. »Dort ist sie.« Dann drehte er sich auf dem Absatz um und verschwand.

Ein paar der Gesichter wandten sich nun ihr zu. In dieser Gruppe befanden sich drei übermäßig smart aussehende blonde Frauen. Sie waren sich typenmäßig fast völlig gleich – Goldschmuck funkelte, die Frisuren verrieten regelmäßige Besuche bei einem Haarkünstler, das Make-up war makellos. Alle hatten laut geredet, hielten jetzt jedoch inne und so, als handle es sich um einen rituellen Tanz,löste sich die blondeste, smarteste, lauteste der Frauen aus dem Kreis, bewegte sich mit ausgestreckten Armen auf Nicola zu. Barbara.

»Nicola, Darling«, sagte sie.

Das Gesicht, wenngleich einige spinnwebfeine Linien erkennbar waren, war noch das selbe: feiner Knochenbau, klare, kornblumenblaue Augen, übergroßer Mund. Aber Barbara war schwerer geworden, die schlanke, mädchenhafte Figur, die Nicola in Erinnerung hatte, war unter einer Fleischschicht verborgen, die auch das maßgeschneiderte Leinenkostüm nicht kaschieren konnte. Ihr Haar, einst lang und natürlich blond, war nun heller und greller als früher und wirkte wie Zuckerwatte.

»Aber du bist ja eine Schönheit geworden«, sagte sie und umarmte Nicola.

»Unsinn.« Nicola lachte. »Du siehst ganz aus wie früher . . .«

Aber Barbara hatte sich bereits den übrigen zugewandt, den Arm noch immer um Nicola gelegt.

»Okay, meine Lieben – hier ist sie!« rief sie ihnen zu. »Ist sie nicht einfach eine Wucht? Nun macht, daß ihr euch verdrückt.«

Es wurde allgemein gelacht, die Leute fingen an, ihre Siebensachen zusammenzusuchen.

»O bitte, ich möchte hier nicht stören«, sagte Nicola verlegen.

»Du störst nicht im geringsten, Süße. Sie durften nur schnell mal einen Blick im voraus hereinwerfen, weil...«, sie senkte die Stimme ein bißchen, »...das hier Bekannte sind, die möglicherweise was kaufen. Aber nun haben sie's gesehen. Und damit hat es sich. Sie kommen zur Eröffnung wieder.«

Während sie sprach, machte sie eine umfassende Armbewegung durch den Raum. Nicola sah, daß die Bilder ihres Vaters entlang den Wänden der Galerie standen. Noch nicht aufgehängt wirkten sie auf dem Teppichboden irgendwie kleiner, geringfügiger.

Es waren eine ganze Menge. Nicola erkannte ein Ölbild wieder, das einmal in ihrem Haus in Brighton gehangen hatte.

»Ein paar der Bilder habe ich seit Jahren nicht mehr gesehen«, sagte sie zu Barbara. »Darf ich schnell einen Blick...«

»Später, Schätzchen. Erst sollen die Leute mal verschwinden.«

Nicola stand neben Barbara an der Tür. Sie fühlte sich wie eine Braut bei der Gratulationscour, als Barbara sie jedem, der ging, einzeln vorstellte. Sie protzte den anderen gegenüber mit ihr – mit seltsamem Stolz, so als sei sie ein Maskottchen.

Sobald die letzten das Haus verlassen hatten, knipste Barbara die Lichter der Galerie aus.

»Auf nach Hause«, sagte sie. »Zu einem großen Drink. Wahrscheinlich kannst du auch einen brauchen.«

Nicola, die allmählich eine bleierne Müdigkeit zu verspüren begann, folgte ihr zum Cadillac hinaus. Die Bilder ihres Vaters wollte sie betrachten, wenn sie wieder ausreichend wach war.

»Gib Gas, Jeff«, sagte Barbara zu dem jungen Fahrer. »Hier sind zwei durstige Leute.«

Er ließ den Motor an. Nicola blickte durchs Fenster auf die

eleganten Läden – mit Namen, die sie bisher nur irgendwo gelesen hatte: Gucci, Pucci, Magnin's, Bonwit Teller. Es handelte sich um eine Schaufensterbesichtigung in Sturmgeschwindigkeit. Nach ein paar Minuten wandte sich Barbara ihr zu und tätschelte ihr die Hand.

»Es muß eine miese Zeit für dich gewesen sein, Baby.«

»Ja.«

»Ein Schock«, sagte Barbara. »Ein Schock. Du bist also jetzt Kunstkritikerin?«

»Assistentin eines Kritikers.«

»Da war Nick sicher ganz begeistert.«

»Er hat erheblich daran geschluckt.«

»Kann ich mir denken.« Barbara lachte in sich hinein. »Erinnerst du dich, als er damals den Kritiker vom ›Statesman‹ in das Landhäuschen in den Downs einlud?«

Nicola erinnerte sich. »Du meinst das mit der Pumpe?«

»Klar. Kein Tropfen Wasser dort außerhalb des Brunnens, und Nick bewog den Burschen, am Sonntag morgen hinauszulaufen und Wasser für seinen *Kaffee* zu pumpen.« Sie schüttelte den Kopf. »Er wußte, wie man Leute fertig machte – aber wirklich!«

Nicola schwieg einen Augenblick lang. »Er liebte das Haus«, sagte sie schließlich.

»Natürlich hat er es geliebt – es war billig«, sagte Barbara. »Ein paar Pfund pro Woche, ja? Du lieber Himmel – als ›rustikal‹ hat er es bezeichnet. Rustikal! Primitiv war es! Keine Heizung, kein Wasser, überhaupt nichts.« Sie schauderte bei der Erinnerung.

Nicola empfand das alles als schmerzlich. »Wo sind wir jetzt?« fragte sie, um das Thema zu wechseln.

»Wir fahren gerade in Bel-Air ein, meine Kleine«, sagte Barbara.

Sie bogen ein, um das East Bel-Air Gate zu durchfahren und glitten etwas aufwärts, das Nicola wie eine breitere, aber gewundene von Bäumen bestandene Landstraße erschien.

»Hübsch«, sagte sie zu Barbara.

»Kann man wohl sagen.« Barbara ließ sich zurücksinken und schloß die Augen. »Mein Gott, ich bin einfach fertig – und durstig«, fügte sie hinzu.

Nicola blickte aus dem Fenster. Nach ein paar Minuten hielten sie vor einem elektronisch zu öffnenden Tor, und danach fuhren sie langsam eine lange Zufahrt hinauf zu dem Haus, das für einen Monat ihr Heim sein sollte.

Es handelte sich um einen riesigen Bau im Regency-Stil, cremefarben mit grünen Holzbalken. Über der Haustür befand sich ein grünweiß gestreifter Baldachin. Kutschenlampen aus Schmiedeeisen gaben rechts und links neben der Tür Licht und verschafften dem Ganzen einen einladenden Ausdruck. Die Garagen lagen daneben, so wie früher einmal möglicherweise die Ställe, und Jeff, der Fahrer, hielt unmittelbar vor ihnen.

Nicola stieg aus und sah sich um. Das Gelände erstreckte sich nach unten – es handelte sich um einen malerischen Hügel mit Korallenbäumen, Zedern und Wacholder – dahinter ein Obstgarten. Auf der einen Seite des Hauses war ein Blumengarten; wilde Rosen kletterten am Spalier empor.

»Was für ein herrlicher Garten!«

»Über anderthalb Morgen groß«, sagte Barbara.

Nicola folgte ihrer Stiefmutter durch die Haustür in eine rechteckige Diele mit Parkettboden und mehreren kleinen chinesischen Teppichen. An der Wand hingen mehrere Gemälde, und eines davon erregte sofort ihre Aufmerksamkeit. Es war ein Ölbild von Barbara, deren Finger durch das Wasser eines Bachs glitten; neben ihr stand ein Picknickkorb. Es war der Bach, der durch einen Wald in den Downs floß, ganz in der Nähe von Brighton. Nicola erinnerte sich gut daran. Als Kind hatte sie dort so oft gespielt.

Sie schluckte.

»Das war ein so herrlicher Ort«, sagte sie leise, halb zu sich selbst.

Aber ihre Stiefmutter hörte ohnehin nicht auf sie.

»Eis, Maria. Eis, verdammt!«

Nicola fuhr zusammen.

Barbaras Schrei hallte durchs Haus; sie rief in Richtung einer Tür, hinter der Nicola die Küche vermutete. Barbara war in einem großen Salon mit grünem Teppichbelag und Kronleuchtern verschwunden. Nicola folgte ihr, während der teilnahmslose Fahrer ihr Gepäck nach oben trug.

»Was möchtest du trinken, Süße?«

»Hm...« Nicola blieb unsicher in dem riesigen Raum stehen. »Hast du Gin?«

»Klar habe ich Gin.«

»Mit Tonic, bitte«, sagte Nicola in der Hoffnung, es auch trinken zu können, wenn das Getränk eintraf. Verzögert setzten jetzt bei ihr durch den Flug verursachte Kopfschmerzen ein.

»Kommt sofort.« Barbaras Stimme klang gereizt, und Nicola starrte sie überrascht an. »Das heißt, wenn wir dieses verdammte Eis endlich...«

Ein schlankes, dunkelhäutiges Mädchen eilte durch die Tür, eine Eisschale in der Hand.

»...bekommen«, schloß Barbara in leiserem Ton.

Nicola versuchte, Barbaras zufriedenes Lächeln zu erwidern, als das nervöse Mädchen die Schale hingestellt hatte und wieder hinausgegangen war. Barbara trank einen tiefen Schluck aus ihrem eigenen Glas, bevor sie Nicola ihren Gin brachte.

»Diesem Frauenzimmer jage ich immer eine Heidenangst ein«, sagte sie. »Der Himmel weiß, warum. Ich sage nie mehr als zwei Worte zu ihr.«

»Sie sieht sehr fremdartig aus«, sagte Nicola zaghaft.

»Das tun sie alle.«

Barbaras Gereiztheit veränderte deutlich ihr Gesicht. Die kosmetisch geglätteten Linien vertieften sich; alles wurde nach unten gezogen. Nicola blickte ausgesprochen unbehaglich in ihr Glas. Sie hatte einmal daran genippt, und der Gin war so stark, daß er ihr im Hals brannte. Wenn ich kein solcher Feigling wäre, dachte sie, würde ich jetzt um mehr Tonic bitten. Barbara goß sich erneut ihr Glas voll und kam dann durch den Raum, um sich neben Nicola auf das lederbezogene Sofa zu setzen.

»Wir haben uns eine Menge zu erzählen, Darling, aber ich glaube, du bist müde.«

Nocola nickte. »Ein bißchen«, gestand sie.

»Der Flug kann einen umbringen – ich erinnere mich.«

Ihre Stiefmutter war wieder ins Sofa zurückgesunken und nippte ruckartig an ihrem Drink, wie eine Marionette. Dann wandte sie sich plötzlich Nicola zu.

»Du gleichst ihm gar nicht«, sagte sie. »Nicht im geringsten. Obwohl ich das auch nie erwartet hätte. Du siehst wie deine Mutter aus.«

Obwohl das alles stimmte, fühlte sich Nicola merkwürdigerweise verletzt. Sie wußte nicht, was sie darauf erwidern sollte. Eigentlich hätte sie erklären sollen. wie schwierig es für sie war, über ihren Vater zu reden. Sie hätte Barbara sagen müssen, wie angespannt sie sei, daß der anstrengende Flug und der Schlafmangel sie heute abend zu einer unergiebigen Gesprächspartnerin machte.

»Können wir morgen über ihn reden?« fragte sie lahm.

Zu ihrer Überraschung lachte Barbara. »Ja, natürlich.«

Nicola ignorierte ihre eigene Erschöpfung, riß sich zusammen und nippte flüchtig an ihrem Gin.

»Du hast dich überhaupt nicht verändert, Barbara.« Das war eine Lüge und sie hatte das Gefühl, daß es ihrer Stimme anzuhören war.

Barbara lachte laut.

»Süßes Kind, *du* hast dich nicht verändert. Ich sehe fünfzig Jahre älter aus, stimmts? Du meine Güte, ich *fühle* mich fünfzig Jahre älter.«

Nicola schüttelte lächelnd den Kopf und beobachtete mit wachsendem Unbehagen, wie sich Barbaras Gesichtsausdruck veränderte. Das Lächeln verschwand komplett.

Nicola zermarterte sich den Kopf, was sie sagen sollte, aber sie sah lediglich mit an, wie die Ältere in mürrisches Schweigen verfiel. Nicola hätte ebenso gut nicht da sein können. Barbara starrte auf den Teppich, in irgendwelche deprimierenden Gedanken versunken. Ihr Atem ging schwer, ihr zweites, großes Glas war fast leer.

»Ist mit dir alles okay, Barbara?«

»Was ist? Ja, natürlich.«

Nicola wußte, daß es Zeit zum Insbettgehen war, und äußerte das auch so munter wie möglich. Auf erneutes Gebrüll Barbaras hin erschien das Mädchen und Nicola beugte sich vor, um ihrer einstmaligen Stiefmutter einen Gutenachtkuß zu geben. Barbara, abgelenkt durch ihre Instruktionen für das Mädchen, schien Nicola vergessen zu haben, ignorierte ihren scheuen Kuß auf die Wange und berührte lediglich zerstreut ihren Arm. Nicola ließ sie zurück, auf dem langen, braunen Sofa sitzend und an einem Eiswürfel lutschend.

Barbara entsann sich eines Teppichs von Sternhyazinthen, eines klaren Frühlingshimmels und des weißen Tuchs auf grünem Moos. Es war damals für ihr Picknick im Epping Forest ein kühler Tag gewesen; die Bäume um sie herum hatten im Wind geschwankt. Nick Graham hatte sich eine Taschenflasche mit Scotch und Wasser gemixt und trank gelegentlich einen Schluck daraus, während er auf einen Ellbogen gestützt dalag und seine Tochter beobachtete, die mit ihrem winzigen Körper am knorrigen Stamm einer alten Eiche langsam emporkletterte. Barbara, mit der Verteilung des Essens beschäftigt, blickte auf und sah, wie zwei mit Jeans bedeckte Beine in den unteren Zweigen des Baums verschwanden.

»Nicola!« schrie sie erschreckt. »Komm sofort runter. Du wirst fallen!«

Nick wandte sich ihr mit wütendem Gesicht zu. »Tu so was nicht!« zischte er. »Schrei niemals ein Kind so an. Wenn sie Selbstvertrauen hat, wird sie nicht fallen. Nur wenn man sie hysterisch anschreit, passiert so was. Sei nicht so hirnrissig, Frau.«

Nicolas winziges Gesicht spähte zwischen den knospenden Zweigen herab zu ihnen hinab. »Muß ich runterkommen, Daddy?«

»Wenn du was zu essen haben möchtest, ja. Wir sind dabei, alles runterzuschlingen. Jeden Happen!«

Ein Rascheln, ein Herabflitzen blauer Jeans und das leichte Aufprallen winziger Füße erfolgte; Nicola war sofort beim Picknick angelangt.

Barbara häufte gebratenes Hühnchen und Salat auf Papierteller; ihr Gesicht blieb gesenkt. Sie wollte weder daß Nick noch das Kind merkten, wie sehr seine barschen Worte sie verletzt hatten. Tränen traten ihr in die Augen. Sie öffnete eine kleine Flasche Wein und trank schnell den Plastikbecher leer, den sie sich daraus gefüllt hatte.

Nicola hatte einen kleinen Strauß Sternhyazinthen gepflückt und versuchte nun mit ihren rundlichen, ungeschickten Fingerchen eine Blumenkette daraus zu machen. Es gelang ihr nicht, die schlüpfrigen Stengel mit den Nägeln zu durchbohren, und ihr Gesicht zog sich vor Anstrengung zusammen. Barbara zauste ihr das weiche, blonde Haar. »Ich mache die Löcher, du steckst die Blumen aneinander«, sagte sie. »Mit meinen Fingernägeln kann ich gut Löcher machen.«

So war es auch, und das Kind fügte entzückt die Blumen aneinander, bis schließlich eine schon leicht verwelkende Kette entstand.

»Ein Kranz für mich!« rief sie und legte sich das runde Gebilde auf den Kopf. Es war zu groß und rutschte ihr über die Augen, was sie aber nicht weiter störte.

»Nicht für mich – für Barbara.« Feierlich ihren Schatz in beiden Händen haltend, trug sie ihn zu Barbara und legte ihn ihr um den Kopf.

»Paßt perfekt«, sagte Nick Graham anerkennend.

Barbara, nun wieder völlig gefaßt, sprang auf und hob die Arme graziös in die Luft. »Denn ich werde die Maikönigin sein, Mutter«, sang sie zu den Bäumen hinauf. »Die Maikönigin werde ich sein.«

Nicola lachte entzückt, und ihr Vater lachte mit ihr. Barbara tanzte mit erhobenem Gesicht eine Zeitlang in anmutigen Pirouetten vor ihnen herum, barfuß im Gras. Als sie mit einem kleinen Knicks aufhörte, applaudierten die beiden anderen.

»Weiter, Barbara! Tanz noch mal!« rief Nicola.

»Du bist an der Reihe«, sagte ihr Vater. »Laß Barbara ausruhen. Sie hat noch nicht einmal gegessen.«

Er streckte die Hand aus und zog Barbara neben sich. Gemeinsam beobachteten sie das Kind, das erst verlegen und dann mit selbstvergessenem Vergnügen zwischen den Blumen umhertanzte.

»Ich glaube nicht, daß sie sich zu einer graziösen Frau auswachsen wird«, sagte Nick Graham und lachte leise. Er streichelte sanft Barbaras Hand.

»Sie wird eine Schönheit«, erwiderte Barbara. Sie hatte ihm verziehen.

»Hoffen wir's«, sagte er. »Es ist immer nützlich.«

Später hatten Barbara und Nicola weitere Sternhyazinthen gepflückt, um sie mit nach Hause zu nehmen. Nick war im Moos sitzen geblieben, den Skizzenblock auf den Knien. Als die beiden zu ihm zurückkehrten, flog sein Stift noch immer über das Papier. Barbara warf einen Blick über seine Schulter. Sie sah eine junge Frau, deren Haar im Wind flog und die die Arme voller Blumen hatte. Neben ihr bückte sich ein Kind und streckte den Arm nach einer für es kaum erreichbaren Blume aus; auf dem kleinen Gesicht lag ein Ausdruck intensivster Konzentration. Die Atmosphäre des Tages war völlig eingefangen.

Es war die einzige Skizze, die er von ihr aufbewahrte. Sie mußte niemals für ihn Modell stehen.

»Ich bin nicht Augustus John. Mein Kind soll nicht mit schmerzenden Gliedern wie ein Roboter im Atelier sitzen. Nicola soll nicht das Gefühl haben, daß ich sie jedesmal, wenn ich sie anschaue, sofort in einer Ecke festfriere, nur damit sie auf der Leinwand verewigt werden kann.«

Infolgedessen waren die einzigen Skizzen von Nicola diejenigen, die er anfertigte, wenn sie es nicht merkte. Gelegentlich, wenn sie in ein Spiel vertieft war oder wild im Garten herumrannte, griff er nach seinem Bleistift, aber hinterher pflegte er diese Skizzen unweigerlich voller Unzufriedenheit in Fetzen zu reißen.

Nur die Skizze aus dem Epping Forest blieb erhalten und hing nun dem riesigen Salon in Bel-Air, seltsam klein neben dem großen Ölbild von Barbara. Nick Grahams Mitgefühl für Kinder erstreckte sich nicht auf Erwachsene, und Barbara hatte stundenlang in dem zugigen Atelier Modell stehen müssen, während er erbarmungslos malte.

Barbara blickte der Reihe nach die Bilder im Raum an, die er von ihr gemalt hatte. Sie wirkten verschwommen. Der Alkohol vernebelte ihre Augen.

»Dreckskerl«, sagte sie laut und schluckte den letzten Rest in ihrem Glas hinab. »Verdammter Drecksack.«

Dann hörte sie das scharfe Knacken der sich schließenden Haustür.

»Bist du's, Liebling?« rief sie.

6

In dem riesigen, mit antiken Möbeln ausgestatteten Raum hielt Nicola Ausschau nach ihrem Koffer und stellte fest, daß bereits alles ausgepackt war. War das das schüchterne Hausmädchen gewesen?

Sie ließ sich auf dem Rand ihres umfangreichen Betts nieder und versuchte ihre Gedanken zu ordnen. Wenn nur Felix hier gewesen wäre, um ihr in ihrer Verwirrung zu helfen – eine Verwirrung, die, wie sie annahm, hauptsächlich von ihrer Müdigkeit und möglicherweise auch einem Rückstand ihres Kummers herrührte. Aber was hatte sie in diesem Klaustrophobie erzeugenden, luxuriösen Haus bei einer Frau zu suchen, die sie lediglich als Fremde empfand? Sie seufzte, dann, mehr aus Gewohnheit und alberner Vorliebe für derartige Annehmlichkeiten, inspizierte sie das Badezimmer. Es war in der Tat luxuriös: ein in den Boden versenktes Bad, eine Unmenge weicher Frottétücher.

Sie kramte in einer Schublade nach ihrem Nachthemd, als sie das Zuschlagen einer Tür hörte. Barbaras Stimme gellte durchs Haus.

»Bist du's, Liebling?«

Nicola lauschte angestrengt, konnte jedoch nur ein antwortendes Murmeln hören.

»Du bist früh dran.« Barbaras Stimme vibrierte deutlich.

»Früh wofür?«

Eine männliche Stimme. Eine ruhige, eindeutig männliche Stimme. Nicola hörte, wie die Tür zum Salon geschlossen wurde, dann Stimmengemurmel. Sie zuckte die Schultern und bereitete sich zum Insbettgehen vor.

Ein winziges Individuum, seltsam verdreht dastehend, servierte Drinks, während das Flugzeug abwärts stürzte. Das Wesen lachte wie ein Verrückter. Das Gebrüll des Motors wurde verstärkt durch die schrillen Schreie hysterischer Passagiere. Es war entsetzlich. Nicola wachte mit einem Ruck auf, schweißüberströmt. Sie wußte im Augenblick nicht, wo sie war, setzte sich in dem großen Bett auf und alles fiel ihr erst wieder ein, als sie die goldene, antike Lampe auf dem Nachttisch matt in der Dunkelheit schimmern sah. Sie schätzte, daß es ungefähr eine Stunde nach Mitternacht sein mußte, und sie wußte auch gleich, was sie geweckt hatte – unten fand etwas wie eine lautstarke Party statt. Sie konnte Barbaras schrilles, unkontrolliertes Gelächter hören; dazwischen auch eine männliche Stimme, nicht laut, aber tragend. Und darüber hinaus die eindringlichen Rhythmen von Musik. Offenbar wurde unten getanzt; das Haus schien zu zittern.

Zuerst lag Nicola still und sah zu, wie sich die Vorhänge des Schlafzimmers in der leichten Brise blähten. Allmählich, als sich ihre Augen an die Dunkelheit gewöhnt hatten, wurden die Umrisse des Zimmers deutlicher. Üppige Pracht plus Rockmusik. Sie wünschte, sie hätte die verdammte Musik abstellen können. Es gab einen Krach, Glas schien zu zersplittern, gefolgt von Barbaras Kreischen und dann weiterem Gelächter. Die Platte wurde gewechselt. Barbara Streisands Stimme schallte durchs Haus. Nicola, die normalerweise diese Stimme als Krächzen empfand, zog sich die Kopfkissen über die Ohren.

Aber die eindringlichen Rhythmen hallten weiter, die Stimmen wurden immer hysterischer, und schließlich setzte sich Nicola erneut im Bett auf, knipste die Nachttischlampe an und griff nach ihren Zigaretten. Ihre Neugier war deprimiertem Zorn gewichen. Am liebsten hätte sie vor Müdigkeit und Irritation geweint. In England mußte es jetzt gegen zehn Uhr morgens sein – fast vierundzwanzig Stunden seit sie richtig geschlafen hatte, von ihrem eigenen bequemen Bett in ihrer eigenen kleinen Wohnung in Highgate aufgestanden war. Alles schien so weit entfernt zu sein. Sie beschloß, eine Weile zu lesen, und wenn dort unten nicht bald Stille wurde, wollte sie hinunterrufen und sie bitten . . . ja, was bitten? Wie konnte sie sich in ihrer ersten Nacht in einem fremden Haus über Lärm beschweren?

Bedrückt gegen die Kopfkissen gelehnt drückte Nicola ihre halb fertig gerauchte Zigarette aus und versuchte sich auf ihren Roman zu konzentrieren. Der Hals war ihr vor Selbstmitleid wie zugeschnürt. Sie hätte gar nicht erst herkommen sollen. Gleich nach der Ausstellung wollte sie wieder abreisen.

Wenn alles zu unerträglich wurde, würde sie das sogar schon früher tun.

Sie erwachte, während die Nachttischlampe noch brannte, ihr Buch lag geöffnet auf der Decke. Sie war steif, ihr Nacken schmerzte von der unbequemen Stellung, in der sie schließlich doch eingeschlafen war. Im Haus war es still, der einzige Laut war das frühmorgendliche Gezwitscher der Vögel. Ein Sonnenstrahl ließ die goldenen Einfassungen der Möbel und die Bilderrahmen aufleuchten. Durch das Fenster sah der Garten unten einladend aus, leicht in einen hellen Nebeldunst gehüllt, den die Sonne zu zerstreuen suchte. Ein üppiger Rasen erstreckte sich bis zu den in einiger Entfernung stehenden Palmen hin.

In Morgenrock und Pantoffeln ging Nicola die Treppe hinab. Wie es schien, war kein Mensch auf, alles schlief noch. Die Tür zum Salon stand spaltbreit offen; Nicola warf einen Blick hinein und blieb dann abrupt stehen. Innen sah es aus wie in einem Katastrophengebiet. Barbaras Kleidung war über den Boden verstreut, nur ein cremefarbener Büstenhalter lag quer über einer Flasche im Eiskübel, so wie ein Kellner eine Serviette über einer Champagnerflasche arrangieren würde. Eine Männerjeanshose lag ziehharmonikaartig neben dem Sofa, umringt von Schuhen und Socken. Ein zerbrochenes Glas, umgeben von einer Pfütze geschmolzenen Eises, lag im Kamin. Auf Stühlen und Tischen balancierten weitere Gläser. Flaschen und überquellende Aschenbecher waren wie Konfetti im ganzen Raum verstreut. Nicola stieß einen leisen Pfiff aus und schloß die Tür.

Der Blick vom Garten aus auf die Stadt war vom Nebel verhüllt. Nur schattenhafte Umrisse waren in der Ferne zu erkennen. Nicola wanderte einen gepflasterten Weg um das Haus herum entlang, erfrischt durch die kühle, leicht feuchte Luft. An der einen Seite des Hauses entdeckte sie einen großen Swimmingpool, daneben eine geflieste Fläche, komplett mit Liegestühlen und Schirmen. Es schien ihr in diesem Augenblick der richtige Fleck zu sein, um sich eine Weile zu setzen und zu versuchen, ihre Befürchtungen in den Griff zu bekommen.

Sie war nervös, wußte eigentlich nicht, was sie denn da zu

fürchten hatte, aber sie fühlte sich unbehaglich in diesem opulenten Haus mit der Frau, die früher einmal sie gemocht und sich um sie gekümmert hatte. Hatte sich Barbara verändert? Oder hatte das Kind Nicola sie nur nicht wirklich gekannt? Damals hatte es natürlich auch lautstarke Szenen gegeben, ohne die Nick Graham nicht hatte leben können, und Nicola hatte sich durch die erhobenen Stimmen ihres Vaters und ihrer Stiefmutter niemals bedroht gefühlt, wenn sie spät in der Nacht davon aufgewacht war.

Auch leere Flaschen hatte es gegeben, denn ihr Vater hatte immer sehr viel getrunken.

»Bist du betrunken, Daddy?« hatte die zehnjährige Nicola ihn einmal gefragt, als sie ihren Vater dabei angetroffen hatte, wie er auf Händen und Knien die Treppe emporkrabbelte.

»Du lieber Himmel, Kind, hoffentlich«, hatte er über die Schulter weg gesagt. »Wenn nicht, so muß ich mein Geld zurückverlangen. Ich habe den *ganzen Tag* über in diesem läppischen Club gesoffen. Nun komm schon, sei lieb, schubse mich ein bißchen.«

Nicola lächelte bei der Erinnerung. Ihr Vater war durch Trinken niemals aggressiv geworden, zumindest nicht ihr gegenüber. Er wurde zum Clown, zum Sänger – mit einem gelegentlich schrecklich mißtönenden Tenor – aber kaum je zum Raufer.

Nicola ging zum vorderen Teil des Hauses und hinab zum Rand des Rasens, wobei sie die Pantoffeln auszog, um das taufeuchte Gras zu genießen. Ein plötzliches scharfes Zuschlagen einer Tür und Barbaras Stimme durchbrachen die Stille, und Nicola drehte sich um; ihre Stiefmutter und ein dunkelhaariger junger Mann gingen auf einen Sportwagen, einen Mercedes zu.

Barbara, die Nicola am unteren Rand des Rasens stehen sah, winkte ihr zu. »'Morgen, Süße!« rief sie.

Ihre Stimme trug weit. Nicolas Erwiderung schien sich im Nebel zu verlieren. Sie ging schnell auf die beiden zu.

»Laß dir vom Mädchen das Frühstück bringen!« rief Barbara, während sie in den Wagen stieg. »Sag ihr, was du haben möchtest.«

Nicola zögerte. Ihr wurde klar, daß Barbara nicht auf sie

warten wollte, um mit ihr zu sprechen. Der junge Mann hatte ebenfalls gezögert, nun sagte er ihr lächelnd guten Morgen und stieg zu Barbara ein. Nicola blieb vollends stehen und winkte verlegen, während der Wagen die Zufahrt hinabfegte. Sie wandte sich wieder dem Haus zu und kam sich unwichtig und kindisch vor. Das kleine Mädchen, das bei der Geburtstagsparty ignoriert wird. Andererseits empfand sie Erleichterung darüber, daß sie einige Zeit für sich selbst hatte. Sie fragte sich, wann die beiden zurückkehren würden.

Ein Mann lehnte gegen die Garage und rauchte eine Zigarette. Nicola blieb stehen wie ein erschrecktes Reh. Es war der junge Chauffeur. Sie nickte ihm zu, und er reagierte mit einer kaum merklichen Kopfbewegung. Dann streckte er träge den Arm aus, um die Garagentür aufzustoßen. Nicola erstarrte. Er trug eine Waffe. Eng um seinen Körper geschnallt befand sich ein Halfter, aus dem der Griff eines Revolvers herausragte. Der Mann lächelte plötzlich; es war ein leichtes, spöttisches Grinsen, das ihr einen Schauer über den Rücken jagte. Sie eilte an ihm vorbei auf das Haus zu. Innen fand sie zu ihrer Erleichterung das junge Mädchen vor, das das Chaos im Salon aufräumte.

»Hallo – ich bin Nicola. Barbara hat etwas von einem Frühstück gesagt.«

Das Mädchen fuhr in die Höhe. »Ja, natürlich. Möchten Sie gern Eier? Wurst? Ein großes Frühstück?«

Nicola lächelte erleichtert über die Normalität der Situation. »Wissen Sie, das ist mir wahrscheinlich das liebste. Sie sind Maria, nicht wahr?«

Das Mädchen senkte scheu den Blick. »Ja, ich bin Maria.«

»Schon, wann immer Sie hier fertig sind, Maria, wäre ein richtiges großes Frühstück herrlich.«

»Ich mache es gleich«, sagte das Mädchen und lächelte.

»Wer ist der junge Chauffeur?« fragte Nicola, während sie beim Frühstück saß.

»Das ist Jeff.«

»Und ist er nur der Fahrer?«

Maria, die Nicolas Kaffeetasse erneut füllte, zuckte die Schultern. »Er tut viele Dinge«, sagte sie. »Hätten Sie gern einen englischen *muffin?*«

Nicola lag es auf der Zunge zu fragen, weshalb Jeff einen Revolver bei sich trug, besann sich aber anders und sagte ja, sie hätte gern einen englischen *muffin.*

Barbara kehrte am späten Nachmittag allein zurück. Beladen mit Beuteln und Päckchen platzte sie in den Salon, in dem Nicola saß und las.

»Süße, ich wollte ja gar nicht so lange wegbleiben. Hast du dich halb zu Tode gelangweilt?«

Nicola legte ihr Buch hin und sah zu, wie Barbara ungeduldig irgendwelche Tüten aufriß.

»Nein, überhaupt nicht. Ich habe gelesen, mich ausgeruht.«

»Ruhe hast du gebraucht. Ah, hier ist es.«

Barbara zog ein Kleidungsstück aus schwarzem Krepp aus einer eleganten Umhüllung. »Ich habe dieses Kleid für dich besorgt. Auf den ersten Blick habe ich gesehen, daß es das Richtige für dich ist. Obwohl – die Größe...?« Sie musterte kritisch Nicolas Figur. »Du bist ein bißchen dünn, nicht? Trotzdem, es müßte passen. Es ist ganz locker und leicht.«

»Barbara!« rief Nicola verlegen. »Ich habe eine Unmenge Kleider.«

»Aber nicht so was wie das hier, mit Sicherheit nicht. Ein Exklusivmodell. Komm schon, zieh es an. Es ist wie für dich geschaffen.«

Nicola griff zögernd nach dem Kleid, betastete den Stoff und hielt es an sich. Es war ein schönes Modell, aber sie war nicht daran gewöhnt, Geschenke anzunehmen. Und auch noch von Barbara... sie wußte nicht recht, was es zu bedeuten hatte.

»Probiere es an«, sagte Barbara und ging, um sich einen Drink einzugießen. Sie spähte in die Eisschale, ihr Gesicht verzog sich vor Ärger im Augenblick, als Maria mit Eiswürfeln hereingeeilt kam. Barbara blickte erst auf das Eis, dann auf Nicola und lachte laut auf.

»Na, so was – nicht zu glauben!« rief sie entzückt. Nicola senkte verlegen den Blick, während Maria hinausrannte.

»Komm schon, zieh es an«, sagte Barbara und schwenkte ihr Glas.

Nicola trug das Kleid zur Tür, wurde jedoch von Barbaras lautem Gelächter aufgehalten.

»Zieh es hier an, Süße. Wer, zum Teufel, sieht dich schon?«

Schüchtern entledigte sich Nicola ihrer Jeans und ihrer Bluse und schlüpfte in das Kleid. Es fühlte sich glatt auf ihrer warmen Haut an, kühl und leicht, fiel in einem anmutigen Schwung bis zur Mitte ihrer Waden hinab. Es mußte ein teures Kleid sein, und Nicola ließ mit einer Mischung aus Schuldbewußtsein und Vergnügen den Rock wirbeln.

»Es könnte ein bißchen tiefer ausgeschnitten sein«, bemerkte Barbara nachdenklich. »Aber doch, es sitzt gut. Du wirst morgen abend bei dem kleinen Ball die Sensation sein, Schätzchen.«

Nicola, der nun klar wurde, weshalb Barbara ihr das Kleid erstanden hatte, empfand Besorgnis. Kunstausstellungen waren ihrer Erfahrung nach kulturell keine sonderlich anspruchsvollen Angelegenheiten, jedenfalls nicht in London – abgesehen von denen, die aus karitativen Gründen stattfanden.

»Ist es nicht ein bißchen ... übertrieben elegant?«

»Es wird eine übertrieben elegante Eröffnung, Darling.«

»Ich möchte eigentlich nicht so ... na ja, auffallen.«

Sie sah Barbara flehend an, und ganz plötzlich entdeckte sie auf dem Gesicht der älteren Frau einen Ausdruck, der sie verblüffte: hart, berechnend, fast triumphierend.

»Das ist doch wohl nicht dein Ernst?« fragte Barbara in scharfem Ton. »Natürlich muß du auffallen. Du bist die Tochter des großen alten Mannes. Die einzige Tochter des großen Dahingeschiedenen.«

Nicola, befeuert durch Regungen des Zorns, blickte ihre Stifmutter hart an. »Rede bitte nicht so über ihn.«

»Darling, ich habe ihn angebetet«, sagte Barbara leichthin und ging, um sich erneut mit einem Drink zu versorgen. »Auch wenn er mich ignoriert hat, habe ich ihn trotzdem angebetet.« Sie goß auch Nicola ein Glas voll und brachte es zu ihr hinüber, um es auf ein Seitentischchen zu stellen.

»Du wirst phantastisch aussehen. Und schließlich ist das Kleid schwarz, oder nicht? Sehr angemessen, meine Liebe.«

Das letzte kam mit einem falschen britischen Akzent heraus, und Nicola begann sofort das Kleid auszuziehen.

»Ich gehöre nicht zu den Ausstellungsstücken, Barbara«, sagte sie, während sie wieder ihre alten Sachen anzog.

Barbara hob eine Braue. »Darling, daran habe ich keinen Augenblick lang gedacht.«

»Gut.«

Schweigen herrschte im Raum, schwer und unbehaglich, während Nicola ihre Bluse zuknöpfte und dann stehen blieb, um an ihrem Glas zu nippen. Barbara, zurückgelehnt auf dem Sofa sitzend, beobachtete sie, einen Ausdruck der Belustigung auf dem Gesicht, der in Nicola eine plötzliche Aufwallung von Nostalgie bewirkte. Barbara war immer amüsiert gewesen, wenn Nicola, im allgemeinen ein umgängliches Kind, unartig gewesen war.

»Schmollt das kleine Mädchen jetzt?« neckte Barbara sie und wurde dann ernst, was Nicola sofort entwaffnete.

»Ach Scheiße, da haben wir's wieder«, sagte sie. »Komm, setz dich und rede mit mir. Ich habe einen anstrengenden Vormittag hinter mir, und es gibt noch mehr zu tun, aber, du lieber Gott, ich möchte Zeit haben, mit dir zu sprechen. Alles hören, was du zu erzählen hast. Nun komm schon, setz dich.«

Nicola gehorchte. Während sie schluckweise ihren Gin trank, berichtete sie Barbara von ihrer Arbeit, ihren Freunden, ihrem Leben in London. Barbara schien nur halb zuzuhören, obwohl sie nickte und gelegentlich lächelte.

»Warum hat er es getan, Darling?« unterbrach sie schließlich Nicola abrupt. »Warum bloß?«

Nicola schwieg einen Augenblick. »Ich weiß es nicht«, brachte sie dann mühsam heraus.

»Zum Teufel, er hatte seine Depressionen. Aber Selbstmord?« fragte Barbara. »Nein. Darauf wäre ich nie gekommen.«

»Niemand konnte es glauben«, sagte Nicola. »Ich war in Florenz, als man mich anrief...«

»In Florenz?«

Barbaras Ton hatte sich verändert, und Nicola sah sie überrascht an. »Ja.«

»Und was ist heute aus der schönen Stadt geworden?«

Die Stimme klang leichthin und sorglos, es war eine fast schnippische Frage, so wie man sich beiläufig nach einem

Bekannten erkundigt. Nicola antwortete eine ganze Weile nicht, aber sie hielt dem Blick ihrer Stiefmutter stand, ignorierte das trügerische Zwinkern ihrer Augen, versuchte tiefer zu sehen. War es Schmerz oder Desinteresse, was Barbara bewog, so schlagartig das Thema zu wechseln? Ihr Gesicht verriet nichts.

»Florenz ist schön wie immer«, erwiderte Nicola gelassen.

Barbara wandte den Blick ab, lächelte eine Spur. Nicola stand auf, griff nach dem Kleid und erklärte, sie wolle es aufhängen. Sie würde sich ein bißchen ausruhen und dann zum Abendessen herunterkommen.

Barbara rief ihr, als sie bei der Tür angelangt war, nach: »Möchtest du lieber hier oder auswärts essen, Nicola?«

»Was einfacher ist.«

»Na schön, dann essen wir hier.«

Nicola zögerte einen Augenblick. »Sind wir nur zu zweit?«

»Möchtest du, daß ich noch ein paar Leute einlade?«

»Nein. Ich dachte nur, du hättest vielleicht... na ja, einen Freund. Gestern nacht hörte ich...«

Barbara lachte. »David? Er wohnt hier. Süße, du kennst diese jungen Maler. Nichts zu beißen. Zu keinem Zeitpunkt. Er könnte sich nicht mal einen Schweinestall leisten.«

Sie hielt inne und deutete auf das Kleid. »Du wirst es doch tragen, nicht wahr?«

»Ja. Ich werde es tragen.«

7

Jerry Womberg hatte sich dem Redegewirr um sich herum entzogen. Er nippte an seinem vierten Glas Champagner und beobachtete das Mädchen. Nicola. Sie stand in einer Ecke am Ende der Galerie und sprach mit einem jungen Mann. Vielleicht war er aber auch mittleren Alters, dachte Jerry mit einigem Widerwillen. Jerry, ein New Yorker, empfand alle Kalifornier als lächerlich jugendlich für ihre Jahre. Es irritierte ihn, daß sie nicht so frühzeitig den Nachteilen des Alters zu erliegen schienen – als da sind Kahlköpfigkeit, Runzeln,

Aufgedunsenheit und ähnliches. Ich *bin* erlegen, dachte er bedrückt. Weiß der Himmel.

Die Galerie war gedrängt voll, und Nicola betrachtete, während sie sich mit dem Mann neben ihr unterhielt, besorgt die Gesichter der Leute, die tatsächlich die ausgestellten Bilder ansahen. Falls sie sie auf ihre Reaktionen hin überprüft, wirkt sie ein bißchen nervös, dachte Jerry – was nicht überraschend ist. Er hatte das Gefühl, jemand sollte ihr klarmachen, daß die Mehrheit der Anwesenden ein anständiges Bild nicht von einem Loch in der Wand unterscheiden konnte. Sie hätten nicht gewußt, was sie damit anfangen sollten. Stelle es ihnen auf den Frühstückstisch, und sie verschlingen es samt ihren Rühreiern, dachte er. Jerry war an Frauen nicht sonderlich interessiert, aber er hatte einen ausgeprägten Sinn für Ästhetik und Nicolas Anblick gefiel ihm. Ein scheues Kitz unter Löwen, überlegte er, und dazu völlig fehl am Platz mit ihrer blassen Haut – noch betont durch das schwarze Kleid – unter all den bronzefarbenen Gestalten. Diese kalifornischen Sonnenanbeter, dachte Jerry, während er sich in der kostspielig gekleideten, lachenden, nun nachhaltig in Champagnerlaune geratenen Menge umsah. Diese Anhänger hirnloser Rituale.

Die Stimmen im Raum wurden lauter, als der Champagner seinen heimtückischen Zauber auszuüben begann. Barbara verbreitete wie üblich Klatsch. Jerry nahm an, daß man sie laut und deutlich in jedem Winkel der Galerie hören konnte, was bedeutete, daß die kleine Geschichte, die sie von sich gab, morgen in der gesamten Stadt bekannt sein würde.

»Er hat sich nie von ihr scheiden lassen«, sagte Barbara. »Der fiese Geizkragen behauptete, er könne sich die Unterhaltszahlungen nicht leisten. Also ließ er sie bei sich und Melanie wohnen. Alle drei zusammen.«

Angie hob eine Braue, ihre Augen funkelten vor Vergnügen. »Du meinst, eine *ménage à–* wie sagt man noch?«

»Warum nicht?« sagte Barbara. »Das bringt ihr ein paar nette weitere Klunker ein. Neuer Wagen, hübsches Haus. Ach, zum Teufel, Angie, dir ist doch nichts fremd.«

»Aber doch einiges mehr als dir, Darling«, erwiderte Angie liebenswürdig.

Die Gruppe rund um die beiden Frauen lachte. Jerry begann zu lächeln, sah dann Nicola, die sich schüchtern ihren Weg durch die Menge auf sie zubahnte.

»Hier ist deine Stieftochter«, sagte er leise zu Barbara. Sie drehte sich um.

»Du lieber Himmel –«, sie lachte. »Das hat er gesagt, als ob das Rauschgiftdzernat anrückte.«

»Schon eher die Sittenpolizei«, bemerkte ein junger Mann am Rand der Gruppe. Weiteres Gelächter. Jerry drehte sich um und lächelte Nicola besorgt an. Barbara legte einen Arm um ihre ehemalige Stieftochter.

»Sie ist jetzt ein großes Mädchen, Jerry. Süße, das hier ist Jerry Womberg, mein Anwalt und schlimmster Kritiker.«

»Es freut mich, Sie kennen zu lernen, Nicola«, sagte Jerry. »Aber glauben Sie das nicht – ich kritisiere nur ganz selten.«

»Du brauchst gar keine Kritik auszusprechen, Jerry. Du stehst einfach da und strahlst Mißbilligung aus«, sagte Barbara heiter.

Jerry, dem bewußt war, daß alle ringsum mit intensivstem Interesse lauschten, senkte die Stimme. »Manchmal verdienst du das vielleicht.«

»Wenn du wieder mal auf Touren kommst, Jerry – das heißt, falls überhaupt je –, dann kannst du mir ja *zeigen*, was ich verdiene.«

Die Umstehenden waren hingerissen. Jerry, von Barbara an solchen Hohn gewöhnt, erwiderte aus Höflichkeit gegenüber Nicola nichts. Was immer er ihr für eine Gegenbeleidigung an den Kopf geworfen hätte, Barbara hätte sich dadurch lediglich angespornt gefühlt, mit noch handfesteren Beschimpfungen zu reagieren. Und sie hätte entzückt die Gelegenheit wahrgenommen. Verbale Gymnastik gehört zu ihren Lieblingssportarten und sie gewinnt dabei immer, dachte er. Er lächelte Nicola zu, die die Stirn gerunzelt hatte. Sie lächelte erleichtert zurück.

»Wie läuft das ganze deiner Ansicht nach?« fragte sie Barbara.

»Ausgezeichnet. Tipptopp.«

»Sie scheinen nicht sonderlich interessiert an den Bildern zu sein«, sagte Nicola und sah sich um.

»Süße, sie kommen nicht der Bilder wegen«, sagte Barbara belustigt. »Sie kommen um zu saufen und zu tratschen. Und danach gehen sie nach Hause.«

»Eine Ausstellungseröffnung ist lediglich eine Ausrede für eine Party, Nicola«, fügte Jerry hinzu. Sie lächelte ihn an.

»Ja, das merke ich.«

Der junge Mann an der Peripherie der Gruppe war nähergetreten und bewunderte nun Nicola unverhohlen. Jerry, der sich vage an sein Gesicht erinnerte, hielt ihn für eine Art Schauspieler – Fernsehen vielleicht.

»Ich finde die Bilder großartig«, sagte der Schauspieler mit feierlicher Stimme zu Nicola.

Barbara warf ihm einen angewiderten Blick zu. »Was, zum Teufel, verstehen Sie schon davon«, sagte sie. »Ah – da kommt ja Amerikas grandioseste Zukunftshoffnung.«

Jerry wußte, wen sie meinte, noch bevor er sich umdrehte. Ihr Protégé, jugendlicher Liebhaber und – wie Jerry gelegentlich hatte wahrnehmen können – ihr verbaler Sparringpartner, David Leyton. Jerry fand ihn attraktiv. Mit Sicherheit hatte er das magere, dunkle Aussehen, das auf Frauen anziehend wirkte, und – hätten Davids Neigungen in dieser Richtung gelegen – auch auf Männer. Leider, so dachte Jerry, während er den großen jungen Mann beobachtete, der sich durch die Menge schlängelte, scheint er ausschließlich hetero zu sein. Obwohl der Himmel weiß, was er mit Barbara anfängt – wenn das nicht eine Perversion besonderer Art ist! David war Jerrys Meinung nach ausreichend talentiert, um auf ihre Patronage verzichten zu können und es aus eigener Kraft zu schaffen.

»Du kommst wie gerufen«, sagte Barbara sarkastisch. »Pünktlich bis zum äußersten. Von perfekter Eleganz wie immer. Steht ihm der Jeansanzug nicht wunderbar? So smart. Also – wo, zum Teufel, hast du gesteckt?«

David lächelte allen zu, nahm sich zwei volle Gläser vom Tablett des vorübergehenden Kellners, trank das erste in einem Zug hinunter und wandte sich dem zweiten zu, bevor er antwortete.

»Ich bin auf einen Burschen gestoßen, der großartige Plastiken macht. Die habe ich mir angesehen.«

David lächelte Nicola zu. »Sie sind Nicola, nicht wahr? Willkommen in Amerika.«

Barbara schwenkte dramatisch einen Arm. »Und das«, sagte sie zu dem Mädchen, »ist David Leyton. Zukünftiges Genie. Glaubt er wenigstens.«

Nicola, die nun weniger unbehaglich dreinblickte, lächelte und sagte: »Hallo.«

»Ich hatte noch keine Gelegenheit, diese Bilder richtig anzusehen«, sagte David. »Sie könnten sie mir erklären.«

Er hatte Nicolas Arm genommen und war im Begriff, sie von der Gruppe wegzuführen. Barbara wandte sich verärgert ab und machte sich auf die Suche nach einem Kellner. Nicola blieb eine Spur unsicher stehen.

»Ich kann mir die Arbeiten meines Vaters selbst nicht erklären, geschweige denn ...«

»Warum nicht?« fragte David und zog sie energisch auf die Bilder zu.

»Wirklich, Sie sollten sich mit Barbara darüber unterhalten«, sagte Nicola. »Sie war dabei, als er die großen Bilder malte. Jedenfalls die frühen guten.«

»Was Barbara von Malerei versteht, könnte man auf eine Briefmarke drucken«, sagte David freundlich. »Sie bildet sich ein, sie verstünde was davon, aber sie weiß einen Dreck. Aber, schon gut. Sehen wir uns einfach alles mal an.«

Jerry lachte leise. Ein Jammer, daß Barbara die kleine Unterhaltung nicht mitangehört hatte. Das junge Paar tauchte in der Menge unter. Der Lärm in der Galerie hatte sich seit Beginn der einigermaßen respektvollen Eröffnung verzehnfacht, und im Raum wurde es unerträglich heiß. Jerry schlenderte ins Freie, um frische Luft zu schnappen.

Als er zurückkehrte, traf er Nicola und David in der Nähe des Eingangs vor. Sie betrachteten gerade das erste Bild: Grahams *Mädchen im Spiegel.*

Nicola lächelte, als Jerry zu ihnen trat.

»Er hat sich eigentlich an keinen Trend gehalten, oder?« sagte David soeben. »Ich meine, an keine bestimmte Richtung, keine Schule. Er war er selbst.«

»Ja.« Nicola biß sich auf die Unterlippe. »Er bewunderte Nicholson, Sutherland, Klee ... selbst Pollock bis zu einem gewissen Punkt.« Sie lächelte. »Ein ›tropfenweises Genie‹ hat er ihn genannt. Er war tatsächlich an dem interessiert, was vor sich ging. Aber er konnte sich brutal über die Trittbrettfahrer äußern. Er pflegte sie als ›Brutstätten für Schwachsinnige‹ zu bezeichnen. Und was die jüngeren abstrakten Expressionisten betrifft...«

Sie machte eine Pause und hörte die Stimme ihres Vaters: »Wenn man so läppisch ist, ein paar parallel verlaufende Linien als ›Geburt-Tod-Liebe-Haß‹ zu bezeichnen... wenn man ein Bild mit einem Titel versehen muß oder auf dieser oder jener Reaktion beharrt, dann teilt man sich dadurch *überhaupt* nicht mit. Künstlerische Masturbation! Alles Unsinn!«

»Nein«, fuhr Nicola fort. »Er haßte jede Etikettierung.«

David beobachtete sie scharf. »Ich denke, das tun wir alle«, sagte er unerwarteterweise.

»Er erinnert mich ein bißchen an Edward Hopper«, mischte sich Jerry ein, während er das Bild betrachtete.

»Hoppers *Hotelzimmer?*« fragte David.

»Ja.«

»Es hat nicht seine Verlassenheit.«

»Nein. Aber etwas hat es davon.«

»Ich finde, das hier hat eher etwas von Fragonard«, sagte David mit Festigkeit.

Jerry wandte sich von dem Bild ab und sah, daß Barbara sie von der anderen Seite des Raums aus beobachtete. Entschlossenen Schritts kam sie auf sie zu und legte einen Arm um Nicolas Schulter. Sie sprach mit keinem der drei, sondern rief statt dessen in den Raum hinein: »Ladies und Gentlemen!«

Obwohl ein paar Stimmen verstummten, redeten andere unbeirrt weiter.

»Ladies und Gentlemen!«

Endlich herrschte Ruhe, und neugierige Gesichter wandten sich ihnen zu.

Barbara strahlte. »Darf ich Ihnen... Nicola Graham vorstellen. Sie ist heute abend unser Ehrengast hier. Und, wie die meisten von Ihnen wissen, Nick Grahams einzige Tochter.«

Sie wandte sich Nicola zu, noch immer strahlend. »Ich danke dir, daß du von so weit her zu uns gekommen bist, Nicola. Sei willkommen! Wir sind stolz, dich hier zu haben.

Und wir sind ganz besonders stolz darauf, in dieser Galerie hier einige der bedeutendsten zeitgenössischen Bilder ausstellen zu können. Von einem ganz großen Mann gemalt. Vielen Dank.«

Es gab vereinzelt Applaus, ein paar riefen Nicola zu, sie solle sprechen, aber das Mädchen errötete, murmelte ein leises ›danke‹ und senkte den Kopf. Jerry drückte beruhigend ihre Schulter.

»Okay, Leute, die Party geht weiter!« rief Barbara.

Sie griff nach Nicolas Arm und führte sie zu einer Gruppe von Leuten, die in der Nähe standen. Jerry sah zu, wie Nicola dem Feuilletonredakteur der ›Los Angeles Times‹ die Hand gab.

»Reizende Person«, sagte er zu David.

»Sehr reizend. Ich muß jetzt was essen. Wollen Sie auch was?«

»Nein, danke. Gehen Sie nur.«

David verzog sich, und Jerry schlenderte im Raum umher, um die Bilder zu betrachten. Viele kannte er schon, einige hatte er noch nie zuvor gesehen. Es lag doch eine Atmosphäre von Einsamkeit und Verlassenheit in den Grahamschen Porträts, stellte er fest. Wie bei Hopper kam das durch den strengen Realismus, wurde dadurch unterstrichen. Und die Frauen hatten durchweg eine melancholische Ausstrahlung.

Jerry machte sich auf die Suche nach weiterem kalten Champagner und stieß geradewegs auf Barbara, die allein dastand. Das war so ungewöhnlich, daß es Jerry einen Schock versetzte. Sie trank nachdenklich und langsam ihr Glas leer. Er folgte ihrem Blick und stellte fest, daß sie Nicola beobachtete.

»Ein hübsches Mädchen, diese Nicola«, sagte Jerry.

»Und ob.« Barbara warf ihm plötzlich einen Blick zu. »Achte darauf, was du zu ihr sagst. Rede mit ihr nicht über meine Investments.«

»Ich bin dein Anwalt, verdammt«, sagte er ärgerlich. »Ich diskutiere mit niemandem geschäftliche Angelegenheiten meiner Klienten.«

»Gut«, sagte sie. »Ich will nicht, daß sie etwas von meiner Sammlung weiß.«

»Das überrascht mich nicht«, sagte Jerry boshaft. »Niemand mag gern ausgebeutet werden.«

»Ich habe sie nicht ausgebeutet«, sagte Barbara und funkelte ihn an. »Wenn du mir noch mal solchen Quatsch an den Kopf schmeißt, Womberg, kannst du dir eine neue Klientin suchen.«

»Was du nicht sagst.« Er hob eine Braue. Aber Barbara hatte sich abgewandt. Zum erstenmal während all der Jahre, in denen Jerry Barbara geholfen hatte, die Anzahl ihrer Bilder zu vermehren, fühlte er sich unbehaglich. Das ganze war nicht illegal. In der Kunstwelt war es nicht einmal ungewöhnlich. Aber während er so neben Barbara stand und zu der jungen Nicola hinüberblickte, kam er sich wie ein Komplize vor. Das mißfiel ihm.

Barbara sah sich nun rastlos um. »Vielleicht sollte ich ein paar dieser Frösche zu mir nach Hause mitnehmen«, sagte sie.

Im allgemeinen konnte Jerry Barbaras Nacheröffnungsfeiern nicht ausstehen, aber diesmal fand er sich tatsächlich zusammen mit rund zwanzig anderen Leuten in ihrem Haus wieder. Jerry hegte den Verdacht, daß manchen der Anwesenden, so wie ihm selbst, nicht schnell genug eine Ausrede eingefallen war, um sich dem zu entziehen. Trägheit oder Feigheit? fragte er sich. Woran lag es, daß es ihm so schwer fiel, sich gegen Barbaras fröhlich-beharrliche Tyrannei zu wehren? Nicht, daß er sie unbedingt als Klientin gebraucht hätte. Der Himmel wußte es; er hatte viele Klienten, die ebenso reich waren wie Barbara und wesentlich erfreulicher im Umgang. Irgendwie war er von ihr fasziniert, vermutete er, fasziniert von ihrer Hartgesottenheit, um die er sie fast beneidete; noch immer wollte er wissen, ob sie nicht auch noch eine bisher unentdeckte, weiche Seite hatte. David mußte etwas an ihr gefunden haben, das ihn anzog. Möglicherweise war sie gut im Bett. Jerry konnte das nicht beurteilen, wollte es jetzt auch nicht mehr wissen.

In diesem Augenblick tanzte sie unsicher und kichernd allein mitten im Raum umher. Die Gäste tanzten rund um sie her; die meisten waren high vom Trinken und von den selbstgerollten Zigaretten, die David einige Zeit zuvor verteilt hatte. David war ebenfalls high, aber auf andere Weise. Er lag zurückgelehnt in einem Sessel und lächelte vor sich hin. Seine seltsame Stimmung trennte ihn von den anderen und dem verrückten Treiben um ihn herum.

Jerry hatte geglaubt, Nicola sei verschwunden, aber nun kam sie in den Raum zurück, sah sich unter den Tanzenden um und schien belustigt zu sein. Er hätte eher angenommen, daß sie entsetzt wäre. Jerry ging zu ihr hinüber, um mit ihr zu sprechen. Ihr englischer Akzent entzückte ihn, und er fragte sie über ihre Arbeit, ihre Wohnung, über London aus, nur um die weiche Stimme antworten zu hören.

»Willst du nich'n bißchen tanz'n, Nicola?« sagte Barbaras mit vom Alkohol verschwommen klingender Stimme hinter ihnen. Nicola und Jerry drehten sich um und sahen, wie sie wild die Hüften schwenkte.

»Nein, danke«, sagte Nicola entschieden.

Barbara ließ sich mit einem Seufzer in einen Sessel fallen.

»Das ist eine verdammt langweilige Party«, sagte sie. »Meine Ausstellungseröffnungen sind im allgemeinen eine Wucht. Scheiße, alle Leute, die Spaß machen, sind weggeblieben. Alle, die was hermachen.«

»Alle, die was hermachen, haben wahrscheinlich noch nie was von Nicholas Graham gehört«, sagte Jerry. »Die meisten kennen noch nicht einmal den Namen Picasso.«

»Verdammt, dieser intelligente Knabe hat schon von beiden gehört.«

Barbara trat leicht mit dem Fuß nach David; noch immer selig lächelnd richtete er sich auf, den Blick auf die Tanzenden gerichtet. Einem jungen Mädchen ohne B. H., in tief ausgeschnittenem Kleid, waren die Schulterträger während ihrer wilden Hüftbewegungen beim Tanzen heruntergeglitten, ihre vollen Brüste hingen herab.

»Schön«, murmelte David und schüttelte den Kopf. »Schön.«

Jerry fragte sich, was er wohl geraucht, geschnupft oder geschluckt hatte.

»Komm schon, Kollege Künstler«, sagte Barbara und verpaßte David einen weiteren leichten Tritt. »Raus mit dem Urteil über Nick Graham. Wir brauchen hier ein bißchen intellektuelles Ambiente.«

»Lieber Himmel, was weiß ich schon?«

»Deine Meinung möchte ich wissen, du Trottel. Was hältst du von den Bildern von heute abend? Unterhalte uns ein bißchen.«

»Die Bilder waren ... sehr interessant«, sagte David langsam, den Blick noch immer auf die nackten Brüste des tanzenden Mädchens gerichtet.

»Interessant? Das ist aber vage, oder nicht? Ah – ich sehe.« Barbaras helles Gelächter alarmierte Jerry. Er wußte, was es bedeutete. »Du würdest vorziehen, deine Ansicht zu äußern, wenn Nicola im Bett ist, ja? Oder noch besser, wenn *wir* im Bett sind. Danach die Wahrheit.«

»Ich habe gemeint, *sehr* ...«

Nicola unterbrach ihn in gelassenem Ton. »Da wirst du nicht lange warten müssen. Ich gehe jetzt ins Bett.«

David richtete sich wieder auf. »Ach Unsinn – trinken Sie noch was.«

Jerry bemerkte, wie Nicolas Hände leicht zitterten, als sie ihr Glas auf dem kleinen Tisch abstellte. Armes kleines Ding, dachte er, überrascht über sein eigenes starkes Mitgefühl.

»Ich glaube, Sie sind müde«, sagte er. »Ein Flug kann noch tagelang Nachwirkungen haben.«

»Nein, ich muß nur morgen früh meine Fleißaufgabe schreiben«, sagte Nicola und suchte Handtasche und Zigaretten zusammen.

»Was für eine Fleißaufgabe?« fragte Barbara.

»Ich muß für die ›Chronicle‹ über die Ausstellung schreiben.«

»Na, *das* muß doch Spaß machen.«

Nicola berührte leicht Jerrys Arm und flüsterte ein ›Gute Nacht‹. Als sie zu Davids Sessel kam, sprang dieser plötzlich auf, verbeugte sich und hob sein Glas langsam und feierlich zu Nicolas Lippen. Sie sah David, wie Jerry schien, lange Zeit ruhig an, dann nippte sie aus dem Glas. Danach drehte sie sich um, rief ein an die Allgemeinheit gerichtetes ›Gutenacht‹ über die Schulter weg und ging hinaus.

8

Nicola hatte schlecht geschlafen. Die Party unten hatte bis kurz vor der Morgendämmerung gedauert und war zunehmend lauter geworden und außer Kontrolle geraten. In den frühen Morgenstunden wiesen Geschrei und Geplätscher aus dem Swimming-pool daraufhin, daß man die Feier ins Freie verlegt hatte und die Musik wesentlich lauter gestellt wurde, damit alle sie draußen hören konnten. Nun war es still, aber Nicola konnte nach wie vor nicht einschlafen. Sie stand schnell auf, um das Haus für eine Weile zu verlassen. Sie brauchte einen Spaziergang in frischer Luft, wollte einen Blick auf die Läden tun, sich irgendwie ruhig und normal betätigen.

Barbaras Schlafzimmer war geschlossen und Nicola, angezogen und im Begriff auszugehen, blieb unsicher davor stehen. An sich hätte sie es vorgezogen, eine schriftliche Nachricht zu hinterlassen, aber sie wußte keine Stelle, an der Barbara sie mit Sicherheit finden konnte – das Haus war in einem chaotischen Zustand. Von Maria, dem Mädchen, war nirgendwo etwas zu sehen. Nicola holte tief Luft und klopfte leise an die Tür. Sie wartete, klopfte erneut und rief Barbaras Namen. Nichts rührte sich. Sie öffnete die Schlafzimmertür.

David lag auf dem Rücken in dem zerwühlten Bett, halb von einem Leintuch bedeckt. Seine bronzefarbenen Arme waren ausgestreckt, die nackte, dicht mit dunklem Haar bedeckte Brust hob und senkte sich im Schlaf. Barbara, die zusammengerollt neben ihm lag, schnarchte leise. Nicola klopfte kräftig an die offene Tür und rief so lange Barbaras Namen, bis diese sich rührte und die Augen öffnete. Als sie Nicola sah, setzte sie sich abrupt auf und zog das Laken höher, als ob sie aus Schicklichkeitsgründen ihre Brüste verbergen wollte. Nicola wußte, daß Eitelkeit der Wahrheit näher kam. Vor Jahren war Barbara stolz auf ihren Körper gewesen, pflegte oft nackt im Haus herumzuschlendern. Die einst festen Brüste sackten nun herab.

»Ich wollte ein paar Einkäufe machen«, flüsterte Nicola. »Ist dir das recht, oder hast du andere Pläne?«

»Schon gut«, sagte Barbara. »Tu, was du willst. Aber hör mal...«

Sie streckte den Arm aus und drückte auf einen Knopf am Schlafzimmertelefon. »Jeff soll dich fahren.«

»Ich kann mir ein Taxi bestellen. Wirklich Barbara ...«

Aber Barbara sprach bereits ins Telefon und befahl, daß der Wagen in einer Viertelstunde bereitstehen sollte. Ihre Stimme weckte David, der Nicola zulächelte und sich dann ausgiebig gähnend streckte.

»Okay, Baby, der Wagen steht zu deiner Verfügung«, sagte Barbara, legte sich bequem ins Bett zurück und schmiegte sich an David. Als Nicola die Tür schloß, hörte sie ihr leises Gelächter und das Knarren des Betts, als sie sich bewegten.

Jeff, kalt und gleichgültig wie eh und je, hielt mit dem Wagen vor Beverley Wilshire und wies mürrisch in Richtung der größeren Geschäfte. »Ich werde Sie hier wieder abholen«, sagte er. »Das ist leicht genug zu finden.«

Nicola fand, daß seine Stimme verärgert klang.

»Ich werde in ungefähr zwei Stunden wieder hier sein«, sagte sie. »Danke.«

Die Geschäfte waren heller, luftiger und weniger überfüllt als die in England. Frauen mittleren Alters schlenderten ziellos zwischen den Tischen umher, so, als ob sie lediglich die Zeit totschlagen wollten; attraktiv aussehende Mädchen, zumeist blond und langhaarig, ohne B. H. unter den T-Shirts, in engen Jeans, eilten zwischen den Kleiderständern umher und sammelten irgendwelche Kleidungsstücke ein, als handle es sich um gebrauchte Wäsche.

Nicola wanderte wieder hinaus auf die Hauptstraße und genoß die warme Sonne auf ihrem Gesicht doppelt nach der Eiseskälte der Klimaanlage in den Läden. Die Gehsteige waren voller Betrachter der Schaufenster, vorbeieilender junger Männer in Sommeranzügen und Damen mit bläulich gefärbtem Haar, die ihre Schoßhunde spazierenführten. Noch nie hatte Nicola so viele kleine Hunde gesehen.

Nach einer Stunde hatte sie genug, aber die Cafés wirkten irgendwie exklusiv und abweisend. Sie kaufte Parfüm und trat dann bei Brentano's ein, um sich die Bücher anzusehen bis es Zeit war, zum Auto zurückzukehren.

Jeff war da und wartete. Ohne ein Wort zu sagen, hielt er ihr die Tür des Cadillac auf. Der Teufel soll dich holen, dachte

Nicola, entschlossen, ihrerseits kein Wort an ihn zu verschwenden. Der Cadillac schloß sich dem übrigen Verkehr an und Nicola, die sich plötzlich eines nagenden Hungers bewußt wurde, erinnerte sich, daß sie seit über vierundzwanzig Stunden nichts gegessen hatte. Bei der Ausstellungseröffnung hatte es zwar ein Büfett gegeben, aber sie war zu nervös gewesen und hatte sich zu unbehaglich gefühlt, um etwas zu sich zu nehmen. Beim Anblick der vielen Bilder ihres Vaters, die sie zum Teil schon während ihrer Entstehung gesehen hatte, war sie sich ihres Verlusts wieder schmerzhaft bewußt geworden – sie vermißte ihn, hatte sich gewünscht, er wäre dabei gewesen, um mitanzuhören, was diese lauten Leute über sein Werk äußerten.

»Was für eine Zeitverschwendung«, hätte er so laut gedröhnt, daß alle anderen es hören konnten. »Komm, Kleines, hauen wir ab – schnell!«

Seine Beurteilungen der Leute bei solchen Gelegenheiten wurden dann hinterher ausgiebig von seinen Freunden zitiert, hauptsächlich deshalb, weil Nick Graham immer dafür gesorgt hatte, daß sein jeweiliges Opfer sich in Hörweite befand.

»Er redet«, hatte er über einen prominenten, aber alternden Kunstkritiker bemerkt, »als ob er einen Kieselstein auf der Zunge und einen Eisblock im Gehirn hätte.«

Und über eine besonders anmaßende Dame der Gesellschaft: »Sie lauscht so hingebungsvoll und bewundernd jedem Wort, das sie in ihrer eigenen Gesellschaft äußert, daß ich mich jedesmal als Eindringling empfinde, selbst wenn wir nur zu zweit sind.«

Die derart kommentierte Dame war fuchsteufelswild gewesen; Nicola lächelte bei der Erinnerung.

Nicolas Magen begann zu knurren. Der Cadillac hielt vor einer kleinen Druckerei; Jeff stieg aus und ging hinein. Nicola sah sich um; es war eine lebhafte Gegend, voller Läden. Auf einem Schild stand, daß dies hier Westwood war.

Als Jeff zurückkehrte, ein großes Paket unter dem Arm, beugte sie sich in ihrem Sitz vor. »Kann ich hier irgendwo ein Sandwich bekommen?« fragte sie.

Er nickte kurz und ließ den Motor an. Sie kamen an einem Stand mit Hot Dogs, einem Hamburger-Restaurant und einem

Café vorüber. Nicola rutschte, um ihrem Ansinnen Nachdruck zu verleihen, auf dem Sitz vor, verlor aber fast das Gleichgewicht, als Jeff schnell in die Zufahrt zu einem ›Jack-in-the-Box‹-Restaurant einbog, wo er abrupt hielt. Er drückte auf einen Knopf, so daß das Fenster auf ihrer Seite heruntерglitt, und Nicola, die das als Wink empfand, traf Anstalten auszusteigen. Eine tiefe männliche Stimme ließ sie zusammenfahren und sie starrte verwirrt auf die Plastiknachbildung eines dicken kleinen Mannes mit einem Dreispitz auf dem Kopf.

»Darf ich bitte Ihre Bestellung entgegennehmen?« sagte eine Stimme, die anscheinend aus dem Innern dieser Gestalt herausdrang.

Nicola starrte verblüfft auf das Ding und fragte sich, ob der verrückte Chauffeur da wohl seinen Spaß mit ihr trieb. Die tiefe Männerstimme ertönte erneut und Nicola, die sich umsah, bemerkte zwei weitere Wagen, die hinter dem Cadillac warteten.

»Hallo«, sagte der Plastikmann nun laut.

»Entschuldigung ...«, flüsterte Nicola.

»Darf ich bitte Ihre Bestellung entgegennehmen?«

»Was, zum Kuckuck, soll ich denn tun?« fragte Nicola Jeff verzweifelt.

Er drehte sich betont langsam um. »Bestellen«, sagte er.

Nicola zwang sich, den Blick auf die knallige, gelbrote Figur zu richten und laut zu sprechen. »Ein Sandwich, bitte.«

Die übermittelte Stimme hatte einen müden Unterton. Sie informierte Nicola, daß man hier sechs verschiedene Sorten von Sandwiches habe. Welche davon sie haben wolle? Mit vor Verlegenheit gerötetem Gesicht bestellte Nicola einen Hamburger und Kaffee; dann starrte sie auf den Boden. Sie wagte es nicht, einen Blick auf Jeff zu werfen. Flüchtig überlegte sie, ob Hamburger und Kaffee wohl auf magische Weise aus dem Dreispitz des Plastikmannes auftauchen würden, aber Jeff fuhr mit ausdruckslosem Gesicht zu einem Fenster, aus dem heraus ihr das Bestellte gereicht wurde.

»Dort müssen Sie zahlen«, sagte Jeff und wies auf einen jungen Mann, der sich aus dem Fenster beugte. Als sie dann wegfuhren, drehte sich Nicola um und sah zurück. Der

Plastikmann stand steif im Sonnenlicht und wartete auf die nächste Bestellung.

9

David hatte die Klimaanlage abgestellt und die Fenster weit geöffnet, ein simples Vergnügen, das ihm nicht gestattet war, sobald Barbara sich im Zimmer aufhielt. Sie mißtraute der Luft von Los Angeles, empfand einen neurotischen Haß gegen Fliegen, Wespen und überhaupt alle fliegenden Kreaturen. Ein paar Insekten summten nun im Zimmer umher, aber die warme Luft, vom Duft des frischgemähten Grases durchsetzt, war in diesem muffigen, so häufig von Zigarettenrauch verqualmten Raum ein Labsal.

David saß über einen alten Notizblock gebeugt da und verfertigte eine winzige Zeichnung – mit solcher Intensität, daß ihn der Schweiß im Nacken kitzelte. Später sollte die Zeichnung auf dem Skizzenblock, der neben ihm lag, vergrößert werden. Und dann kam die Leinwand. Dieses Stadium liebte er besonders – wenn sich die Ideen noch formten, das Ideale noch möglich war, bevor er einen Pinsel auch nur anrührte. Er genoß es, das Haus für sich zu haben, völlig ungestört arbeiten zu können. Barbara war den größten Teil der Zeit über abwesend, zumindest an den meisten Tagen. Er hoffte, die Anwesenheit ihrer reizenden Stieftochter würde das nicht ändern. Wenn doch, mußte er möglicherweise ausziehen, nur um arbeiten zu können. Und das wollte er keineswegs.

Er empfand ob seines Zusammenlebens mit Barbara keinerlei Schuldgefühle. Die konventionellen Ansichten darüber, wie man seinen Platz in der Gesellschaft einnehmen, mit anderen teilen oder verdienen mußte, hatte er längst abgetan. Seine Eltern mit ihrer Rotarier-Einstellung hatten dafür gesorgt – im negativen Sinn. Und wenn er jetzt hier auszog, mußte er einen Job annehmen. Von seiner Malerei konnte er nicht leben – noch nicht. Also würde das irgendeine geistlose Arbeit von neun bis fünf oder von zehn bis sechs Uhr abends bedeuten – an fünf Wochentagen. Woche für Woche. Der Gedanke war ihm verhaßt. Ich habe einfach, so erklärte er sich selbst wuterfüllt, nicht die *Zeit*, mich um einen Job zu kümmern, verdammt. Er hielt sich an seine eigene Version von puritanischem Arbeitsethos. Wenn es sich um seine Malerei handelte, so wußte er, daß er härter arbeitete als irgend jemand sonst, den er kannte. Es war, das gab er zu, das einzige auf der Welt, was für ihn wirklich wichtig war.

Das Geräusch eines Wagens lenkte ihn ab, und er blickte aus dem Fenster; der Cadillac näherte sich der Garage. David hatte, als Nicola in den Salon trat, sein Notizbuch in die Tasche geschoben und eine lässige Haltung eingenommen.

»Haben Sie sich amüsiert?« fragte er.

Nicola legte ihre Handtasche und ein Päckchen hin. »Mhm – die meiste Zeit über wenigstens«, antwortete sie. »Aber ich habe einen ziemlich merkwürdigen Plastikmann kennengelernt.«

»In dieser Stadt ist alles aus Plastik«, sagte David lachend.

»Nein – ich meine einen wirklich aus Plastik bestehenden Menschen.«

David musterte sie verblüfft und belustigt.

»Vor einer Art Café«, sagte sie. »›Jack in the Box‹.«

David grinste. »Gibt es in England keine automatischen Restaurants?«

»Natürlich. Aber nicht so was! Wirklich nicht. Der Kerl hat mir einen Heidenschreck eingejagt. Ich begriff nicht, woher die Stimme kam.«

»Das macht eben das Vergnügen aus, Fremder in einem fremden Land zu sein«, sagte David.

Er sah zu, wie sie zögernd nach ihrer Handtasche griff, so, als ob sie hinausgehen wollte. Vielleicht hatte sie das Gefühl, ihn zu stören? Er stand schnell auf und bot ihr ein Glas kalten Weißweins an. Sie wirkte erst unschlüssig, dann nickte und lächelte sie wieder. Es würde sich lohnen, sich zum Komödianten ausbilden zu lassen, dachte David, während er Wein und Gläser holte, nur um dieses Lächeln hervorzulocken. Als er in den Salon zurückkehrte, saß Nicola in einem Sessel, den Kopf zurückgelehnt, die Augen geschlossen. David war selbst müde und ihm wurde plötzlich bewußt, daß sie von all den

Verrücktheiten und verwirrenden Vorkommnissen der letzten Tage erschöpft sein mußte – und vom Tod ihres Vaters. Er blieb ein paar Sekunden lang völlig still stehen und betrachtete das blasse Gesicht: schöne Haut, eine gute Knochenstruktur; sie mußte das Aussehen ihrer Mutter geerbt haben. David hatte Bilder von Nick Graham gesehen – ein massiger Mann mit kräftigen Knochen, großem Kopf, ausgeprägtem Kinn. Ein Löwe. Nicola öffnete die Augen und rieb sie dann mit den Handrücken.

»Entschuldigung«, sagte sie.

David begann den Wein zu öffnen. »Sie sehen völlig anders aus, wenn Sie entspannt sind«, sagte er. »Wenn Sie diesen angespannten Ausdruck nicht im Gesicht haben.«

»Angespannt?«

»Ja.«

Nicola schwieg, nahm ihr Glas Wein entgegen und nippte bedächtig daran. Sie tut alles mit einer besonderen Ernsthaftigkeit, dachte er. Wie kann man so feierlich ein Glas Wein trinken? Diese Stille – was verbarg sich dahinter? Er beobachtete sie fasziniert und begriff erst, als sie sich ein bißchen bewegte und zu Boden blickte, daß er ihr damit Unbehagen verursachte. Er wandte die Augen ab.

»Haben Sie heute gearbeitet?« fragte sie.

»Wenn Sie damit meinen, ob ich gemalt habe – nein.«

»Sie haben Ihren Skizzenblock bei sich.«

»Ungeöffnet.«

Aus irgendeinem Grund hatte er das Gefühl, sich verteidigen zu müssen. In ihrem ruhigen Blick lag keinerlei Kritik, aber David empfand das Bedürfnis, eine Erklärung vorzubringen. Zugleich wußte er, daß das unmöglich war.

»Sie halten mich für einen Parasiten, nicht wahr?« begann er.

Sie lächelte und schüttelte den Kopf.

»Sie glauben, ich sei hinter einem leichten Leben her. Daß ich nichts tue. Das ist im allgemeinen nicht so, kann ich Ihnen versichern. Ich arbeite – sogar sehr hart. Diese Lethargie heute rührt vorwiegend von der kleinen Feier gestern abend her.«

Er sah, wie sie leicht zusammenzuckte und verfluchte sich selbst.

»Nein, ich meine nicht Feier. Ich rede von einem Alkoholexzess und anderen ungesunden chemischen Einwirkungen.«

Sie sah ihn gelassen an, aber in ihren Augen lag ein amüsierter Schimmer.

»Sie denken – geschieht ihm recht«, fuhr er fort. »Und ich denke auch – geschieht ihm recht.«

Sie lehnte sich in ihrem Sessel zurück. Er sah, daß sie ein Gähnen unterdrückte.

»Entschuldigung«, sagte sie. »Ich bin einfach lächerlich müde. Ich kann kaum mehr die Augen offenhalten.«

»Es ist eine ziemlich anstrengende Zeit für Sie.«

»Ja.«

»Und Kummer kann auch erschöpfend sein«, sagte er freundlich. Sie blickte flüchtig zu ihm hinüber und wandte dann die Augen ab.

»Das stimmt. Ich fühle mich immer müde, seit ... es geschehen ist. Ich schlafe eigentlich gut. Nach der ersten Woche konnte ich immer gut schlafen. Aber ...«, sie sprach sehr leise, fast wie zu sich selbst, »...ich träume so viel. Es sind merkwürdige Träume. Nicht gerade Alpträume ...«

»Betreffen sie Ihren Vater?«

»Nicht ausgesprochen. Aber ... es hat immer mit einem Verlust zu tun. Ich verliere Dinge. Ich suche nach etwas. Und das völlig verzweifelt.«

»Ich würde annehmen, das ist ziemlich üblich, wenn man jemand verloren hat, den man liebt«, sagte David.

»Ja. Aber da ist der ...« Unerwarteterweise sah sie ihm geradewegs in die Augen. In ihrem Gesicht lag etwas beinahe Flehendes. »Da ist auch der Selbstmord. Ich suche nach Gründen. Warum hat ein Mann wie mein Vater so was getan? War er so unglücklich? Und wenn er das war – warum habe ich es nicht bemerkt? Warum hat er mir nicht gesagt, daß er deprimiert war?«

»Sie wären die letzte gewesen, der er das mitgeteilt hätte, Nicola. So wie er Sie geliebt haben muß, hätte er Ihnen keinen Kummer machen, Sie in die Sache hineinziehen wollen.«

»Ich wollte, er hätte es getan. Ich hätte ihm vielleicht helfen können.« Sie schwieg eine Weile. »Ich frage mich, wie weit es etwas damit zu tun hatte, daß er Künstler war. Sein Temperament, das ihn zum Malen trieb. Ich meine, so viele Künstler haben sich selbst umgebracht. Hat nicht Jackson Pollock...«

»Kein Mensch weiß das«, erwiderte David. »Sein Wagen fuhr gegen einen Baum, aber das konnte auch ein Unfall sein. Er hat viel getrunken.«

»Dad auch. Das ist noch etwas, das offenbar mit...«

»Dem Pinsel zu tun hat?« fragte David. »Ja, das trifft häufig zu. Aber sehen Sie, da gibt es so viele Zwänge. Einen Standard, den man erreichen muß. Einen Standard, den man sich selbst auferlegt, der innere Spannungen und Probleme erzeugen kann. Und darüberhinaus die Tatsache, daß man als Maler überleben, von der Umwelt anerkannt werden muß. Für die meisten von uns spielt auch das eine Rolle. Es ist nicht so sehr eine Frage von Ruhm und Reichtum als eine der Anerkennung.«

»Aber er hatte das alles ja. Jedenfalls Anerkennung. Was das Vermögen betrifft, so entging ihm das irgendwie. Er konnte entsetzlich schlecht mit Geld umgehen. Er hat enorme Schulden hinterlassen. Und nichts Neues auf seiner Staffelei. Keine fertigen Bilder. Nichts mehr da, was noch hätte verkauft werden können.«

»Konnte das nicht Grund genug sein? Schulden? Finanzielle Probleme?«

»Nicht bei einem Mann von der Stärke meines Vaters.«

»Es ist auch möglich, daß er das Gefühl hatte, seinen eigenen Visionen nicht zu genügen«, sagte David. »In seiner Arbeit, meine ich.«

»Ja.«

David holte tief Luft, überlegte einen Augenblick und wagte es dann. »Seine späteren Arbeiten sind ziemlich statisch«, sagte er so sanft wie möglich.

Sie sah ihn mit leicht gerunzelter Stirn an. »Finden Sie?«

»Ja. Es gibt einen Punkt in seinem Werk – irgendwann nach dem *Mädchen vor dem Spiegel* – wo er stecken geblieben zu sein scheint. Er wiederholt sich offensichtlich. Er ist nicht mehr viel weiter gekommen.« Er hielt plötzlich inne. »Entschuldigung – das hätte ich Ihnen im Augenblick nicht sagen sollen.«

»Nein – bitte. Danke, daß Sie es mir gesagt haben. Denn

wenn es wirklich etwas mit seiner Arbeit zu tun gehabt hat, hätte ich ihm darin nicht helfen können.«

»Nein, überhaupt nicht.«

»Obwohl ich mich frage, ob es nicht gerade die Verantwortung für uns war – für meine Mutter, mich und später Barbara – ob die Notwendigkeit, den Lebensunterhalt für uns zu verdienen, ihn vielleicht...«

»Auf Nummer Sicher gehen ließ?«

»Ja.«

Ihr fragender Blick war von solchem Schmerz erfüllt, daß David heftig den Kopf schüttelte. »Unmöglich. Das kümmert einen Maler im allgemeinen zuallerletzt. Die Arbeit selbst ist die treibende Kraft. Neue Richtungen bieten sich an, denen gefolgt werden muß. Das ist keine Frage der Wahl...«

Zu seinem Entsetzen sah er, daß sie sich heftig auf die Unterlippe biß, die Augen gesenkt. Er wußte, daß sie den Tränen nahe war.

»O Gott«, sagte er und kam auf sie zu. »Es tut mir leid. Sie wollen doch offensichtlich nicht darüber sprechen.«

Sie blickte zu ihm auf. Es waren Tränen in ihren Augen, aber sie schluckte mühsam, und als sie sprach, war ihre Stimme leise, aber fest. »Bis jetzt war es mir wirklich nicht möglich, darüber zu reden. Sie haben mir geholfen. Danke.«

Er stand da, blickte auf sie hinab und brachte ein klägliches Lächeln zustande. »Ich bin für meine krassen Umgangsformen und ausgeprägten Meinungen bekannt, aber ich gehe in die Knie, wenn ich eine Frau weinen sehe. Wollen wir also jetzt mal für den Augenblick das Thema wechseln?«

»Bitte.«

»Als erstes«, sagte David und griff nach der Flasche, »trinken Sie noch mal einen Schluck Wein.«

Er nahm ihr das Glas weg, und als sich ihre Hände berührten, empfand David etwas wie einen plötzlichen elektrischen Schlag, was ihn außer Fassung brachte. Ihre Blicke begegneten sich, und er sah auch in Nicolas Augen Verwirrung. Ihre Wangen brannten, als sie den Kopf senkte.

Barbara, die in die Zufahrt einbog und deren Blick auf den grün-weiß gestreiften Baldachin fiel, lächelte eine Spur, wie immer. Ihr Haus. Der Himmel sollte Jack Hampton segnen – diesen lieben, dahingeschiedenen Trottel –, weil er es ihr gekauft hatte. Er selbst hatte es nicht haben wollen. Wenn sich die Dinge zu einer Krise zuspitzten, hatte er keinerlei Chancen gehabt. Barbara hatte in Bel-Air wohnen wollen. Nicht in Beverley Hills oder in Malibu oder in Palm Springs, sondern in Bel-Air.

»Wir werden uns eine hübsche Bleibe irgendwo in der Wüste suchen«, hatte Jack munter kurz nach ihrer Verheiratung gesagt.

»Irgendwas, um dort Urlaub zu machen, klar«, hatte Barbara ebenso munter erwidert. »Aber unser Haus . . .«, sie hatte gelächelt und sich rasch verbessert, »unser Zuhause, Darling, wird in Bel-Air sein. Ich werde schon was finden.«

Sie wußte lange bevor die Grundstücksmakler auch nur eine Ahnung hatten, daß das Haus verkauft werden sollte – dank ihrer Fähigkeit, jede andere Unterhaltung in sich aufzunehmen, während sie völlig in ihre eigene vertieft zu sein schien. Sie hatte diese kleine Begabung ihr Leben lang als überaus nützlich empfunden.

Barbara hatte mit Angie im Bistro zu Mittag gegessen, als sie hörte, wie eine betagte Schauspielerin am Tisch nebenan ihrer Freundin erzählte, die Delaneys dächten daran, nach Gstaad zu ziehen. Barbara kannte das Delaney'sche Haus. Es war ein schöner Bau im Regency-Stil mit anderthalb Morgen Grund. Sie war einmal bei einer Party dortgewesen. Delaney, seinerzeit ein bedeutender Schauspieler, aber nun durch Rheumatismus verkrüppelt, war ein fanatischer Kunstsammler. Seit er mit seiner dritten Frau – ebenfalls Schauspielerin im Naivenfach – verheiratet war, mußte er seine Großzügigkeit in dieser Hinsicht etwas einschränken. Das Haus war nicht nur groß und elegant, sondern es lag auch nahe dem Beverley Hills Country Club, bei dem viele von Barbaras Kunstgegenstände kaufenden Kunden Mitglieder waren, und zudem nur ein paar Minuten vom Hotel Bel-Air entfernt, in dessen Restaurant man sich hervorragend verabreden konnte. Barbara wollte dieses Haus haben.

Sie rief noch am selben Abend Tony Delaney an und plauderte ein oder zwei Minuten höflich mit ihm.

»Na schön, Barbara«, sagte er schließlich. »Es war nett, daß du angerufen hast, aber was immer für ein Bild du an mich loswerden möchtest, ich muß nein sagen. Tut mir leid.«

»Ich möchte nicht verkaufen, Schätzchen, ich möchte *kaufen.*«

»Oh.« Seine Stimme wurde munterer. »Wenn es sich um den Frank Stella handelt – nein. Bei den anderen würde ich mirs überlegen, wenn der Preis stimmt. Aber er muß wirklich okay sein.«

»Mm. Noch nicht mal den Stella. Es handelt sich um das Haus.«

»Das Haus? Was für ein...« Ein verblüfftes Schweigen folgte, dann: ... Du meinst das *Haus.*«

»Ganz recht.«

Er war völlig aus der Fassung gebracht. »Aber du lieber Himmel, Barbara! Wir haben uns noch nicht entschieden, ob wir es verkaufen wollen.«

»Ihr denkt jedenfalls daran.«

»Nur ganz vage. Sehr vage. Woher um alles auf der Welt weißt du das?«

»Hellseherische Fähigkeiten. Wieviel?«

Eine lange Pause entstand. »Augenblick mal«, sagte er schließlich. »Ich muß mit Mirabel reden.«

Barbara, den Hörer am Ohr, konnte die Quiekstimme der zweiundzwanzigjährigen Mirabel irgendwo im Hintergrund vernehmen. Diese kleine Schmierenkomödiantin wird nach jedem Penny grapschen, den sie in ihre fetten, talentlosen kleinen Pfoten kriegen kann, dachte Barbara grimmig. Tony Delaney kehrte an den Apparat zurück und nannte einen Preis, der um 20 000 Dollar höher lag, als Jack für ihr gemeinsames Heim auszugeben bereit war. Barbara kam zum Schluß, daß ihm die paar Tausender nicht weiter weh tun würden.

»Also abgemacht«, sagte sie zu dem völlig perplexen Schauspieler. »Ich werde Jacks Anwalt wegen des Vertrags zu dir schicken.«

Und damit hatte sich der Fall, abgesehen von ein paar zornigen Äußerungen Jacks und einem kleinen Hickhack einiger Stücke Sheraton-Mobiliars wegen, das die Delaneys zurücklassen wollten.

Der Tag, an dem sie dann einzogen, war einer der glücklichsten in Barbaras Leben. Sie inspizierte jeden Fleck der Villa, trottete befriedigt auf dem Grundstück herum und machte Pläne. Es gab da einen kleinen Swimmingpool und zwei Tennisplätze. Tony Delaney war seit Jahren auf keinem Tennisplatz mehr gewesen, der Bursche konnte ja kaum mehr gehen, aber Mirabel und der Klüngel vom Country Club hatten die Plätze weidlich benutzt. Barbara konnte nicht Tennis spielen; sie wollte sich auch gar nicht in den Status einer ungeschickten Anfängerin begeben, da sie es haßte, in irgend etwas Amateur zu sein. Wenn es möglich gewesen wäre, innerhalb eines Tages alles zu begreifen und innerhalb einer Woche gut zu sein ohne daß irgend jemand sie dabei beobachtete, so hätte sie sich die Sache überlegt. Da dies unmöglich war, hatte sie überhaupt kein Interesse an Tennis. Jack jedoch, so langsam und ungelenk er war, genoß das Spiel. Barbara stellte sich vor, wie irgendwelches jüngeres Gemüse zum Wochenende herkommen und spielen könnte. Kalifornische Mädchen, die sich mit ihren schlanken, gebräunten Gliedern vor *ihren* Glastüren zusammen mit *ihrem* Ehemann tummelten. Kam nicht in Frage, entschied sie.

Als Jack auf einer Geschäftsreise war, ließ Barbara die Tennisplätze abreißen und einen größeren Swimming-pool bauen. Jack war, wie vorauszusehen, fuchsteufelswild geworden.

Als sie nun mit kreischenden Bremsen den Mercedes zum Stillstand brachte, dachte sie, daß das Haus jede kleine Minute wert war, die sie mit dem alten Jack Hampton darin hatte verbringen müssen. Der derbe, ungeduldige Laut der zuschlagenden Wagentür veranlaßte Jeff, aus der Garage aufzutauchen. Langsam kam er auf den Mercedes zu.

»Was machst du für ein Gesicht, Sonnenscheinchen?« fragte Barbara.

»Vielleicht wärs mal Zeit für einen neuen Wagen? Der neue Mercedes – der ist elegant.«

»Na klar, Eleganz ist es, die ich brauche«, sagte Barbara und legte dann ein paar nachdenkliche Sekunden ein. »Sieh dir das neue Modell mal an. Aber ich möchte es jetzt noch nicht haben. Warte erst bis diese Ausstellung vorüber ist, und die Vögel weggeflogen sind. Nick Graham kann mir einen neuen Wagen verschaffen.«

»Ich bin sicher, er wäre entzückt«, sagte Jeff feierlich.

Barbara kicherte. »Er wird in seinem Grab einen kompletten Purzelbaum schlagen. Also – gut!«

Sie lachten beide. Barbara tätschelte liebevoll Jeffs Schultern, dann eilte sie dem Haus zu.

Er hatte Nicola den Skizzenblock gegeben, damit sie ihn sich ansah, während er eine neue Flasche Wein öffnete, aber inzwischen begann ihm das schon wieder leid zu tun. Sie betrachtete alles so ernsthaft und gründlich. Er war nicht sonderlich stolz auf diese Skizzen. Er hatte schon Besseres geleistet, konnte im Grund wesentlich mehr. Bisher hatte sie sich nicht geäußert. Er empfand ungewöhnliche Nervosität bei dem Gedanken, was sie wohl sagen würde, und hörte mit einiger Erleichterung Barbaras Schritte in der Diele draußen. Sie blieb auf der Schwelle stehen und blickte die beiden an.

»Aha, noch eine Party«, sagte sie in scharfem Tom. »Welches Vergnügen.«

Nicola blickte auf, lächelte ihr zu und erbot sich an, Barbara ein Glas Wein einzuschenken. David wußte schon, wie die Reaktion ausfallen würde. Barbara lächelte kurz und verächtlich und goß sich einen großen Scotch ein. Während sie an ihrem Glas nippte, blickte sie von einem zum anderen. Es muß ein harter Tag für sie gewesen sein, dachte David. Wieder mal einer. Barbara arbeitete ebenso intensiv wie sie spielte, sie haßte es, müßig zu sein, genoß den Kampf und die Rivalität, die ihre Arbeit mit sich brachte. David fand diese Art robuster Entschlossenheit anziehend. Während sie nun so dasaß, irritiert im Gefühl, wenn auch nur vorübergehend, ausgeschlossen zu sein, fand er, daß sie etwas Großartiges an sich hatte. Das Kinn hoch erhoben, der Mund eine einzige feste Linie. Und diese Augen – glänzend, alles erspähend. Ihre Blicke begegneten sich, und Barbara, die möglicherweise die Bewunderung in seinem Ausdruck erkannte, entspannte sich. Er kannte ihre Befürchtungen und ihre Eifersucht. Oft konnte er sie mit einem Blick beruhigen. Sie redete gelassen, aber da gab es einen Punkt, den sie klarstellen wollte, und sie zögerte nicht. David lehnte sich zurück und hörte den beiden plaudernden Frauen zu. Amüsiert nahm er wahr, wie Barbara die Unterhaltung so lange drehte und wendete, bis sie zu Nicola sagen konnte: »Aber fall' ja nicht auf die hinreißenden Reden der jungen Maler rein, die du kennenlernst. Du kannst ohne die halbverhungerten kleinen Jungen in ihren Dachkammern auskommen. Ich bin darauf reingefallen – erinnerst du dich?«

»Mein Vater hat doch wohl kaum in einer Dachkammer gewohnt.«

»So fabelhaft gut haben wir nicht gerade oft gegessen. Warum Hunger leiden ...«

»Wenn du dir den Magen vollschlagen kannst«, beendete David.

»Ganz recht, du Genie.«

Nicola sah verdutzt drein. »Worauf willst du eigentlich hinaus?«

»Tu's nicht, Kleines, okay? Na also. Eine Dusche für mich, Abendessen in einer Stunde.«

Die Lektion war beendet. Barbara stand und zauste Davids Haar, als sie an seinem Stuhl vorbeikam. Aber es handelte sich weniger um eine zärtliche Geste als um eine Warnung. Als Barbara hinausgegangen war, sah Nicola David mit leicht gerunzelter Stirn an.

»Ich kenne überhaupt keinen hungernden jungen Künstler«, sagte sie schließlich.

David lachte. »Sie kennen doch mich.«

»Barbara hat nicht von Ihnen gesprochen.« Sie zögerte. »Oder doch?«

»Wahrscheinlich ja.« Er kam zu ihr hinüber. »Aber machen Sie sich deswegen keine Sorgen.«

Mit freundlichem Spott beugte er sich über sie, so als wollte er ihr die Wange tätscheln, aber sie zuckte zurück und sagte mit einer Stimme, die so kühl und energisch war, daß es ihn erstaunte: »Keine Spielchen mit mir, bitte. Ich bin nicht ganz so jung und dumm wie Sie vielleicht annehmen.«

»Ich nehme es nicht an. Aber lassen Sie uns Freunde sein. Ich könnte mir vorstellen, Sie gern zu haben.«

»Wahrscheinlich könnte auch ich Sie gern haben.«

»Wahrscheinlich?«

Das Klingeln des Haustelefons unterbrach schrill ihre Unterhaltung. David wußte sofort, weshalb es klingelte. Er seufzte. Trieb er ›Spielchen‹ mit Nicola? Er hatte keine Ahnung. Trotzdem, im Augenblick hätte er es vorgezogen, hierzusitzen und sich mit ihr zu unterhalten, statt Anrufe vom oberen Stock entgegenzunehmen.

»Ja, natürlich komme ich«, sagte er in den Hörer.

Nicola war an ihm vorüber und hatte den Raum verlassen, noch bevor er aufgelegt hatte.

Barbara hatte die Dusche angestellt, als er in ihr Schlafzimmer trat. In ein Badetuch gehüllt, hielt sie ihre Haare mit einer Plastikspange oben auf dem Kopf fest und betrachtete sich dabei im Spiegel.

»Wir können gemeinsam duschen«, sagte sie, als ob das lediglich ein praktischer Gesichtspunkt wäre. »Ich brauche dringend jemand, der mir den Rücken rubbelt.«

Er grinste. »Mehr brauchst du nicht?«

Ihre Blicke begegneten sich in dem kunstvoll gerahmten Spiegel, und es dauerte ein paar Sekunden, bevor sie lächelte.

»Das werden wir ja merken, oder nicht?« sagte sie.

Sie hat einen schönen Rücken, dachte David, während er ihn sachte einseifte. Kräftige Schultern, goldenes, weiches Fleisch.

»Ah – Madame Rubens!« flüsterte er in ihren Nacken.

Sie drehte sich um und umarmte ihn, während das Wasser sich über sie ergoß. Ihre Hände glitten an seinem Körper hinab, fanden, was sie suchten und begannen langsam, aufreizend zu liebkosen, so daß David, dem das Blut in den Schläfen pochte, ihre beiden Hände ergriff und sie unter der Dusche herausführte. Sie wußte, was er wollte, und beugte sich so über die Badewanne, daß er von hinten in sie eindringen konnte und sie beide sich und den anderen in dem nun beschlagenen Spiegel über der Wanne beobachten konnten. Zwei schattenhafte, sich rhythmisch bewegende Gestalten. Ihre Brüste hingen herab, schwangen leicht hin und her, während sich die Körper bewegten. Er wartete, bis sie dem Höhepunkt nahe war, dann hielt er inne.

»Bitte, Liebster, bitte«, flüsterte sie.

»Auf dem Bett.«

Ihre Körper waren noch naß, befeuchteten die Bettdecke. Die Brustwarze in seinem Mund schmeckte leicht seifig. Er drang voll in sie ein und bewegte sich wild, bis sie aufschrie und sie gemeinsam zu dem unvermeidlichen explosiven Höhepunkt kamen.

»Eine hübsche Dusche«, sagte er, als er den Kopf gegen ihre Schulter lehnte. Sie blieb eine Zeitlang still.

»Hättest du lieber mit Nicola geschlafen?« fragte sie schließlich.

Weiblicher Spürsinn, dachte er, aber sie kam mit ihrer Gedankenleserei zwanzig Minuten zu spät.

»Sie ist ein Kind«, sagte er. »Ich mag Frauen.«

Die eine Wange gegen das sanfte Polster ihrer Schulter gelehnt, ihre warme Brust in seiner Hand, glaubte er das tatsächlich.

Er hatte sie bei einer Party kennengelernt, die eine befreundete Bildhauerin gab – Mickey. Barbara war die älteste Frau dort gewesen, und hatte sich durch ihre ebenso kostspielige wie raffinierte Kleidung deutlich von den anderen unterschieden. Aber das schien sie nicht zu stören: innerhalb einer halben Stunde nach ihrem Eintreffen war sie von einer Gruppe junger Burschen in Jeans umringt, die alle über ihre saftigen Späße lachten.

»Ich habe sie nur eingeladen, weil ich dachte, sie könnte mir vielleicht nützlich sein«, vertraute Mickey David an, während er ihr in der winzigen Küche half, den Punsch zuzubereiten. »Und das Luder hat noch nicht einmal das Wort an mich gerichtet.«

»Dann sprich doch mit *ihr.*«

»Soll ich mich durch das Gedränge durchwursteln? Das ist doch wohl nicht dein Ernst.«

Mickeys loses Gewand war plötzlich mit roten Flecken übersät, weil sie in ihrem Zorn zu heftig im Punsch gerührt hatte.

»Scheiße«, sagte sie, den Tränen nahe.

»Komm schon.« David legte die Arme um sie. »Es ist eine grandiose Party.«

»Ein Dreck ist sie.«

»Wieso denn? Ich bin doch hier. Und Jo-Jo auch, oder nicht?«

»Der«, sagte sie mit erneut aufwallendem Zorn; »ist auch dort.«

David blickte durch die Durchreiche in der Küche dort hinüber, wo Barbara Hampton-Norde Hof hielt. Die große, geschmeidige, schwarze Gestalt von Jo-Jo war in der Nähe der Gruppe sichtbar. Er lehnte gegen die Wand und beobachtete voller Verachtung die auffällige Blonde.

David lachte. »Komm mal her, Mickey! Er läßt ihr seinen ›Ich schwarzer Mann – du weißer Dreck‹-Blick zukommen!«

»Das meine ich ja!« jammerte Mickey. »Das tut er, wenn er auf jemand fliegt. Dann ist er am gefährlichsten. Er ist scharf auf das Luder.«

»Nein«, erwiderte David, während er das schön geformte Gesicht seines schwarzen Freundes musterte, die verschleierten Augen, die verzogene Unterlippe. »Sie ist genau der Typ, den er verachtet.«

»Deshalb will er sie ja bumsen.«

David drehte sich zu Mickey um und umarmte sie kurz. Er mochte sie gern. Sie war ein winziges, zerbrechliches Geschöpf, das dazu neigte, seine Zeit zwischen reichlichen Tränen und unwiderstehlich ansteckendem Gelächter einzuteilen. Sie lebte nun seit fast zwei Jahren mit Jo-Jo zusammen und hatte im Gegensatz zu diesem nie mit anderen herumgespielt. David hatte sie auf der Chouinart-Kunstakademie kennengelernt, wo sie sich gleichermaßen eingesperrt gefühlt hatten, und wo Mickey in aller Stille unwahrscheinlich obszöne Figuren aus Ton geformt hatte. Daß sie beide bei den Lehrern gleich unbeliebt waren, hatte sie zusammengeführt, und obwohl sie nie ein Liebespaar gewesen waren – sie war zu dünn und neurotisch für ihn - waren sie Freunde geblieben.

»Ich gehe jetzt und hole den schwarzen Bastard zurück«, sagte er nun zu Mickey.

»Das kannst du ja versuchen«, erwiderte sie müde und ohne viel Hoffnung. Er ließ sie im Punsch rührend in der Küche zurück.

Noch bevor er das Zimmer zur Hälfte durchquert hatte,

wußte er, daß er zu spät kam. Barbara Hampton-Norde hatte sich ihren Bewunderern entzogen und stand nun vor Jo-Jo.

»Bringen Sie mich nach Hause, ja?« hörte David sie sagen, als er bei ihnen angelangt war. Jo-Jo löste sich sehr langsam von der Wand.

»Na klar«, sagte er. »Bis später, Bleichgesicht«, fügte er hinzu, als David den Mund aufmachen wollte.

»Wie lang wirst du wegbleiben?« fragte David.

»So lange wie's eben dauert«, sagte Jo-Jo.

So ziemlich alle im Raum sahen zu, wie Jo-Jo hinter der Frau herschlenderte. Es dauerte zwei Tage. Mickey bekam wie üblich ihren Rappel und drohte mit Selbstmord, aber als er zurückkehrte, nahm sie ihn wieder auf.

Als sich David und Barbara zum zweitenmal begegneten, verlief alles wesentlich anders. Ein Freund seines Vaters war aus San Francisco gekommen und hatte ihn auf einen Drink in die Polo Lounge eingeladen. David hatte nur zögernd zugestimmt; die Geschäftsfreunde seines Vaters langweilten ihn, und das endlose höfliche Gerede über seine Eltern ödete ihn an. Seine Eltern ödeten ihn überhaupt an. Sie waren völlig von Haus, Garten, Rotary- und Countryclub in Anspruch genommen und von ihrem Gejammer darüber, daß ihr einziger Sohn ein Herumtreiber geworden war statt ein ordentliches Mitglied der menschlichen Gesellschaft mit einem guten Job etc. etc. Das machte ihn wütend. Er besuchte sie so selten wie möglich.

Während er nun unbehaglich in seiner einzigen anständigen Jacke – Cord und zu eng unter den Armen – in der Polo Lounge saß, wünschte er, er wäre gar nicht erst gekommen. Sam Wishaw, der aus seinem anthrazitfarbenen Anzug samt Krawatte platzte, das Gesicht gerötet vor Erregung über seinen Zustand als bedingt in die Freiheit entlassener Ehemann, reckte den Hals um irgend jemand zu erspähen, den er möglicherweise schon mal im Fernsehen erblickt hatte.

»Wie gehts denn meinen Leuten?« fragte David pflichtschuldig.

»Ach, denen gehts gut – ausgezeichnet«, sagte Sam, während seine Augen im Raum umherschweiften. »Dein Pa droht, sich in diesem Jahr vom Geschäft zurückzuziehen – so wie jedes Jahr –, um sich auf seinen Garten konzentrieren zu können.« Er wandte sich wieder David zu. »Du kennst ihn. Er behauptet jedes Jahr das gleiche und dann tut er's doch nicht. Und deine Mutter ist wie eh und je. Keinen Tag älter. Prachtvolle Frau. Hat die eine Energie! Immer unterwegs . . . das sagt Martha immer.«

»Und wie gehts Martha?« fragte David, froh, das eine Thema abgehakt zu haben und zu einem anderen übergehen zu können.

Sam winkte dem Kellner, frische Drinks zu bringen. Er seufzte. »Na ja – das Rheuma, du weißt schon. Das stört sie ein bißchen.«

»Oh, tut mir leid«, sagte David.

»Sie beklagt sich nicht. Sie ist keine Frau, die jammert.«

»Nein«, sagte DAvid.

Frische Drinks wurden vor sie hingestellt und später dann noch einmal. David hatte einen Versuch unternommen, sich zu verabschieden und war mit einem weiteren Scotch daran gehindert worden. Er war innerlich damit beschäftigt, eine Möglichkeit zu finden, sich endgültig aus dem Staub zu machen, als zu seiner Erleichterung Sam Wishaw jemand erspähte, den er kannte, einen Rechtsanwalt aus San Francisco.

»Der alte Jake!« rief Sam, hochbefriedigt, daß er am richtigen Ort die richtigen Leute kennt. »Sagen wir mal schnell hallo zu ihm.«

Auf diese Weise kam David neben Barbara Hampton-Norde zu sitzen. Sie war mit Jake und einem Anwalt aus L. A., Jerry Womberg, zusammen. Keiner von den dreien schien über die Unterbrechung allzu glücklich zu sein, aber das bemerkte Sam nicht, oder er störte sich nicht daran. Er schob David auf einen Stuhl am Tisch und setzte sich auf einen anderen.

David hüllte sich, nachdem die Vorstellungen erledigt waren, in Schweigen. Barbara Hampton-Norde sprach ebenso wenig, aber er bemerkte, daß sie ihn fortgesetzt im Auge behielt, während sich die drei anderen Männer über irgendein kompliziertes geschäftliches Betrugsmanöver unterhielten.

»Entschuldigung, aber ich muß jetzt gehen«, sagte David schließlich. »Sam, es hat mich gefreut, dich zu sehen.«

Barbara Hampton-Norde stand ebenfalls auf, was die drei Männer veranlaßte, sich höflich von ihren Stühlen zu erheben.

»Ich leider auch«, sagte sie. Sie wandte sich David zu und lächelte bezaubernd. »Ob Sie mich wohl nach Hause fahren können? Ich habe heute meinen Wagen nicht dabei.«

»Tut mir leid, ich habe keinen Wagen«, sagte David.

Barbara sah völlig entgeistert drein. Sam war entsetzt, er zog ob dieser Grobheit das rote Gesicht in tiefe Falten.

»Dann lasse ich wohl besser ein Taxi kommen«, sagte Barbara und winkte einem Kellner. Während sie ihm ihre Anweisungen gab, zischelte Sam wütend in Davids Ohr.

»Bring' sie im Taxi nach Haus, Junge. Sie ist eine Lady.«

»Kacke«, sagte eine glasklare Stimme in Davids Kopf. »Keinen Zaster«, sagte er zu Sam.

Er weigerte sich, die Zwanzigdollarnote entgegenzunehmen, die Sam ihm in die Hand zu drücken versuchte. Aber er brachte Barbara Hampton-Norde zu ihrem Heim in Bel-Air. Sie ließ ihn auch dafür zahlen.

»Kommen Sie auf einen Drink herein«, befahl sie, als sie in die Zufahrt ihres Besitzes einbogen.

»Danke, aber ich brauche dieses Taxi, um heimzukommen.«

Sie sah ihn hart an. »Mein Chauffeur bringt Sie nach Hause.«

Der Chauffeur brachte ihn weder in dieser noch in der nächsten Nacht heim.

Einmal im Haus, trank jeder von ihnen ein Glas, dann schlenkerte Barbara die Schuhe von den Füßen. »Gehen wir rauf und bumsen wir ein bißchen.«

David, der sich bis dahin an ihren giftigen Bemerkungen über die oberen Zehntausend von Los Angeles erfreut hatte, starrte sie an.

»Ich bin nicht Jo-Jo«, sagte er. »Ich bin kein Deckhengst.«

»Wer, zum Teufel, ist Jo-Jo?« fragte sie ärgerlich.

»Der schwarze Bursche, den Sie vor ein paar Wochen aufgelesen haben.«

Sie überlegte einen Augenblick. »Ach der«, sagte sie wegwerfend. »Ein ganz feindseliger Kerl.«

»Irgendwie ja«, sagte David.

Barbara lehnte sich in ihren Sessel zurück und nippte an

ihrem Glas. »Was ist los?« fragte sie. »Haben Sie nichts für mich übrig?«

Er betrachtete sie eine Weile leidenschaftslos von oben bis unten. Übergewicht, ja, aber üppige Rundungen. Weich wie eine Rubens-Frau. Ein gut geschnittenes Gesicht, die feinen Kanten nun verschwommen, aber ein ausgezeichneter Knochenbau. Klare, kornblumenblaue Augen, seltsam unberührt von ihrem Zynismus und dem Alkohol, den sie inzwischen intus haben mußte. Grellblondes Haar, zu einer seltsamen Frisur geformt.

»Ich könnte schon was für Sie übrig haben, nehme ich an«, sagte er. »Sie sind in recht guter Verfassung.«

Zu seiner Überraschung lachte sie. Es war ein echtes Gelächter, das ihr Gesicht straffte und einen frischen Schimmer in die blauen Augen brachte.

»Ich mag dich«, sagte sie. »Du hast Mumm.«

Da es schwierig ist, einer Frau zu widerstehen, die einen bewundernd anlächelt und die nicht schmeichelt, sondern statt dessen Komplimente macht, folgte David Barbara nach oben.

Den größten Teil des Nachmittags über setzte er ihr derb zu, bis sie schließlich erschöpft über ihm lag, und der Schweiß ihrer Körper die Laken durchtränkt hatte.

»Ich wette, du brauchst keinen Finger zu rühren«, sagte sie irgendwann einmal. »Die Ladies laufen dir sicher die Bude ein.«

»Stimmt«, sagte David.

Sie lächelte in seine Schulter hinein.

Später, nach ein paar weiteren Drinks und ein bißchen Hasch, liebte er sie erneut, diesmal sehr sanft mit beginnender Zuneigung. Sie klammerte sich an ihn wie ein Kind.

»Komm, wohne hier«, sagte sie am darauffolgenden Nachmittag. »Du brauchst Platz, um malen zu können, und verdammt, ich habe mehr als genug davon.«

»Nein«, sagte er. »Ich ziehe meine eigene Behausung vor.«

»Ich wette, du haust in einem Loch, in dem nicht mal genügend Platz zum Bumsen ist.«

»Na und? Wie oft bumse ich denn?«

Zwei Wochen später zog er bei ihr ein.

10

Wenn Mayfair diskret ist, so ist Bel-Air praktisch unsichtbar, dachte Nicola, als sie am nächsten Nachmittag einen ersten Erforschungsgang in der Umgebung unternahm. An der Bellagio Road konnte sie lediglich hohe, geschnittene Hecken, schmiedeeiserne Tore und gezackte Einzäunungen sehen. Auf Schildern wurde vor elektrisch geschützten Einfahrten gewarnt und auf Alarmanlagen hingewiesen, und jedes Grundstück, so schien es, wurde von einem Wachdienst kontrolliert. Gelegentlich konnte Nicola einen flüchtigen Blick auf Tennisplätze oder einen blauschimmernden Swimmingpool werfen, aber die Häuser selbst lagen weit von der Straße ab und waren von Bäumen eingehüllt.

Ungläubig starrte sie auf die paar Gebäude, die näher an der Straße lagen. Sie erinnerte sie an die Villen der vornehmen Familien in England, die sie als Schulmädchen besucht hatte. In Copa de Ora blieb sie vor einem victorianischen Gebäude aus grauem Stein stehen und zählte die Fenster im oberen Stock. Achtzehn, wenn man die kleinen außer acht ließ, die möglicherweise zu den Badezimmern gehörten. Achtzehn Schlafzimmer! Brauchte irgend jemand irgendwo achtzehn Schlafzimmer? Das Haus wirkte verlassen, bis ein alter Mann in blauer Schürze und Arbeitshose aus einer Seitentür trat und einen Gartenschlauch anschloß. Er drehte sich um und starrte Nicola mißtrauisch an. Sie lächelte. »Wer wohnt hier?«

»Warum wollen Sie das wissen?« Spanischer Akzent. Der Gärtner.

»Reine Neugier.«

»Es geht Sie nichts an.«

»Stimmt. Aber wie viele Leute wohnen hier?«

»Er und seine Frau. Okay? Ich muß arbeiten.« Er wandte ihr den Rücken zu.

Nicola, von verbissener Neugierde geplagt, konnte nicht widerstehen: »Sind sie da?«

»Nein. Verreist.«

»Vermutlich reisen sie überhaupt viel.«

»Ja. Auf Wiedersehen.«

Er drehte das Wasser so heftig auf, daß ein dicker Strahl aus dem Schlauch allzu nahe bei Nicola niederprasselte. Sie ging weiter.

Sie bog um eine scharfe Kurve und entdeckte ein modernes, mit Holzbalken geschmücktes Haus, das am Rand einer Schlucht thronte, und blieb stehen, um es zu bewundern. Durch die großen, mit getöntem Glas versehenen Fenster mußte man eine prachtvolle Aussicht haben. Ein schlichter, mit Felsen durchzogener Garten erstreckte sich vom Haus bis zu Nicola herunter. Ein bescheidenes Haus an Bel-Airschem Standard gemessen, aber geschmackvoll, so wie es sich farblich an den Hang anpaßte, als gehöre es von Natur aus dorthin. Ein Mädchen mit gestärkter Schürze polierte träge einen verchromten Türklopfer, das Gesicht der Sonne entgegengereckt.

Es kann nicht das Schlechteste sein, unter diesen Umständen hier ein bißchen Hausangestellte zu spielen, dachte Nicola; umgeben von üppigem Luxus, der Boß die meiste Zeit des Jahres abwesend, gelegentlich mal ein bißchen heimlich im Pool schwimmen und auf der Terrasse ein Sonnenbad nehmen – wenn man nur hin und wieder mal ein bißchen den Türklopfer polierte. Ziemlich weit von ›Upstairs, Downstairs‹ entfernt.

Als sich die Straße gabelte, blieb sie stehen und atmete tief ein – es duftete nach Fuchsien, Limonen und Eukalyptus ... wie herrlich mußte die Gegend hier gewesen sein, bevor sie besiedelt wurde. In einem Garten hinter ihr standen Bananenstauden mit winzigen grünen Früchten und ein anmutiger Avokadobaum. Nicola wäre gern weitergewandert, aber sie wußte nicht, welchen Weg sie einschlagen sollte. Sie lächelte ein bißchen. Es wäre unzweckmäßig gewesen, sich in Bel-Air zu verirren. Eben wollte sie umkehren, als ein keuchender Jogger in Trikothemd und weiß-blau gestreiften Shorts vorüberrannte.

»Entschuldigung ...«

Der Mann drehte sich um, wischte sich den Schweiß aus den Augen und sah erleichtert drein, daß ihm die Chance gegeben wurde, Atem zu holen.

»Bitte, können Sie mir sagen, wohin diese Straße dort führt?«

Er holte tief Luft und lächelte. »Zum Bel-Air-Hotel.«

Die Stimme, wenngleich heiser, klang vertraut, und Nicola sah erneut in das rosige, verschwitzte Gesicht. Adam Jamesson, Schauspieler mittleren Alters, der außerberuflich für sein ausgiebiges Trinken und seine derben Manieren bekannt war. Er war nun in einer Fernsehserie beschäftigt und hatte dafür gesorgt, daß seine neuerliche Nüchternheit kräftig publiziert wurde. Nicola betrachtete ihn und fand, daß er in ziemlich guter Verfassung zu sein schien.

»Wollen Sie dorthin?« fragte er voller Toleranz ihren prüfenden Blicken gegenüber.

Nicola lächelte zurück. »Ich würde es wollen, wenn ich dafür richtig angezogen wäre«, sagte sie und wies auf ihre alten Jeans und Sandalen.

»Sie wären nicht die einzige dort, die so angezogen ist«, sagte er. »Ebensowenig wie ich. Ich würde Sie gern zu einem Drink dorthin einladen, aber ich muß nun mal noch zehn Minuten lang diese idiotische Rennerei fortsetzen. Anordnung des Arztes. Sie sind Engländerin, nicht wahr?«

»Ja.«

»Und wohnen bei Barbara Hampton-Norde?«

Nicola blinzelte. »Ja. Woher um alles auf der Welt wissen Sie...«

»Die Buschtrommel. Ich mochte die Arbeiten Ihres Vaters.«

»Oh, ich verstehe. Sie waren auch bei der Eröffnung?«

»Nein. Ich kann den ganzen Zauber nicht ertragen. Jedenfalls nicht mehr, seit ich mit Saufen aufgehört habe. Aber ich habe gestern einen Blick in die Ausstellung geworfen. Es sind ein paar gute Bilder darunter. Ein Jammer, daß er...« Jamesson hielt inne. »Gute Bilder«, wiederholte er.

»Danke«, sagte Nicola. Sie blieb verlegen stehen und hustete dann. »Na ja, dann gehe ich besser mal hier entlang.«

»Bis später«, sagte er, winkte ihr munter zu und rannte bergwärts.

»Viel Glück«, sagte Nicola impulsiv. Die Hand winkte erneut, dann verschwand er um eine Biegung.

Die Sonne brannte heiß auf ihren Kopf, als sie schließlich in die Zufahrt zu Barbaras Haus einbog. Sie spürte, wie Schweißtropfen zwischen ihren Brüsten hinabrannen; ihr Gesicht brannte. Sie hatte das Gefühl, meilenweit gegangen zu sein, und die lange Zufahrt schien endlos.

Ein Fenster hoch oben am Haus stand weit offen. Nicola schirmte die Augen mit der Hand ab und blieb stehen – vermutlich war das Davids Atelier. Das Fenster hatte keine Vorhänge, und Teile einer Staffelei waren erkennbar. Während sie noch hinaufblickte, tauchte eine Gestalt im Fenster auf. David sah zu ihr hinab und strich sich durchs Haar. Nicola wandte sich ab, tat, als hätte sie ihn nicht gesehen und eilte in die Kühle des Hauses.

Unten war niemand. Im ersten Stock summte ein Staubsauger. Maria war bei ihrer Arbeit. Von Barbara keine Spur. Nicola, deren Kehle sich trocken anfühlte, strebte der Küche zu und suchte dort vergeblich nach einer Flasche Orangensaft. Schließlich gab sie sich mit einer Flasche Perrier zufrieden und setzte sich an den sauber geschrubbten Tisch, um ein Glas zu trinken. Das Mineralwasser war eiskalt und erfrischend; Bläschen tanzten in die Höhe. Nicola streifte ihre Sandalen ab und genoß die Kälte des Fliesenbodens an ihren Sohlen. Sie fühlte sich in diesem so wenig anspruchsvollen Raum mehr zu Hause.

Sie erstarrte, als sie Schritte auf der Treppe hörte; jemand pfiff leise vor sich hin. David. Die Tür zum Salon wurde geöffnet und dann geschlossen. Das Pfeifen hörte auf. David ging wieder die Treppe hinauf. Nicola blieb wo sie war, bis es still wurde. Sie stellte eben ihr Glas in den Ausguß, als Maria hereingeeilt kam. Das Mädchen blieb überrascht stehen.

»Kann ich Ihnen irgend etwas bringen?«

»Nein, ich habe mich nur in der Geschirrkammer versteckt«, sagte Nicola leichthin; sie wußte, daß Maria sie ohnehin nicht verstehen würde. »Danke, Maria, aber ich habe mir schon was zu trinken geholt.«

Das Mädchen nickte und lächelte. Nicola stieg schnell die Treppe hinauf und beschloß, die Zeit bis zum Abendessen mit einem Brief an Felix auszufüllen.

»Ich wollte, du wärst hier – ehrlich! Mit Dir zusammen wäre es amüsant. Meinem Sinn für Humor wäre das förderlich. Ich kann hier alles nur merkwürdig finden. ›Fremde in einem fremden Land.‹

Vielleicht liegt das an diesem ewigen Sonnenschein. Ich fühle mich an so hellen Orten unbehaglich. Von Zeit zu Zeit brauche ich mal was Dunkles und Abweisendes. (Was sagt das über meinen Seelenzustand aus?)

Dads Bilder haben ein bißchen Aufsehen erregt, aber es war nichts Welterschütterndes. In der Lokalzeitung kam eine lobende Erwähnung. Trotzdem, es ist eine eindrucksvolle Ausstellung – Barbara muß gewaltig daran gearbeitet haben. Sie hat so ziemlich jedes seiner wichtigen Bilder herbeigeschafft. Das muß sie viel Nachforschungen gekostet haben, sie muß eine Menge Zeit darauf verwandt haben, alles ausfindig zu machen. Weiß der Himmel, warum sie es überhaupt gemacht hat. Und wie sie es gemacht hat. Wir versuchten früher immer, ein paar Bilder für kleine Ausstellungen zusammenzubekommen, aber schafften es nie recht. Ich muß sie einmal fragen... obwohl es schwierig ist, sie nach irgend etwas zu fragen. Was ich damit meine? Ich weiß es selbst nicht. Sie hat sich sehr verändert. Sie ist ziemlich unnahbar. Sie führt unflätige Reden – und wie! – und säuft wahrscheinlich. Ganz gewiß trinkt sie so viel wie Dad – und das will was heißen! Und sie ist schnell bei der Hand mit giftigen Kommentaren.

Ich glaube, sie mag mich nicht oder hat jedenfalls aus irgendeinem Grund etwas gegen mich. Sie ist sehr besitzergreifend, was ihren jungen Freund betrifft – ein ganz netter Kerl, Maler –, und sie führt sich auf, als wolle ich ihn ihr wegschnappen. Als ob ich das könnte oder wollte!

Bel-Air ist unglaublich, genauso Beverly Hills. Wenn eine Revolution kommt, fliegt – paff – alles in die Luft. Aber im Ernst, es ist einfach von allem zu viel hier. Alles ist zu groß und zu protzig – Janey hatte recht –, es ist vulgär. Aber nicht auf genüßliche Weise, sondern lediglich ausschließlich.

Wirklich, ich muß versuchen, für den Rest meiner Zeit hier eine interessante Tätigkeit zu finden. Es gibt ein paar Ausstellung in L. A., über die ich in der ›Chronicle‹ schreiben kann, und vielleicht reise ich mal nach San Francisco, um zu sehen, was sich dort so in Sachen Kunst abspielt...

Ich dachte, Barbara hätte vielleicht ein paar dementsprechende Pläne gemacht (ich würde das für Besuch aus England tun), aber die Idee scheint ihr gar nicht gekommen zu sein. Also werde ich die Tour möglicherweise auf eigene Faust machen.

Das ist ein langweiliger Brief, nicht wahr? Kleine Aufwallungen von Selbstmitleid. Ich werde also Schluß machen – pronto. Ich frage mich, wie es Dir geht, denke viel an Dich. Es ist seltsam, wie weit weg Du zu sein scheinst. Es ist wirklich eine völlig andere Welt hier. Weniger beschaulich als allzu überwältigend ... vor allem, wenn man am Swimming-pool sitzt, ein großes Glas mit irgendwas Kaltem in der Hand, das einem in der Kehle stecken bleibt. Schreib' bald und geh' gut mit Dir um.«

Sie schrieb »alles Liebe« darunter und grübelte dann einen Augenblick lang. Würde Felix das in einem Brief, in dem sie ihm mitteilte, sie vermisse ihn, mißverstehen? Es würde albern aussehen, wenn sie es durchstriche. Also fügte sie ein ausgleichendes Postscriptum hinzu: »Was macht die Jagd auf Rotschöpfe? Waidmannsheil!«

Nicola las den Brief erneut durch und war zutiefst unzufrieden damit. Es liest sich wie das Schreiben eines rührseligen Teenagers an seinen Onkel, dachte sie. Also fügte sie noch eine Kleinigkeit hinzu.

»Erinnerst Du Dich an den Automechaniker in Hampstead, von dem wir dachten, er sei von einem Computer zusammengesetzt worden? Barbaras Chauffeur ist genau der gleiche Typ. Seine Gesichtsmuskulatur bewegt sich überhaupt nicht – ich bin nicht einmal sicher, ob er blinzelt. Außerdem ist er praktisch stumm. Einfach gespenstisch. Und er schleppt einen Revolver mit sich herum! Ich nehme an, das tun hier eine Menge Leute, aber ich hatte es bisher nie mit eigenen Augen gesehen. Ich war nahe daran, mich auf den Boden zu werfen und ›Nicht schießen – ich bin unschuldig!‹ zu schreien. (Was ich natürlich auch bin.)«

Sie faltete den Briefbogen zusammen und steckte ihn schnell in einen Umschlag, den sie zuklebte. Sie hörte Barbara und David reden, während die beiden die Treppe hinuntergingen. Es war fast Zeit zum Abendessen. Während sie sich umzog, überlegte sie, was wohl für den Abend geplant war. Unten verriet ihr das leise Geklingel von Eis gegen Glas, daß, was immer vor ihnen liegen mochte, es jedenfalls mit ausgiebigem Alkoholgenuß begann. So war es auch. Und um Mitternacht fand sich eine leicht beschwipste Nicola zusammen mit David und Barbara in der Nische einer Diskothek wieder. Es war ein winziges, dunkles, mit einer Unmenge von Leuten vollgestopftes Lokal. Barbara htte ihr mitgeteilt, es sei ›sehr exklusiv‹. Nicola wünschte, es wäre noch etwas exklusiver gewesen, so daß das Management ein paar der ungezählten Gäste ausgeschlossen hätte und dafür mehr Luft zum Atmen geblieben wäre.

»Gin und Tonic, Nicola?« fragte Barbara.

»Nur Tonic, bitte«, sagte Nicola.

Barbara lachte. »Nun komm schon!«

»Nein – wirklich!«

Barbara, mit deutlich alkoholisch geröteten Wangen, erklärte, sie wolle tanzen, und David führte sie auf die Tanzfläche. Sie blieben ziemlich lange weg und Nicola, die sich allein unbehaglich fühlte, betrachtete unauffällig die Gäste. Weiß der Himmel, es gab genügend ihr vage bekannt vorkommende Gesichter, um das Etikett ›exklusiv‹ als gerechtfertigt erscheinen zu lassen, obwohl es ihr nur bei ein oder zweien gelang, sie mit einem Namen in Zusammenhang zu bringen. Nicola wünschte sich, sie könnte sich auf einer der Lederbänke zusammenrollen und schlafen.

Später tanzte sie dann mit David – aber nur einmal. Als die Musik aufhörte, warf sie einen Blick zu Barbara hinüber. Die Ältere beobachtete sie beide intensiv.

»Setzen wir uns wieder«, sagte Nicola zu David.

»Nach dem nächstenmal.«

»Lieber jetzt, bitte. Mir ist ein bißchen schwindlig. Diese ganze Sauferei . . .«

»Nicola ist beschickert«, sagte David zu Barbara, als sie zum Tisch zurückkehrten.

»Schön, dann gehen wir«, sagte Barbara.

Als sie ins Haus zurückgekehrt waren, gähnte Nicola und erklärte, sie ginge jetzt geradewegs ins Bett.

»Noch einen Gutenachtdrink«, sagte David.

»Sie wird keinen Gutenachtdrink haben wollen, wenn sie

bereits zu viel hat«, sagte Barbara in scharfem Ton, während sie sich selbst ein Glas eingoß.

Nicola sagte gute Nacht.

11

Während der nächsten paar Tage saß Nicola in der Sonne neben dem Swimming-pool, las viel und spazierte in Bel-Air umher, um sich Bewegung zu machen. Sie kämmte den ›Führer durch die Galerien‹ in der ›Sunday Times‹ durch, aber die beiden einzigen Ausstellungen, die möglicherweise Londoner Leser interessiert hätten – Rodin-Skulpturen im County Museum of Art in Los Angeles und eine Retrospektive auf Clyfford Still in Beverly Hills – eröffneten erst in der darauffolgenden Woche.

Barbara war den größten Teil des Tages fort, und David arbeitete oben in seinem Atelier. Nicola ertappte sich dabei, daß sie ihm aus dem Weg ging, wenn Barbara nicht da war; der Gedanke, daß ihre Stiefmutter es mißverstehen könnte, wenn sie sie beide in eine Unterhaltung vertieft vorfand, machte sie nervös.

»Ich habe tatsächlich Angst vor ihr«, gab sie sich selbst überrascht zu.

Endlich änderte sich das Wetter. Nicola erwachte bei grauem Himmel, der sie mit Sehnsucht erfüllte; die helle Sonne war zumindest vorübergehend verschwunden. Die Wetterpropheten warnten vor Stürmen auf dem Ozean draußen und davor, daß es zu neunzig Prozent Wahrscheinlichkeit am Abend regnen würde. Nicola fand, das sei eine gute Gelegenheit, sich vom Swimming-pool zu lösen und eine kleine Expedition zu unternehmen.

Sie ging zum Busbahnhof und stieg dort in einen nach Osten fahrenden Bus. Der Sunset Strip war ihr ein Begriff, und als sie eine bedächtige Stimme mit südlichem Akzent hörte, die jemand darüber informierte, daß man genau hier angelangt sei, stieg sie schnell aus. Sie war ziemlich enttäuscht. Der berühmte Strip sah aus wie jede andere Straße. Nur sehr wenige Leute waren unterwegs, der dunkle Himmel schien die meisten Wanderer und Touristen abgeschreckt zu haben. Die, welche sie sah, kamen entweder aus Restaurants heraus oder gingen in sie hinein oder sie stiegen in irgendwelche Wagen. Als Nicola vor Cyrano's Restaurant angekommen war, begann es zu nieseln, und eine Gruppe entsetzter Kalifornier stürzte aus dem Gebäude heraus und trampelten sie, in ihrer überstürzten Eile, in die sichere Trockenheit ihrer Wagen zu kommen, fast nieder. Nicola hielt das Gesicht einen Augenblick lang nach oben gerichtet, um die feuchte Kühle zu genießen, bekam Heimweh nach England und stellte dann fest, daß ihr T-Shirt naß wurde und die Jeans unangenehm an ihren Schenkeln zu kleben begannen. Sie winkte ein Taxi herbei, um sich nach Bel-Air zurückbringen zu lassen.

Im Haus war alles still, weder von Maria noch von Jeff war etwas zu sehen. Barbara und David waren offensichtlich weggefahren. Barbaras Schreibtisch war von Papieren übersät, was auf einen hastigen Aufbruch hinweis. Nicola warf einen Blick auf eine Liste von Bildern und wandte sich dann beschämt ab. Das ging sie nichts an. Ihre Kleidung fühlte sich noch immer unbehaglich feucht an, also beschloß sie, zu duschen und sich umzuziehen.

Oben an der Treppe angekommen, blieb sie stehen. Die schwere Holztür, durch die man ins Dachgeschoß gelangte, stand spaltbreit offen. Dahinter lag vermutlich Davids Atelier. Sie hatte es nie gesehen, hätte gern gewußt, wie es aussah, was für Bilder er wohl malte. Eigentlich war das eine gute Gelegenheit, einen winzigen Blick darauf zu werfen. Sie zögerte – es *war* hinterhältig. Aber sie konnte der Versuchung nicht widerstehen. Sie schlüpfte durch die Tür und stieg die Stufen hinauf.

Die Treppe endete an einem breiten Korridor, an dessen Ende ein gewölbter Durchgang in einen weißgestrichenen, hellen Raum führte. Dort stand bewegungslos David und starrte auf seine Staffelei. Er nahm sie, Nicola, gar nicht wahr, das merkte sie; er nahm überhaupt nichts wahr außer diesen leeren Bogen Papier vor sich. Es war die gleiche Intensität, die sie bei ihrem Vater gespürt hatte. Sie beging nicht den Fehler – wie vielleicht andere – zu glauben, er träumte lediglich. Die gespannte Haltung seines Körpers, dieses restlose Vertieftsein – das kannte sie.

Er griff nach einem Zeichenstift und fing langsam, beinahe nervös zu zeichnen an. Innerhalb einer Minute begann sich der Stift schneller über das Papier zu bewegen. Sie konnte das wachsende Selbstvertrauen, seine innere Erregung förmlich spüren. Nun ist es ihm *ernst*, dachte sie. Sie begann sich auf Zehenspitzen zu entfernen.

In ihrem Bemühen, still zu sein, übersah sie die erste Treppenstufe und geriet ins Stolpern. Sie wagte nicht, sich umzusehen.

»Schleichen Sie sich doch nicht weg«, sagte Davids Stimme hinter ihr.

Sie drehte sich um. Er kam den Korridor entlang, den Zeichenstift in der Hand.

Sie errötete. »Entschuldigung. Ich wollte nicht neugierig sein – oder stören«, fügte sie hinzu.

David nahm belustigt ihr Unbehagen zur Kenntnis. »Es ist doch ganz natürlich, daß Sie neugierig sind«, sagte er freundlich. »Wenn man an Ihre Herkunft denkt ... Wenn Sie einen Blick hereinwerfen wollen, bitte.«

Er machte eine Handbewegung in Richtung der gestapelten Skizzen und Bilder. Nicola fühlte sich versucht, aber eingedenk seiner vorherigen Konzentration wich sie zwei Stufen weiter hinab.

»Ich würde das sehr gern einmal irgendwann tun. Aber ... im Augenblick würde ich Sie nur irritieren, das weiß ich.«

»Sie sind überhaupt ein irritierendes Mädchen«, sagte David lächelnd.

Nicola wandte den Kopf ab. »Morgen vielleicht«, sagte sie und stieg weiter die Treppe hinab. »Vielen Dank.«

Sie wußte, daß er ihr nachsah. Als sie auf dem Treppenabsatz angelangt war, hörte sie oben seine Schritte, als er in das Atelier zurückkehrte. Zurück an die Arbeit.

Nicola schrieb in ihrem Zimmer auf der Maschine, als Barbara von der Galerie heimkehrte. Ohne anzuklopfen trat ihre Stiefmutter ins Zimmer.

»Du solltest mehr ausgehen, Süße«, sagte sie mißbilligend.

»Verabrede dich doch mit irgend jemand. Vielleicht könnten wir heute abend irgendwo zu viert hingehen? Kennst du niemand, den du magst?«

Nicola wußte nicht, wie sie darauf reagieren sollte. »Na ja, vielleicht Jerry?« schlug sie zaghaft vor.

»Jerry ist schwul«, sagte Barbara.

»Das spielt keine Rolle.«

Barbara warf den Kopf zurück und lachte laut. »Spielt keine Rolle! Vielleicht nicht für einen Lunch bei Chassens, aber es spielt eine verdammte Rolle im Bett.«

Noch immer lachend zog sich Barbara zurück und ging die Treppe hinunter.

Nicola war erleichtert, daß keinerlei Verabredung für sie getroffen wurde, und tatsächlich blieben sie alle drei an diesem Abend zu Hause. Barbara, eine Flasche Scotch dicht neben sich, brütete über irgendwelchen Abrechnungen, David zeichnete eine Weile und machte dann Musik. Nicola, vertieft in Lillian Hellmans ›Pentimento‹, fühlte sich zum erstenmal wirklich entspannt und behaglich. Es war eine kühle, ruhige Nacht, draußen plätscherte noch immer ein leichter Regen herab. Maria hatte ein wunderbares Kalbsfrikassee zubereitet, und David eine Flasche kalten Weißweins entkorkt, damit Nicola ihn während des Lesens trinken konnte.

Erst als Barbara ihre Bücher zugeklappt und im Schreibtisch verschlossen hatte und danach müßig in Davids Skizzenbuch blätterte, veränderte sich die Atmosphäre.

»Das hier ist alles Mist«, sagte sie harsch.

David blickte auf. »Es sind bloß ganz flüchtige Skizzen«, sagte er überrascht.

Barbara blickte auf die Skizzen und dann zu Nicola hinüber. Es war ein bösartiger Blick.

»Mist ist das«, wiederholte sie.

Nicola beugte sich über ihr Buch und tat, als sei sie völlig in ihre Lektüre vertieft. Sie hatte nicht gewußt, daß David sie gezeichnet hatte, obwohl sie ein-, zweimal während des Abends gespürt hatte, daß er sie ansah. Sie konnte ihn nicht bitten, die Skizzen ansehen zu dürfen ohne Barbara zu erbosen. Außerdem mochte sie sich nicht porträtieren lassen und wußte nicht, was David in ihrem Gesicht möglicherweise sah.

Und wenn es nun wirklich ›Mist‹ war? Nicola vermutete, daß die Zeichnungen jedenfalls schmeichelhaft ausgefallen waren.

Danach lastete ein ungemütliches Schweigen im Raum. Die Atmosphäre des frühen Abends war zerstört. Nicola blieb noch eine halbe Stunde sitzen und ging dann ins Bett.

12

Sie ging den beiden bewußt aus dem Weg. Am nächsten Tag stand sie absichtlich spät auf, um Barbara nicht am Frühstückstisch anzutreffen. Ihre Stiefmutter hatte ihr einen Zettel hinterlassen. ›Jeff soll Dich hinfahren, wohin Du willst.‹ Nicola bat den Chauffeur, sie in Malibu abzusetzen und danach verbrachte sie den Tag mit Sonnenbaden und Schwimmen. Jeff holte sie am späten Nachmittag wieder ab und brachte sie zurück. Nicola blieb in ihrem Zimmer, bis die einleitenden Cocktails unten getrunken worden waren und Barbara hinaufrief, das Essen stünde auf dem Tisch.

Es gab vier Gänge, und der größte Teil der Mahlzeit ging unberührt in die Küche zurück. Barbara aß kaum etwas und trank statt dessen um so mehr. Nicola, innerlich nervös und angespannt, stocherte auf ihrem Teller herum. Nur David schien das Essen zu schmecken, obwohl er Schwierigkeiten hatte, es zu sich zu nehmen, denn Barbara, offensichtlich bereits betrunken, machte sich dauernd an ihm zu schaffen: sie zerzauste ihm das Haar, streichelte sein Gesicht und küßte ihn.

Nicola saß steif da und spielte mit dem klebrigen Schokoladedessert, während Barbara an Davids Ohr knabberte. Das ganze Theater war ihr peinlich – falls es Theater war. Wenn ja – wie sie vermutete – so fand es um ihretwillen statt. Barbara steckte, was ihren Liebhaber betraf, die Grenzen ihres Territoriums ab.

»Du bist der Piepmatz meines Lebens«, summte Barbara an Davids Hals. »Du wirst immer bei mir sein . . .«

Nicola wünschte, sie könnte solche Kindereien amüsant finden, aber sie begann nur ärgerlich zu werden. Ihre Versuche, eine Unterhaltung in Gang zu bringen, blieben vergeblich, ihre Frage nach einer neueröffneten Galerie wurde einfach ignoriert. David hatte zwar damit begonnen, ihr zu antworten, aber Barbara legte beide Arme um ihn und küßte ihn geradewegs auf den Mund. Nicola schob das Dessert zurück und stand auf; ausnahmsweise einmal gleichgültig dagegen, daß dies normalerweise als unhöflich gelten würde, wollte sie so schnell wie möglich das Zimmer verlassen.

David befreite sich aus Barbaras Armen und blickte auf. »Es ist das ›Tempo‹, Nicola.«

»Wie bitte?«

»Die Galerie, nach der Sie gefragt haben, ist das ›Tempo‹. Das stimmt doch, Barbara, oder nicht?«

Maria erschien mit dem Kaffee, und Nicola setzte sich wieder.

»Es *stimmt* doch, Barbara?« Davids Stimme klang hart und Barbara, das Gesicht schläfrig an seine Schulter geschmiegt, richtete sich auf.

Sie sah Nicola an und lächelte. »Oh, das ›Tempo‹ wird dir gefallen, Darling. Wenn du Glück hast, wird du 'ne Menge süßer kleiner Künstler dort antreffen. Ganze Haufen. Manche sind in sexueller Hinsicht 'n bißchen un-sulänglich, sagen wir mal. Bißchen pervers. Aber...«

Nicola war wie erstarrt über den feindseligen Unterton.

David sagte in scharfem Ton: »Halt' die Klappe!«

Barbara wandte sich ihm gekränkt zu. »Um Himmels willen, ich warn' sie ja bloß. Un' verdammt, sie sollt' genügend drüber wissen.«

»Mund halten«, sagte er.

»Sons' muß sies schließlich mal wissen. Ich hab' das Theater mitgemacht. Zum Teufel, ihre eigene Mutter is' dran *eingegangen*. Diese ganze, elende Scheiß...«

Als Nicola der Sinn ihrer Worte aufging, hatte sie das Gefühl, als ob sie zu Eis erstarrte. »Wie bitte?« sagte sie deutlich.

»Dieser verdammte Ego-Trip des Künstlers...«, fuhr Barbara fort.

»*Was* hast du gesagt?« Nicola Stimme hallte in ihren eigenen Ohren wider.

Barbara sah sie flüchtig an, dann streckte sie die Hand über den Tisch aus, so als wolle sie Nicolas Arm berühren. Nicola, steif wie eine Marionette, wich zurück.

»Was hast du da über meine Mutter gesagt?«

Barbara seufzte. »Er war an ihrem Tod schuld. Das ist die Wahrheit.«

»Sie starb an einer Lungenentzündung.«

»An einer *vernachlässigten* Lungenentzündung, meine Süße.« Barbara sprach jetzt klarer, die durch den Alkohol verursachte Verschwommenheit war verschwunden. »Er war so verdammt beschäftigt, so selbstbesessen ... Es war damals seine erste Londoner Ausstellung. Er hatte keine Zeit, sich um einen Arzt zu kümmern. Sie starb, während er fort war. Er hatte das Gefühl ...«

Nicola, die ihre Stiefmutter mit wachsendem Entsetzen anstarrte, unterbrach sie heftig. »Das ist nicht wahr.«

Barbara sah ihr gelassen in die Augen. »Schätzchen, es ist wahr«, sagte sie ruhig. »Er hat es mir erzählt. Oft. Er hatte immer Schuldgefühle. Er wußte ...«

»Es ist nicht wahr! Das sind alles Lügen!« Nicola stand auf. Sie hielt sich am Tisch fest, empfand einen Zorn wie nie zuvor in ihrem Leben. Am liebsten hätte sie zugeschlagen, diese Frau, die da Lügen über ihren Vater erzählte, verletzt, vernichtet. Aber weshalb diese Lügen? Aus was für einem tief vergrabenen Haß heraus verbreitete sie sie?

»Darling, es war so«, fuhr die geschmeidige Stimme fort. »Dein Vater hat immer sein völlig eigenes Leben gelebt, selbst wenn er irgendein Weibsstück bei sich hatte, um ...«

Nicola trat einen Schritt zurück; ein Glas zersplitterte auf dem Boden. David war aufgesprungen und traf Anstalten, den Arm um sie zu legen. Sie wies ihn mit einer Schulterbewegung ab. Ihre Kehle war wie zugeschnürt; das Atmen fiel ihr schwer.

»Sie sollten sich setzen, Nicola«, sagte David.

»Warum lügt sie so?« flüsterte Nicola. »Sie ist eine blöde Kuh, wenn sie so lügt.« Tränen strömten ihr über die Wangen.

Barbara sah sie traurig an. »Nicola, ich lüge nicht«, sagte sie.

Nicola mußte fort. Sie drehte sich schnell um, taumelte auf die Glastür zu, hinaus in den kühlen Abend. Sie holte tief Luft, versuchte den Schmerz in ihrer Brust einzudämmen. Langsam wanderte sie um den matt erhellten Swimming-pool herum; in ihrem Kopf war ein Durcheinander, das sich aus Barbaras Worten und aus halbgeformten Plänen zusammensetzte. Sie würde heute nacht noch abreisen. Aber war das möglich? Sie würde morgen abreisen. Wie konnte sie noch hier bleiben, und warum sollte sie noch bei ihrer Stiefmutter bleiben, die halb verrückt war? Und David, der ... ja, was war er? Gefährlich für sie. Das wußte sie. Es konnte leicht geschehen, daß sie sich zu viel aus ihm machen und er sie verletzen würde.

Auf der dunklen Seite des Pools blieb sie stehen und starrte auf die Lichter der Stadt hinab. Noch eine Nacht mußte sie überstehen, dann würde sie wieder zu Hause sein. In Sicherheit – bei Felix, in ihrer Wohnung, in einem Leben, das seine Ordnung hatte. Nichts würde wie hier sein – kein Wahnsinn. Sie drehte sich um und sah Barbara und David nach wie vor am Eßtisch sitzen – Barbara nippte mechanisch an ihrem Glas, David hatte sich vorgebeugt und redete auf sie ein. Er sah zornig aus. Nicola hoffte, daß er auch zornig war. Barbara stand plötzlich auf, und Nicola wich ins Dunkel zurück.

Barbaras Schritte waren auf der gefliesten Umrandung des Swimming-pools zu hören. Sie näherten sich ihr. Nicola wandte Barbara den Rücken zu. Der Arm der Frau legte sich um ihre Schultern, und das Mädchen erstarrte. Bleib ruhig, sagte sie sich, morgen bist du zu Hause.

»Ich weiß, daß du tief verletzt bist, Darling. Aber gib mir Gelegenheit, die Sache zu erklären.« Barbaras Stimme klang sehr ruhig. »Ich dachte, du wüßtest das alles, daß er es dir erzählt hat. Er sprach oft darüber, wenn er betrunken war.«

»Ich wußte es nicht.«

»Dann tut es mir leid, daß ich es dir gesagt habe.« Barbara drückte sachte ihre Schulter. »Komm jetzt. Komm ins Haus zurück.«

Schweigend ließ sich Nicola auf die offene Glastür zuführen. Dort blieb sie stehen. Sie wollte nicht hineingehen. Barbara, so als ob sie es spürte, wies auf eine Gartenbank, zündete, als Nicola sich setzte, eine Zigarette an und reichte sie ihr.

Nicola nahm die Zigarette.

»Warum haßt du ihn so sehr?« flüsterte sie.

Barbara seufzte und setzte sich neben sie. »Ich habe ihn

nicht gehaßt. Ich habe ihn geliebt – hast du das vergessen? Du warst bei uns. Du hast gesehen, wie sehr ich ihn liebte.«

»Aber du hast ihn verlassen.«

Barbara schwieg einen Augenblick und zog heftig an ihrer eigenen Zigarette. »Ich mußte es tun, Darling. Er hätte mir sonst das Herz gebrochen.«

Eine weit zurückliegende Erinnerung tauchte aus Nicolas Innern auf, dann war plötzlich wie mit einem Schlag das Bild wieder da: Barbara, wie sie tränenüberströmt in der Küche des alten Hauses in Hampstead stand. Ihr Vater, der die Haustür hinter sich zuschlug. In jener Nacht war er nicht heimgekommen. Und in wie vielen anderen Nächten auch nicht?

»Und ... meine Mutter?« fragte sie mühsam.

»Ich weiß, daß sie ihn liebte«, sagte Barbara. »Sie hat ihn verzweifelt geliebt.«

»Und er hat *sie* geliebt.«

Barbara schwieg eine Weile. »Vielleicht«, sagte sie dann langsam. »Vielleicht. Er hatte immer andere Frauen. Aber das hat nicht unbedingt etwas zu bedeuten. Trotzdem – ich glaube nicht, daß er überhaupt fähig war, jemand zu lieben. Damals waren seine Bilder, die Ausstellungen, der ganze Betrieb das, was er liebte. Nur das zählte für ihn. Er war ehrgeizig. Er wollte nicht nur gut sein – er wollte grandios sein. Er wollte als Genie anerkannt werden. In der Kunstwelt ist das nicht leicht. Aber er glaubte wirklich, daß er es schaffen würde. Ich glaubte das auch.«

»Es ist ihm gelungen«, sagte Nicola loyal, obwohl sie wußte, daß es nicht stimmte.

Barbara zuckte die Schultern. »Nicht frühzeitig genug. Und nicht wirklich.«

Nicola wandte sich zum erstenmal Barbara zu, um sie anzusehen. Die Ältere starrte in die Ferne, die Stirn leicht gerunzelt. In dem matten Licht sah sie so alt aus wie sie war, müde und unglücklich.

»Warum machst du diese Ausstellung, Barbara, wenn du solche Empfindungen hast?«

Barbara faßte sich und lächelte leicht. »Um des Geldes willen, Süße. Nein – es ist mein Job, und er war ein guter Maler. Es ist als eine Art – Tribut gedacht.«

»Tribut an einen Schweinehund?«

»An seine Kunst. Nicht an den Menschen.«

Nicola trat ihre Zigarette mit dem Schuh aus und wischte sich das noch immer feuchte Gesicht mit dem Ärmel ab. Barbara griff nach ihrer Hand.

»Das ist scheußlich für dich. Ich wollte, ich – nun ja, es ist jetzt eben ausgesprochen worden.«

»Ja.«

»Hör zu, mach dich zurecht und zieh dir vielleicht was anderes an, dann gehen wir noch aus. Irgendwohin, wo es hübsch ist.«

»Nein«, sagte Nicola. »Wirklich nicht.«

»Bitte«, sagte Barbara leise.

Nicola schüttelte den Kopf. Sie war müde; sie wollte nicht mehr reden, nichts mehr hören. Es war ihr unmöglich, klar zu denken. Ein Teil ihres Gehirns nahm wie ein unbeteiligter Beobachter ihre Reaktionen zur Kenntnis; sie war nicht mehr zornig, nur noch geschockt.

»Überlege es dir«, sagte Barbara, drückte noch einmal Nicolas Schulter und verschwand im Haus. Nicola blieb noch eine Weile sitzen, vornübergebeugt, den Blick aufs Wasser gerichtet. Ein Geräusch im Haus veranlaßte sie, sich umzudrehen. Durch die Glastür konnte sie in das beleuchtete Eßzimmer sehen. Barbara beugte sich lächelnd vor, um Davids Wange zu steicheln. Sein Gesicht war ernst; er sah sehr zornig aus. Barbara zauste ihm spielerisch das Haar.

Nicola stand auf und ging schnell und leise am Swimmingpool entlang, zur Zufahrt hinüber und von dort aus dem Tor.

Jeff, der aus dem Schatten des Hauses auftauchte, beobachtete, wie sie die Straße nach Bel-Air entlangging. Er konnte ihr zu Fuß oder mit dem Wagen folgen. Er wandte sich der Garage zu. Besser mit dem Wagen.

Nicola wußte nicht, wohin sie ging. Sie wußte nur, daß sie vom Haus wegwollte. Sie mußte einen klaren Kopf bekommen, den schmerzenden Knoten in ihrer Brust loswerden. Und den Zorn, der wie eine erstickende Flamme zurückgekehrt war, als sie die lächelnde Barbara im Zimmer innen gesehen hatte.

Die Straße war gut beleuchtet, und Nicola kam sich vor wie die Darstellerin in einer Filmszene. Sie konnte ihre eigenen Schritte hören, und Barbaras Worte hallten rhythmisch in ihrem Kopf wider: »Zum Teufel, ihre eigene Mutter ist dran *eingegangen*... Er war an ihrem Tod schuld... Er hatte immer Schuldgefühle...«

Schuldgefühle? Sie hatte nie erlebt, daß ihr Vater irgendwelche Schuldgefühle geäußert hatte. Er war ein Mensch, der nach vorne gesehen hatte.

»Sieh niemals zurück, Nicola«, hatte er ihr vor Jahren gesagt. »Grüble nicht darüber nach, was hätte sein können. Schau zum Horizont und konzentriere deine Energie auf den Tag, der vor dir liegt. Du lieber Himmel, genieße diesen verdammten Tag. Genieße ihn!«

Dieses Luder Barbara. Aber was waren das für lange gehegte Ressentiments, die sie veranlaßten, solche Dinge zu sagen? Ihr Vater mußte sie schrecklich verletzt haben. Aber schließlich hatte er vielen Frauen weh getan. Darin hatte Barbara recht. Frauen hatten für ihn keine Rolle gespielt, jedenfalls keine so große wie seine Arbeit. Aber mit meiner Mutter war es anders, sagte sich Nicola. Er hatte sie geliebt. Eine vernachlässigte Lungenentzündung?

Das Geräusch eines Wagens, der sich ihr von hinten näherte, veranlaßte sie, schneller zu gehen. Das Auto fuhr langsamer – es war ein langer, offener Sportwagen.

»Soll ich Sie irgendwohin bringen, Schätzchen?« fragte eine männliche Stimme.

»Nein, danke«, sagte Nicola und ging schneller.

»He – sind Sie Engländerin?«

Nicola ignorierte das. Der Wagen kroch neben ihr her.

»He, ich bin gerade aus Europa zurückgekommen«, sagte der Fahrer. »Paris, Rom, London... ich hab' auch einen Abstecher nach Stratford on Avon gemacht. Sie wissen schon... Shakespeare.«

Nicola warf ihm einen Blick zu. Ein junges Gesicht, blondes Haar. »Ja, ich kenne Shakespeare.«

Er lachte. »Nun kommen Sie schon. Ich nehme Sie mit. Ich beiße bestimmt nicht.«

Nicola betrachtete einen Augenblick lang prüfend sein

Gesicht. Es wirkte gesund und offen, hatte etwas von sauber geschrubbter Jugendlichkeit an sich. Sie stieg in den Wagen.

Der Sportwagen summte in die Nacht hinein. Jeff, der im Cadillac saß, schaltete wieder Scheinwerfer und Motor ein. Er folgte dem anderen Wagen.

Die gelangweilte weibliche Stimme an anderen Ende der Telefonleitung irritierte David maßlos. Er sah die Lady vor sich – karminrote, krallenartige Fingernägel, falsche Wimpern und ein andauerndes, vernichtendes Gähnen.

»Lassen Sie sie einfach ausrufen«, sagte er mit künstlicher Geduld. »Durch den Lautsprecher – um Himmels willen.«

Barbara, die im Zimmer auf und ab ging, ein Glas in der Hand, drehte sich um und hob eine Braue.

»Ja, ich *habe* es bei British Airways versucht!« brüllte er in den Apparat. »Okay, schon gut. Danke.«

Er knallte den Hörer auf. »Miststück«, sagte er.

»Was kann sie bloß tun?« fragte Barbara müde.

»Vielleicht sollte ich zum Flughafen fahren.«

»Wieso sollte sie auf dem Flughafen sein?« fragte Barbara. »Ihre Handtasche ist doch hier.«

»Wo sollte sie sonst sein?«

»Woher, zum Teufel, soll ich das wissen? Ich wollte, sie würde nach England zurückfliegen. Albernes Geschöpf.«

»Deshalb hast du das wohl alles vor ihr ausgekotzt, ja? Um sie loszuwerden, ja? Sie ist jetzt für dich erledigt. Ist es nicht so?«

»So ungefähr«, sagte Barbara. »Jedenfalls ist sie lästig. Eine Langweilerin mit einem Vaterkomplex.«

Sie hatte ihm den Rücken zugewandt. Er ging durchs Zimmer, packte sie an den Schultern und drehte sie zu sich um

»Bist du denn nicht der geringsten Freundlichkeit fähig?« sagte er wütend. »Nicht der allergeringsten?«

Ihr Blick hielt dem seinen stand, aber es lag etwas wie Unsicherheit darin. Ein Schatten von Furcht.

»Bei Nicola weiß ich das einfach nicht«, sagte sie.

Er ließ die Hände herabfallen und wandte sich ab. »Vielleicht sollten wir die Polizei benachrichtigen.«

»Rede keinen Unsinn«, sagte Barbara und fügte, als sich

David ihr wieder zuwandte, hinzu: »Jedenfalls jetzt noch nicht.«

Nicola entsann sich Cyrano's Restaurant am Strip, und da es das erste war, was ihr einfiel, bat sie den Besitzer des Sportwagens, sie dort abzusetzen und fügte hinzu, sie sei mit jemand verabredet. Zu ihrem Entsetzen erbot er sich an, sie hineinzubegleiten.

»Sie werden doch nicht allein dort hineingehen wollen. Ich werde dafür sorgen, daß Sie heil innen ankommen, dann verschwinde ich. Ich bin auch verabredet.«

»Hören Sie, das ist nicht nötig«, sagte Nicola, während er in den Parkplatz einfuhr. »Mein... Freund wird innen sein.«

»Ich hätte selbst nichts gegen einen kleinen Schluck«, erwiderte er lächelnd. »Nun kommen Sie schon.«

Nicola stieg zögernd aus. Sie hatte kein Geld bei sich; schließlich hatte sie nicht vorgehabt, irgendwelche Bars aufzusuchen. Wie konnte sie also für ihre Drinks zahlen – sofern es der junge Mann nicht tat – und wie lange würde er mit ihr zusammen auf ihren ›Freund‹ warten? Sie schluckte.

»Hören Sie, mir wäre es lieber, wenn Sie nicht mitkämen. Er ist ziemlich eifersüchtig, und er könnte glauben...«

»Ach, keine Spur.« Er ergriff ihren Arm. »Ich muß sowieso in zehn Minuten verschwinden.«

Sie saßen an der Bar. Nicola blickte fortgesetzt zur Tür hinüber, so, als erwarte sie jemanden. Der junge Autofahrer mit dem frischen Gesicht – er sagte, er hieße Don – warf einen Blick auf seine Armbanduhr und sah sie dann besorgt an. »Sind Sie ganz sicher, daß er sich *hier* mit Ihnen verabredet hat?«

»Ganz eindeutig«, sagte Nicola.

»Na ja, es ist mir zuwider, Sie verlassen zu müssen, Schätzchen, aber ich...«

»Das ist völlig okay«, sagte Nicola hastig. »Gehen Sie nur. Ich fühle mich hier sehr wohl.«

»Ganz sicher?«

Nicola nickte und Don, der erleichtert dreinblickte, winkte, um zu zahlen.

»Und geben Sie der Lady noch einen Drink, ja?« sagte er zum Barkeeper.

Don schob das Wechselgeld in die Tasche und wandte sich wieder Nicola zu. »Es war schrecklich nett, Sie kennenzulernen, Schätzchen. Aber wenn er in zehn Minuten noch nicht hier ist, würde ich mich an Ihrer Stelle verdrücken.«

»Ganz bestimmt.«

Er blieb noch ein paar Sekunden unbehaglich stehen, und Nicola, die ahnte, was nun kommen würde, wandte den Blick ab. Aber die Zehndollarnote wurde schnell unter ihr Glas geschoben.

»Vielleicht – nun ja, vielleicht brauchen Sie ein Taxi. Ich weiß nicht, wieviel ... bitte, nehmen Sie es.«

Sie hatte das Gefühl, alle Augen im Lokal seien auf sie gerichtet. Ihre Wangen brannten vor Verlegenheit. »Nein«, flüsterte sie. »Das kann ich unmöglich annehmen.«

»Doch, bitte«, sagte er. »Ich mache mir Sorgen. Wie dem auch sei, Schätzchen, Sie können mir's ja zurückgeben, wenn ich das nächstemal ins alte Land komme. Wie wär's damit?« Er tätschelte ihr die Wange und wandte sich zum Gehen.

»Augenblick«, sagte Nicola. »Haben Sie einen Kugelschreiber da?«

Er zog einen heraus, und Nicola schrieb ihre Londoner Adresse auf eine Papierserviette.

»Ich gebe es Ihnen zurück«, sagte sie. »Danke.«

Don lächelte und steckte die Serviette in die Tasche. »Passen Sie auf sich auf«, sagte er.

Alleingelassen trank Nicola hin und wieder einen Schluck und hielt die Augen auf die Bar gerichtet. Sie war sich zwei junger Männer hinter sich bewußt, die sie neugierig anstarrten. Einer von ihnen glitt auf den leeren Hocker an ihrer Seite.

»Hi«, sagte er.

Nicola ignorierte ihn, trank hastig ihr Glas leer und schlängelte sich durch die Menge hindurch aus der Bar.

Nach dem mit Klimaanlage ausgestatteten Lokal fühlte sich die Luft draußen warm an. Nicola holte tief Luft. Zum Essen hatte es Wein gegeben, und sie hatte drei – oder auch vier Gläser getrunken. Nun kamen noch zwei weitere große Gläser in weniger als zwanzig Minuten hinzu. Doch fand sie, daß sie völlig sicher ging und schnell dazu. Aber die Ränder ihres Blickfelds verschwammen.

Es schienen viele Leute unterwegs zu sein, in Gruppen und paarweise. Der nächtliche Karneval des Sunset Boulevard. Und sie spielte mit. Ein paar Stimmen riefen ihr etwas zu. Einmal griff jemand nach ihrem Arm. Sie hatte das Ganze satt, verließ den Sunset und wanderte unsicher die Palm Avenue hinab. Sie wollte irgendeinen dunklen und stillen Ort finden, wo sie sich verstecken und nachdenken konnte.

Die Cafés entlang des Santa Monica Boulevard schienen voll von jungen Männern zu sein. Eines davon war bis zur Tür gedrängt voll von männlichen Gestalten in engen Jeans, die Hemden bis zur Taille offen, Goldketten auf goldenem Fleisch, oder wirrem Brusthaar. Zwei junge Männer, blond, groß – sie glichen sich wie Brüder –, warfen ihr einen Blick zu, als sie kurz stehen blieb. Dann wandten sie betont desinteressiert die Köpfe ab. Nicola ging weiter.

Eine Frau mittleren Alters, ein bißchen übergewichtig, billig aber respektabel gekleidet, trat in eine kleine Bar mit einer dauernd flackernden Neonröhre über dem Eingang. Nicola folgte der Frau. Das Lokal war innen sehr dunkel, so daß sie zuerst keine Gesichter, sondern nur schattenhafte Gestalten erkennen konnte. Die Schatten saßen auf Hockern an der Bar. Eine Musikbox spielte ein sentimentales Liebeslied. Ein Hokker am Ende der Bar war leer. Nicola ging energisch darauf zu, es wurde ihr allmählich möglich, die Leute und die Bar selbst deutlicher wahrzunehmen. Sie war winzig und eng; es gab höchstens ein Dutzend Gäste an ihr. Hinter ihrem Hocker befand sich ein Billardtisch, an dem zwei schwarze Männer spielten. Über dem Tisch gab es ein Licht, dessen Schein auch auf Nicola fiel, so daß sie sich wie eine Schauspielerin auf der Bühne vorkam, auf die Scheinwerfer gerichtet sind.

Nicola bestellte ein Glas Weißwein. Sie mußte die Bestellung wiederholen, und der Barkeeper wiederholte sie danach ebenfalls noch einmal laut. Eine Frau zu ihrer Linken lachte. Nicola nippte am Glas und drehte sich einmal zu den Spielern um. Einer der beiden machte einen Stoß und sah sie dann an.

»Hi, meine Schöne«, sagte er.

Nicola wandte sich schnell wieder ihrem Drink zu. Die Frau neben ihr drehte sich auf dem Hocker um.

»Meinst du mich, Big Sam?« schrie sie. Von den Spielern kam Gelächter herüber; Nicola warf einen Blick auf die Frau und lächelte leicht. Es handelte sich um eine üppige Blonde in einem kurzen Rock – so wie Nicola ihn seit Jahren nicht mehr gesehen hatte – ihr Gesicht war mit Make-up in Pfannkuchenstärke bedeckt. Am anderen Ende der Bar beäugten sie zwei betrunkene, ungepflegte Männer. Nicola starrte vor sich hin. Was, zum Kuckuck, hatte sie hier zu suchen? Sie hätte Barbara einfach ignorieren, auf ihr Zimmer gehen und Koffer packen sollen, um nach Hause zurückzukehren. Nach Hause? Da war etwas, mit dem sie erst innerlich fertig werden mußte. Ein Knäuel von Erinnerungen, den sie erst entwirren mußte. Ihre sterbende Mutter ... Nicola hatte damals nicht gewußt, daß sie ernsthaft krank war. Eines Tages war sie eben krank gewesen und im Bett gelegen, und am nächsten Tag war sie verschwunden. Sie war verschwunden und kehrte nie mehr zurück. Ihr Vater hatte Nicola zu Tante Helen gebracht, der Cousine ihrer Mutter. War er damals so sehr mit seinen Ausstellungen beschäftigt gewesen? War das der Grund, daß sie bei Tante Helen geblieben war – lange Zeit, ihr schienen es viele Wochen zu sein. Und Tante Helen hatte ihren Vater nie gemocht. War das deshalb gewesen, weil ...?

Nicola trank einen Schluck Wein. Und dann später Barbara ... Barbara, die in der Küche weinte. Aber noch öfter hatte sie in der Küche gesungen. Spiele erfunden. Getanzt. War das noch dieselbe Barbara?

»Noch wassu trinken?« Der jüngere der beiden Betrunkenen stand hinter ihr.

»Nein, danke«, sagte Nicola.

Der Mann schwankte ein bißchen zur Seite und versuchte ihr Gesicht deutlicher zu erkennen. »Ich kann Ihn' swanzig Dollar für 'n Hupfer geben, Süße.«

Nicola warf ihm einen verwirrten Blick zu. Was, um alles auf der Welt, sollte das heißen?

»Tut mir leid, ich habe keine Hupfer«, stammelte sie.

Der Betrunkene brüllte vor Lachen, wiederholte ihre Worte

und versuchte ihren Akzent nachzuahmen. Eine Reihe von Leuten an der Bar lachten ebenfalls. Nicola senkte den Kopf und tastete nach den zehn Dollar, die ihr Don gegeben hatte. Sie wollte zahlen und schnell von hier verschwinden.

»Hau ab, du Blödian«, sagte die blonde Frau. »Laß die Kleine in Ruhe ihren Wein trinken.«

Zu Nicolas Erleichterung stolperte der Mann davon, noch immer lachend. Die Blonde rutschte näher an Nicola heran. »Du bist keine Professionelle, Kindchen«, sagte sie freundlich. »Das kann man deutlich sehen.«

»Himmel, das ist doch nicht möglich. Ich bin in halb Hollywood und Beverly Hills rumgefahren. Ich war in der Galerie. Nichts.«

David warf die Wagenschlüssel auf den Tisch und sah Barbara zornig an. Sie las in einer Illustrierten und so, als ob sie seiner plötzlich gewahr geworden wäre, legte sie das Blatt hin.

»Das alberne Luder«, sagte sie.

David, der das Gefühl hatte, ersticken zu müssen, obwohl das Zimmer durchaus kühl war, öffnete die Glastür und begann im Patio auf und ab zu gehen. Barbara stand auf. Sie wollte, wie er wußte, die Tür wieder schließen, für den Fall, daß eine Mücke oder Motte ... In diesem Augenblick klingelte das Telefon. Barbara war als erste am Apparat und David blieb dicht neben ihr stehen, während sie redete. Zuerst konnte er nicht erkennen, wer da anrief. Barbaras Ton war schnippisch. Schließlich begann sie zu lachen.

»Reizende Kneipe«, sagte sie. »Okay, bleib' dort. Bring das Kind zurück, wenn es genug hat.«

Sie legte auf und trank einen großen Schluck Scotch aus ihrem Glas.

»Was, zum Teufel ...?« begann David ungeduldig.

»Jeff hat sie in eine Bar gehen sehen.« Barbara war belustigt. »Er fand es besser, sie im Auge zu behalten. Jesus, der Kerl ist wirklich nützlich.«

»Ich werde sie holen.« David griff nach den Wagenschlüsseln.

»Er bringt sie doch her, du Idiot.«

»Es ist besser, wenn ich fahre.«

»Er wird sie herbringen«, sagte Barbara. »Wir kennen die Bar gar nicht. Die kann irgendwo sein.«

Er sah sie wütend an. »Du kennst die Bar. Ich habe gehört, wie du sagtest . . .«

»Überlaß das Jeff. Du wirst sie nur in Verlegenheit bringen, wenn du dort reinplatzt.«

David bezweifelte, daß das stimmte, aber er setzte sich wieder.

»Was zu trinken?« Barbara goß sich selbst wieder das Glas voll.

»Nein.«

Sie saßen schweigend da, bis Barbaras Glas wieder leer war.

Sie gähnte. »Ich muß morgen früh aufstehen, also ins Bett. Kommst du?«

David war erstaunt. »Ist das dein Ernst? Willst du wirklich ins Bett gehen?«

»Natürlich. Um Himmels willen, findest du, wir sollten hier sitzen bleiben und warten – wie besorgte, liebe alte Eltern?«

»Ja, das finde ich.«

»Sei kein solcher Vollidiot.«

»Ich warte jedenfalls.«

Ihre blauen Augen waren schmal, müde; er konnte nicht erkennen, was sich hinter ihnen verbarg. »Ich glaube kaum, daß sie noch plaudern möchte.«

»Nein. Aber es wird ihr klar werden, daß wir uns Sorgen gemacht haben.« Er war verärgert über sie, und seine Stimme wurde lauter. »Wir *haben* uns doch Sorgen gemacht, oder nicht?«

»Ach Scheiße. Okay, warten wir.«

Sie tat es seinetwegen, nicht Nicola zuliebe, das wußte er, aber es war immerhin ein kleiner Sieg. Barbara rollte sich auf dem Sofa zusammen und schlief prompt ein. Wider Willen mußte er lächeln. Was für ein Kind sie war – wenn sie ihren Willen nicht durchsetzte, so brachte sie es immer noch fertig so zu tun, als ob alles doch nach ihrem Kopf gegangen wäre. Er lehnte sich im Sessel zurück und lauschte auf die Geräusche des ankommenden Cadillac.

Nicola begann zu ihrer eigenen Überraschung etwas wie

Vergnügen zu empfinden. Vielleicht lag es am Wein. Die Blonde, die Lindy hieß, hatte sich mit zwei Stammgästen des Lokals zusammengetan, einem Mann mittleren Alters und einem jungen Schwarzen. Sie hatte Nicola auch die Namen genannt, aber das Nicola hatte sie sofort wieder vergessen. Die beiden standen hinter ihrem Hocker und betrachteten sie bewundernd.

Lindy erklärte mit einer Stimme, die im Verlauf der letzten drei Gläser merklich verschwommener geworden war, die Kniffligkeiten des kalifornischen Wohlfahrtssystems und verbreitete sich über die Notwendigkeit, das, was sie von dort erhielt, durch ein bißchen freiberufliche Prostitution aufzustocken.

»Man kann arbeitsunfähig werden, Kindchen. Oder man kriegt Sozialfürsorge. So oder so – man braucht einfach was nebenbei.«

Nicola lächelte, und die beiden Männer lachten. Lindy fuhr ermutigt fort: »Vor allem – *vor allem,* sage ich, wenn man was für Schnaps übrig hat. Aber das gilt ja nicht für dich«, sagte sie zu Nicola. »Das Zeug, was du da trinkst – bist du ein Wino?«

»Eigentlich nicht«, sagte Nicola belustigt.

»Willst du was anderes, Nicola?« mischte sich der junge Schwarze schnell ein.

»Nein, danke. Ich fühle mich ganz wohl so.«

»Du solltest mal Johnnys Tequila Sunrise probieren«, sagte er und nickte schnell und nervös. »Der reißt dir glatt den Kopf ab.«

»Sie will ihren Kopf gar nicht abgerissen kriegen«, sagte der Ältere.

»Nein.« Der junge Schwarze war zerknirscht.

Nicola fand, daß der Wein eine gute Wirkung auf ihren Kopf hatte. Er wirbelte angenehm. Sie hatte auch gewisse Schwierigkeiten, irgend etwas zu fixieren. Sie wandte sich wieder an Lindy.

»Was ist mit den Mädchen, von denen du gesprochen hast – die mit den Babies. Wie kommen die zurecht?«

»Na ja, Kindchen, denen bleibt keine Wahl.« Lindy senkte die Stimme. »Die dort – siehst du sie?«

Nicola blickte zum anderen Ende der Bar, wo eine junge

Frau mit olivfarbener Haut saß und zerstreut mit ihrem Glas spielte.

»Sie muß anschaffen, kapierst du, weil ihr Alter sie sitzen gelassen hat, und sie hat drei Kinder.«

»Könnte sie nicht...« Nicola zögerte. »Na ja, könnte sie nicht einen Job bekommen?«

Lindy warf ihr einen nachsichtigen Blick zu, mit dem sie Nicola das mangelnde Verständnis für etwas verzieh, das ihr selbst so offensichtlich schien.

»Sie ist Mexikanerin, verstehst du. Illegal hier. Sie hat keine Papiere. Was soll sie tun?«

»Lindy, heilige Scheiße.« Der ältere Mann wandte sich an Nicola und sagte seiner Obszönität wegen ein höfliches »Entschuldigung« zu ihr.

»Paß doch auf, was du hier quatschst, Lindy«, fuhr er fort.

»Was?« Lindy blickte von ihm zu Nicola und lachte. »Sie ist doch keine Immigrantin. Sie ist Britin.«

»Nicola ist okay«, sagte der junge Schwarze voller Überzeugung. »Sie hat 'n ehrliches Gesicht.«

»Vielen Dank.«

Nicola begann ihren Zeitsinn einzubüßen. Sie hatte keine Ahnung, wie lange sie bereits hier in der Bar saß. Außerdem wußte sie nicht mehr, wie viele Gläser sie getrunken hatte. Die Gruppe um sie und Lindy herum hatte sich vergrößert. Es waren alles Männer, sechs an der Zahl. Sie hörten Lindy zu, sahen aber Nicola an. Ich bin eine Waise, sagte sie sich, als ihre Stimmung plötzlich ins Rührselige umschlug, wie das bei hohem Alkoholkonsum oft geschieht. Ich sitze in einer Bar, umgeben von Fremden, und ungleich Blanche du Bois kann ich mich nicht auf ihre Güte verlassen. Ich habe keinen Ehemann, keinen Liebhaber, der zählt, und alle meine Freunde sind sechstausend Meilen entfernt. Und ich habe erfahren – obwohl ich es nicht glauben will –, daß mein Vater meine Mutter umgebracht hat. Nicht absichtlich, sondern durch Nachlässigkeit. Aber gestorben ist sie trotzdem.

Nicola mühte sich, sich an das Timbre der Stimme ihres Vaters zu erinnern, aber es gelang ihr nicht. Woran sie sich jedoch erinnerte, waren seine Worte bei der Party zu ihrem einundzwanzigsten Geburtstag. Sie hatte ein langes, neues Kleid aus türkisfarbener Rohseide getragen.

»Himmel noch mal, siehst du gut aus«, hatte er gesagt und sie umarmt. »Du bist ebenso schön wie deine Mutter es war, und doppelt so temperamentvoll.« Er war zurückgetreten, um sie zu betrachten. »Mein Gott, wenn sie doch lange genug am Leben geblieben wäre, um dich sehen zu können.«

Lange genug am Leben geblieben wäre! Er hatte diese Party für sie, Nicola gegeben, und seine neueste Freundin war eine Stewardeß gewesen. Eine muntere, attraktive Frau, sie hatte Essen und Trinken serviert, die Leute einander vorgestellt und alle zum Tanzen ermutigt. Sie hatte viel dazu beigetragen, damit es ein schwungvolles Fest wurde. Und dann war sie frühzeitig weggegangen – in Tränen. Wieder eine mehr.

Jemand zupfte Nicola am Arm. Sie drehte sich auf ihrem Hocker um und sah einen Mann mittleren Alters vor sich stehen, elegant gekleidet und eindeutig betrunken. Auf seinem Gesicht lag ein leichtes Grinsen.

»Komm schon, Engländerin«, sagte er und griff ungeschickt nach ihrem Arm. »Du verdienst 'n bißchen Vergnügen.«

»Wie bitte?«

»Komm – hab' ich gesagt.«

Er hielt ihren Arm jetzt fest umfaßt und Nicola empfand plötzlich Furcht. Aber der junge Schwarze war vorgetreten und riß derb die Hand des Mannes weg. »Verschwinde!« sagte er.

Der Mann schwankte kurz auf seinen Beinen.

»Meinst du vielleicht mich, Sambo?« zischte er.

Blitzschnell zog der Schwarze ein Messer heraus, und die Gruppe der Männer wich instinktiv zurück. Nicola wandte sich leicht zitternd wieder der Bar zu. Lindy tätschelte ihr tröstend die Hand.

»Ich hab' gesagt – verschwinde«, sagte die Stimme hinter ihnen. Nicola beobachtete durch den Spiegel hinter der Bar, wie der Betrunkene zurückwich und vorsichtig auf die Tür zuging. Dort angelangt, blieb er stehen und brüllte zurück: »Reiß sie dir ruhig unter den Nagel, Sambo. Diese Engländerinnen bumsen wie 'ne Boa Constrictor.«

Lindy schnalzte entrüstet mit der Zunge.

»Achte nicht darauf«, flüsterte sie Nicola zu, als bestünde Gefahr, das Mädchen könnte diese Worte glauben. Nicola wurde übel.

»Wo ist die Toilette?« fragte sie Lindy.

»Dort hinten, Kindchen. Es ist eine Tänzerin an die Tür gemalt.«

In dem dunklen Korridor, der zu den Toiletten führte, war ein Telefon. Nicola starrte eine volle Minute darauf und kämpfte gegen ihre Übelkeit an. In Bel-Air warteten ein Schlaf- und ein Badezimmer auf sie. Nichts wünschte sie sich in diesem Augenblick mehr, als sich auf das Bett legen zu können, Barbara hin, Barbara her. Ungeachtet all der Feindseligkeit, des Chaos und der Verrücktheiten, in dem Haus dort gab es einen kleinen Raum, der der ihre war. Wenigstens vorübergehend. Bis morgen noch. Brüllendes Gelächter drang von der Gruppe, mit der sie zusammen gewesen war, zu ihr heraus. Das bewog sie, nach einem Zehncentstück zu kramen.

Zu ihrer Erleichterung meldete sich David am Telefon. Er sagte, sie seien halb krank vor Sorge um sie. Sie solle schnell zurückkommen.

»Ich glaube, ich habe nicht mehr genug Geld für ein Taxi«, sagte sie. »Bleiben Sie auf, um es bezahlen zu können?«

»Ein Taxi?« Seine Stimme klang verblüfft. »Ist Jeff denn nicht bei Ihnen?«

»Jeff?« Nicola starrte einfältig auf das Telefon.

»Hi«, sagte eine Stimme hinter ihr. Sie drehte sich um und blickte ungläubig auf Jeff.

Sie wandte sich wieder dem Telefon zu; ihr Kopf war völlig von Alkohol und Verwirrung benebelt.

»Ja«, sagte sie. »Ja, er ist hier.«

»Hier lang«, sagte Jeff, als sie aufgelegt hatte.

Sie folgte ihm den Korridor entlang zu einer Hintertür und blickte nur einmal zurück. Sie konnte deutlich die Bar sehen. (War Jeff dort gewesen?) Ihre Kumpane standen noch immer dort, redeten jetzt weniger, tranken dafür mehr. Jeff sagte kein Wort zu ihr, als er mit gewohnter Geschicklichkeit nach Bel-Air zurückfuhr, aber er tat etwas, wofür ihm Nicola dankbar war. Er drückte auf einen Knopf, so daß sich ein Fenster spaltbreit öffnete. Nicola sog gierig die Nachtluft ein und schickte innerlich ein Stoßgebet zum Himmel, daß sie sich nicht würde übergeben müssen.

David öffnete die Haustür. Barbara stand einen Schritt hinter ihm.

»Ich möchte nicht reden«, sagte Nicola und strebte spornstreichs der Treppe zu. »Ich möchte sofort ins Bett.«

David blieb mit besorgtem Gesicht stehen, aber Barbara kam schnell auf sie zu und umfaßte ihre Schultern.

»Nur eines, Darling – wir haben uns halbtot um dich geängstigt, aber das spielt jetzt keine Rolle. Aber wichtig ist, daß du einfach ignorieren solltest, was ich gesagt habe. Denk nicht mehr daran. Es war alles Quatsch, alles. Ich habe deinen Vater geliebt, und er hat mich schlecht behandelt. Ich habe mir vorgemacht, daß er jede Frau schlecht behandelt hat. Ich habe mir selbst all das, was ich dir erzählt habe, eingeredet. Laß es gut sein – bitte!«

Nicola blickte in die flehenden blauen Augen. Wie ein durch ein plötzlich aufgerissenes Fenster hereindringender eisiger Luftzug ernüchterten sie diese Worte. Ihr Kopf wurde klarer. Sie glaubte Barbara – nicht jetzt –, aber sie glaubte, daß das, was ihre Stiefmutter ihr vor Stunden gesagt hatte, die Wahrheit gewesen war.

13

Nicola reiste am nächsten Tag nicht ab, denn es schien nun ebenso sinnlos wegzugehen wie dazubleiben. Und Dableiben war leichter. Sie war zutiefst deprimiert; eine Art Stupor machte sie unfähig, irgendeine positive Entscheidung zu treffen. Den größten Teil des Tages über blieb sie in ihrem Zimmer, starrte zum Fenster hinaus oder lag auf dem Bett, um nach Möglichkeit die Zeit zu verschlafen; wenn sie wach war, rauchte sie eine Zigarette nach der anderen.

Gelegentlich versuchte sie zu lesen oder sich die Namen der Künstlerinnen aufzuschreiben, die sie in der ›Tempo‹-Galerie ansehen wollte. Nach einiger Zeit warf sie dann den Bleistift hin und griff wieder nach ihrem Roman.

Am späten Nachmittag streckte Barbara den Kopf zur Tür herein. Nicola nahm sich sofort ihr Buch wieder vor.

»Ah, du liest«, sagte Barbara munter.

»Ja.«

Stille. Nicola konnte den gleichmäßigen Atem ihrer Stiefmutter hören. »Hast du irgendwas gegessen?« fragte Barbara.

»Noch nicht. Ich bin nicht hungrig.«

»Ich bin gleich wieder da.«

Barbara verschwand und kehrte binnen kurzem mit einem Teller voll Käsesandwiches und einem Glas Milch zurück. Beides war offensichtlich schon vorbereitet gewesen. Nicola blickte alles lustlos an. »Danke.«

Sie wünschte, Barbara wäre wieder gegangen, aber die Ältere blieb stehen und sah sie an. »Fühlst du dich besser, Darling? Ich meine, nach der vergangenen Nacht?«

»Ja, danke.«

Barbara blieb unschlüssig stehen und überlegte. »Süße, willst du dich nicht hinlegen, dich dann zurechtmachen und heute abend mit zur Party kommen?« fragte sie schließlich.

»Ich habe keine Lust auf eine Party.«

»Du würdest dich dann besser fühlen.«

»Bestimmt nicht.«

»Es tut dir nicht gut, hier zu sitzen und zu brüten.«

»Ich brüte gar nicht, Himmel noch mal!«

Nicola griff energisch nach ihrem Buch und wandte sich ab. Barbara seufzte laut, als sie das Zimmer verließ. Im Augenblick als sich die Tür hinter ihr geschlossen hatte, legte Nicola das Buch hin und ging zum Fenster. Der Korallenbaum warf einen gespenstischen, verzerrten Schatten auf den in der Spätnachmittagssonne daliegenden Rasen. Alles wirkte sehr still und abgeschieden; kein Laut war zu hören. Unwirklich. Nicola schüttelte den Kopf und wandte sich vom Fenster ab. »Ich fühle mich wie ein Gespenst«, murmelte sie.

Es wurde leise an die Tür geklopft. Nicola ignorierte es.

»Nicola?« Es war Davids Stimme.

»Was ist?«

Die Tür ging auf, und er trat ein. Eine Weile blieb er stehen und blickte sie an. Sie wandte sich ab, damit er ihr Gesicht nicht sehen konnte.

»Reden Sie mit sich selbst?«

»So ungefähr.«

»Kommen Sie doch mit zu dieser Party. Sie können nicht hier rumsitzen und ›so ungefähr‹ mit sich selbst reden.«

»Doch, das kann ich.«

David trat hinter sie und streichelte ihr sachte das Haar.

»Hören Sie, Sie verstehen nicht«, begann Nicola im Wunsch, ihre Empfindungen zu erklären, obwohl sie sich nicht sicher war, ob ihr das gelingen würde. »Ich habe meinen Vater verloren.«

»Das verstehe ich durchaus.«

»Nein. Ich habe ihn nicht verloren, weil er tot ist. Ich habe ihn *überhaupt* verloren. All das, was er für mich war.«

»Sie müssen den Quatsch nicht glauben, den Barbara da erzählt hat«, sagte David ärgerlich.

»Aber ich glaube es. Und ich bin so entsetzlich verwirrt.« Die Worte klangen selbst in ihren eigenen Ohren pathetisch, und sie verfiel in Schweigen, während sie aus dem Fenster starrte. Spielte es wirklich eine solch große Rolle, nach all den Jahren, warum oder wie ihre Mutter gestorben war? Ja, es war so – wenn ihr Vater sich nichts mehr aus ihrer Mutter gemacht hatte, so hatte vielleicht dasselbe auch für seine Tochter gegolten. Und vielleicht war er nicht der Mann gewesen, für den sie ihn gehalten hatte. Vielleicht war sie einfach leichtgläubig gewesen. Nicola schauderte leicht, und David legte die Hände auf ihre Schultern.

»Kommen Sie schon. Gehen wir auf eine Party«, sagte er.

»Was soll das für einen Sinn haben?«

Eine Party wie diese hatte Nicola nie zuvor erlebt. Das Haus in Bel-Air, in dem sie stattfand, war riesig, in pseudo-georgianischem Stil gehalten und mit einem unglaublichen Rosa gestrichen. Nicola starrte es verblüfft an. Es gab einen großen, hell erleuchteten Swimming-pool mit einem mit Papierschlangen geschmückten Baldachin. Bunte Lichter funkelten in den Bäumen und beleuchteten die Gesichter der Gäste.

Es schienen Hunderte von Leuten da zu sein – manche tanzten im Innern des Hauses, andere hielten sich voll-, halb oder gar nicht bekleidet am Rand des Swimming-pools oder im Wasser auf.

Nicola trug ein langes, im Stil schlichtes Baumwollkleid und fühlte sich sofort fehl am Platz. Die meisten der Frauen trugen Jeans, Bikinis oder exotische Feder- und Pelzcreationen. Sie blieb stehen, um das Aufgebot an Farben und Kontrasten zu betrachten.

»Wie gefallen Ihnen die Kellner?« fragte David.

Sie blickte hin. Das runde Dutzend Kellner, von dem die meisten mit Gläsern beladene Tabletts trugen, waren als Pinguine verkleidet. Schwarz-weiße, gedrungene Geschöpfe, deren Aufmachung auf geheimnisvolle Weise ihre Bewegungen beeinflußte – sie watschelten wie Pinguine.

»Du meine Güte«, sagte Nicola.

»Besorgen wir uns was zum Trinken«, schlug Barbara vor.

Nicola bedurfte einiger Gläser, bevor die betäubende Wirkung von Alkohol, Müdigkeit und langweiliger Unterhaltung sie einlullte und die extravagante Umgebung ihre Schockwirkung verlor. Sie hielt nach Barbara Ausschau, konnte sie nirgendwo finden und ließ sich in einen Liegestuhl neben dem Wasserbecken fallen. Innerhalb von Minuten gesellten sich zwei bronzefarbene junge Männer zu ihr, die, ohne ein Wort zu äußern, eine handgerollte Zigarette erst einander und dann Nicola zukommen ließen. Sie zog träge daran, wobei sie den eindeutigen, durchdringenden Geruch erkannte, bevor sie das Ding an die Lippen brachte.

»Das wird mich zum Einschlafen bringen«, sagte sie zu den überraschten Jünglingen und stand entschlossen auf. Der Pool schien leicht zu schwanken. Schließlich fand sie Barbara.

Ihre Stiefmutter war von zwei ergrauenden Männern flankiert und gab eine lange, von Gelächter unterbrochene Geschichte von sich. Nicola wartete bis sich die Heiterkeit gelegt hatte, dann berührte sie leicht Barbaras Arm.

»Barbara, ist dein Fahrer irgendwo in der Nähe? Ich möchte nach Hause.«

Barbara kniff die Augen zusammen und sah sich im Raum um. »Er müßte eigentlich ... irgendwo sein. Ja, dort ist er.«

Jeff stand an der Peripherie der Party, neben einem Gebüsch, rauchte und beobachtete – dem ganzen Betrieb so fern, wie ihm das ohne räumliche Distanz überhaupt möglich war. Als Nicola ihn ansah, war sie halb froh, daß Barbara auf ihrem Hierbleiben beharrte und das auch dadurch unterstrich, daß sie für ihre Stieftochter einen Tanzpartner auftrieb.

»Alan!« rief sie durch den Raum, nachdem sie flüchtig alle verfügbaren Männer gemustert hatte. Alan verbeugte sich und kam herüber.

»Das hier ist Nicola. Nick Grahams Tochter. Frisch aus der Alten Welt eingetroffen.«

Alan lächelte ihr zu.

»Sie würde gern tanzen«, sagte Barbara. »Ich weiß, du hältst dich für eine Koryphäe auf dem Gebiet.«

»Ich? Ich war Ersatzmann für Fred Astaire.«

Nicola lächelte und ließ sich von ihm auf die Tanzfläche führen. wo sie seine Schritte und Bewegungen sorgfältig beobachtete und dann zu kopieren begann. Es war ganz leicht. Einfach die Hüften schwenken und die Schultern schütteln. Sie blickte durch den Raum und sah, daß David sie beobachtete. Er hatte einen Arm um eine große, dunkelhaarige Frau geschlungen, die ein tief ausgeschnittenes, durchsichtiges Kleid trug. Seine Finger glitten den Ausschnitt des scharlachroten Gewands entlang. Nicola wandte den Blick ab.

Margie war eine alte Freundin, mit der David vorübergehend geschlafen hatte, als sie sich auf Verfolgungsjagd nach einem der reichsten Filmleute befunden hatte. Sie hatte ihn auch schließlich bekommen, aber er hatte seine Frau nicht verlassen, und Margies Methode, es ihrem Liebhaber heimzuzahlen, wenn er sich samt seiner Ehefrau auf denselben Parties wie sie befand, bestand darin, aufreizend mit ihren alten Flammen zu flirten. Heute war David an der Reihe, und er genoß es in vollen Zügen. Selbst Barbara, die mit den Tatsachen vertraut war, behandelte Margie mit der Freundlichkeit, mit der Frauen bedacht wurden, die keine ernsthafte Bedrohung darstellten.

David beobachtete Nicola, die hingegeben tanzte, während er selbst die Glätte der weichen Brust unter seinen Fingerspitzen genoß.

»Warum hauen wir nicht einfach ab?« sagte Margie leise. »Hier passiert gar nichts.«

»Ich hab' dir schon gesagt, Herzblättchen. Ich kann nicht.«

»Ach, komm schon. Zu mir.«

David entfernte seine Hand und küßte Margie leicht auf die Lippen. »Ein andermal.«

»Jetzt«, sagte Margie, jedoch ohne Nachdruck.

»Herzchen, du bist schön. Aber ich habe meine Verpflichtungen.«

»Du hast ein gut gepolstertes Nest,« sagte Margie. »Das meinst du doch damit?«

David begegnete ihrem Blick und grinste. »Und was macht denn deines, Süße? Was tut der alte Lenny für dich?«

»Jedenfalls nicht genug«, sagte Margie.

Sie lachten beide.

»Ich wette, seine Angetraute sagt das gleiche«, bemerkte David. als sein Blick auf den erwähnten Mann fiel, der mit seiner Frau tanzte.

»Das ist ihr doch egal«, sagte Margie, plötzlich niedergeschlagen. »Sie würde seinen Pimmel nicht wiedererkennen, wenn sie ihn je zu Gesicht bekäme.«

»Behauptet *er*.«

»Okay – behauptet *er*. Tanzen wir also.«

»Warte noch ein bißchen«, sagte David. Nicola tanzte jetzt mit einem gewissen Maß an Geschicklichkeit und Ausgelassenheit. David vermutete, daß sie eine Menge zu trinken bekommen hatte. »Laß uns noch eine Weile die Leute beobachten.«

»Was gibt's denn bei diesen Attrappen zu sehen«, sagte Margie.

Nicola zum Beispiel, dachte David. Unter den unregelmäßig aufblitzenden Lichtern wirkte sie seltsam ätherisch, so als könne sie jede Sekunde einfach verschwinden. Sie ist schön, überlegte er, auf eine ganz andere Weise als irgendeine der Frauen, die ich bisher kennengelernt habe. Kein kalifornisches Gefunkel. Mehr auf eine weiche, verträumte Art. Es liegt Intelligenz in den großen Augen. Und – gestern nacht – so viel Schmerz. Diese rachsüchtige Barbara. Er war nahe daran gewesen, sie zu schlagen, weil sie solches Unheil angerichtet hatte. David wußte wenig über Barbaras Leben mit Nicholas Graham. Aber er hatte oft gespürt, daß es nicht glücklich gewesen war. Er hoffte, Nicola überreden zu können, alles, was Barbara über ihren Vater gesagt hatte, einfach nicht zu beachten.

Nicola lächelte nun über die Kapriolen ihres Tanzpartners, und David wandte mit einiger Mühe den Blick ab. Du hast weder die Zeit noch das Bedürfnis, dich in ein Mädchen zu vergucken, Leyton, sagte er mit Festigkeit zu sich selbst. So wie die Sache liegt, hast du genügend zu bewältigen.

Er seufzte und löste seine Hand von Margies Schultern. »Auf der Prioritätenliste müssen Menschen zuletzt stehen«, sagte er.

Margie hob eine Braue.

»Das Leytonsche Gesetz«, erklärte er.

»Klingt mir gar nicht nach Leytonschem Gesetz«, sagte Margie. »Klingt mehr nach Blödsinn.«

Er lachte. »Schon möglich.«

Nicola erwachte plötzlich, erfüllt von Entsetzen. In ihrem Kopf hämmerte es. Der kräftige Sonnenschein hinter den sich bauschenden Vorhängen wies darauf hin, daß es schon spät, vielleicht schon Mittag war. Aber im Haus war alles still. Ein Geräusch irritierte sie, ein leises Schnarchen, und sie blickte instinktiv und unbehaglich zur anderen Seite des großen Betts hinüber. Der obere Teil eines dunkelhaarigen, männlichen Kopfes war sichtbar, das Gesicht von ihr abgewandt. O Himmel – die Party. Und wer war das?

Sie forschte unter den Ereignissen, an die sie sich nur noch halb erinnerte. Mit Sicherheit wußte sie nicht, wie sie nach Hause gekommen war. Auch nicht, wie und wann sie die Party verlassen hatte. Aber ... sie hatte mit Alan getanzt. Ja. Und jemand hatte ihr aus der Hand gelesen. Ein verrückter Mann, angezogen wie ein indischer Weiser – mit einem nachgemachten indischen Akzent.

»Sie sind stark. Sie sind verletzt worden. Aber Sie werden wieder stark werden. Sie können auch zerstören.«

»Genau wie mein Vater.«

Hatte sie das wirklich gesagt? Ja, daran erinnerte sie sich. Aber dann war Barbara aufgetaucht und hatte den Inder verächtlich angestarrt. »Immer den alten Quatsch aufrühren, Sindbad.«

»Du kannst mich mal, Barbara«, hatte er in deutlich kalifornischem Tonfall gesagt. War das ein Wahrsager gewesen!

Die Gestalt neben ihr im Bett bewegte sich leicht. Wer, zum Teufel, war das bloß? Nach Sindbad – hatte sie da weitergetanzt? Oder war das mit dem Tanzen nur vorher gewesen? David hatte mit einer nuttigen Dunkelhaarigen getanzt. Da war völlige Leere. Sie entsann sich, nach ihrer Handtasche gesucht zu haben. Hatte sie zu dem Zeitpunkt heimgehen wollen? Oder hatte sie nach einer Zigarette gesucht? Sie hatte irgend jemandes Pfeife geraucht. O Gott. Sie blieb ganz still im Bett liegen, hatte Angst den aufzustören, der da neben ihr schlief. Nach einer Weile wandte ihr der Mann sein Gesicht zu und lächelte.

»Morgen, Nicola.«

War das Alan? Alan war jedenfalls dunkelhaarig gewesen. Ja. Das mußte er sein.

»Morgen... Alan?« Er runzelte die Stirn. »Du bist nicht Alan, oder?«

»Nein, bin ich nicht.«

Seine Stimme klang ärgerlich. Kein Wunder.

»Ich habe mit Alan getanzt.«

»Haste. Aber nach Hause bist du mit mir gefahren.«

Nicola, die starr auf ihrer Bettseite lag, rang nach Worten.

»Ich fürchte, ich war ziemlich blau«, sagte sie. Es sollte eine Art Entschuldigung sein. Oder eine Ausrede.

»Waren wir schließlich alle«, sagte er und griff nach ihr.

Nicola erstarrte vollends. Sie rückte weg; ihr Herz klopfte dumpf. Der Mann richtete sich auf und sah gekränkt drein. Es war ein dunkler, attraktiver junger Mann mit braunem Haar und braunen Augen und einer breiten Brust mit dichtem, lockigem Haar. Irgendwie vertraut – aber unbekannt.

»Abgekühlt, ja?« In seiner Stimme lag ein Unterton von Humor, der die Worte milderte. »Gestern nacht hattest du weniger Skrupel.«

Sie schluckte. Sie mußte es genau wissen. »Habe ich... haben wir...«, begann sie.

»Gebumst? Na und ob! Du warst grandios. Ganz schön scharf.«

»Was?« Sie errötete, als ihr der volle Sinn seiner Bemerkung aufging.

»Schon gut«, sagte er und sah auf seine Armbanduhr.

Schnell stand er auf und begann sich anzuziehen.

»Ich muß machen, daß ich wegkomme«, sagte er.

Nicola sah ihm ein paar Sekunden lang zu, dann glitt sie unter die Decke und zog das Laken über den Kopf. Sie hatte das Gefühl, sich schämen zu müssen, aber im wesentlichen war sie nur peinlich berührt.

»Versteckst du dich?« Seine Stimme klang ganz freundlich. Nicola tauchte wieder auf, sah ihn an und entdeckte einen Funken von Mitgefühl in seinen Augen.

»Du bist einfach umgekippt und ausgelaufen, Baby. Gestern nacht, meine ich«, sagte er.

Nicola nickte erleichtert.

»Ich dachte, du könntest heute morgen vielleicht anders empfinden.« Er sah sie fragend an und schüttelte dann den Kopf. »Aber offenbar nicht.«

»Nein«, sagte Nicola. »Tut mir leid.«

»Ciaou«, sagte er und war dann verschwunden.

Nicola zog das Laken herauf und starrte zur Decke. So was habe ich wirklich noch nie getan, dachte sie. Ich habe nie versucht, mit einem völlig Fremden zu schlafen. Und wenn ich nicht ›umgekippt und ausgelaufen‹ wäre ... wer weiß? Aber spielt es überhaupt eine Rolle? *Muß* es eine Rolle spielen? Männer taten das und viele Frauen auch, und niemand nahm es besonders wichtig. Vielleicht ist es eine Möglichkeit, die Dunkelheit abzuhalten, eine Hilfe, die Nacht zu überstehen? Getröstet zu werden. Sie hatte diese Art Trost zuvor niemals gebraucht.

Aber, wie, zum Teufel, hieß er bloß? dachte sie verkrampft.

Sie hörte von unten Stimmen heraufdringen, kurz bevor die Haustür zuschlug, und ihr geheimnisvoller Liebhaber verschwand. Die Unterhaltung unten ging weiter. David und Barbara waren offensichtlich auf, hatten ihren Besucher abziehen sehen. Aber dann mußten sie über gestern nacht Bescheid wissen. Was, zum Kuckuck, war passiert? Nicola lag eine Weile da, verzweifelt bemüht, die Bruchstücke der vergangenen Nacht zusammenzusetzen. Es wurde an die Tür geklopft und Barbara, eine Tasse Kaffee in der Hand, trat – übertrieben auf Zehenspitzen gehend – ein.

»Hi, meine Süße. Was macht dein Kopf?«

»Total durcheinander.« Nicola stöhnte. »Oder vielmehr benebelt.«

»Magst du ein Aspirin?«

»Später.«

Nicola versuchte sich aufzusetzen und sank mit einem leisen Ächzen in die Kissen zurück. »O Gott.«

»Vielleicht ist es kein großer Trost, aber David meint, er habe nur noch fünf Minuten zu leben«, sagte Barbara. »Ich glaube, daß ich schon in der Nacht gestorben bin. Was du hier siehst, ist mein Geist.«

Nicola lächelte schwach. Barbara versuchte wieder nett zu sein – ebenso wie gestern. Nicola hatte keine Ahnung, weshalb sich ihr Verhalten seit diesen schrecklichen Enthüllungen am Abendessenstisch so verändert hatte. Vielleicht empfand sie echtes Mitgefühl, oder es tat ihr leid, daß sie einen solchen Schmerz verursacht hatte – ob es nun absichtlich geschehen war oder nicht. Aber Nicola spürte intuitiv, daß die Erklärung für die plötzliche Freundlichkeit ihrer Stiefmutter irgendwo bei David zu suchen war. Nicola mußte sich zwingen, mit gleicher Zugänglichkeit zu reagieren; die Gefühle gegenüber ihrer Stiefmutter waren nach wie vor ambivalent.

»Trink' einen Schluck Kaffee und dusche dich ausgiebig«, sagte Barbara jetzt. »Dann fahren wir alle in die ›Tempo‹-Galerie, damit du deinen kleinen Artikel schreiben kannst. Was meinst du dazu?«

»Klingt großartig«, sagte Nicola. »Aber ob ich das schaffe?«

»Na klar schaffst du das.«

Die ›Tempo‹-Galerie war klein und hell erleuchtet, aber leer und voller widerhallender Geräusche. Nicola betrachtete die Bilder und den Katalog sorgfältig, wobei sie sich Notizen machte. David wanderte umher und sah sich ebenfalls die Bilder an, während Barbara mit dem Besitzer plauderte.

»Seine Tochter«, hörte Nicola sie sagen. »Sie ist ihm so ähnlich. Und auch begabt.«

David warf Nicola einen Blick zu. Er war den ganzen Tag über ziemlich reserviert gewesen – Mißbilligung ob ihres Benehmens gestern nacht? Sollte das bei jemand wie David möglich sein? –, aber jetzt lächelte er. Nicola lächelte zurück.

Die drei aßen frühzeitig in einem eleganten Restaurant in Beverly Hills zu Abend, das Nicola eher wie ein Club als wie ein Ort vorkam, an dem man Gerichte vorgesetzt bekommt. Barbara schien jedermann im Lokal zu kennen und eilte von einem Tisch zum anderen. Sie stellte Nicola unzählige Leute vor und schleppte David zu Galeriebesitzern und zu Kunstkritikern oder solchen, die Kunstkritiker kannten. Sie ist wie eine wildgewordene Hosteß, dachte Nicola während einer kurzen Atempause, aber sie genießt es. Zu ihrer eigenen Überraschung stellte sie fest, während sie Champagner nippte, daß ihr das Ganze auf eine distanzierte Weise ebenfalls beinahe Spaß machte.

14

Ein paar Tage später schwamm David im Pool, während Nicola, die Schreibmaschine vor sich auf einem kleinen Tisch, den sie aus dem Haus herausgeholt hatte, im Patio in der Sonne saß und ihren Artikel über die Galerie zu Ende tippte.

David hatte seine morgendliche Arbeit – ein paar Skizzen und einige knifflige Stellen an einem größeren Ölbild – hinter sich gebracht, war mit sich selbst zufrieden und genoß nun die verdiente Ruhepause. Das Wasser war warm; die Sonne, obwohl es später Nachmittag war, strahlte noch heiß vom Himmel herab. Er tauchte unters Wasser und tauchte beim Staccato von Nicolas Schreibmaschine wieder auf. Ihr Haar hing lose um die Schultern herab, eine Strähne fiel ihr ins Gesicht. Sie schob sie ungeduldig zurück.

David ließ sich auf dem Rücken treiben. »Komm herein – du weißt gar nicht, was dir entgeht!« rief er ihr zu.

»Ich habe keine Zeit dazu«, sagte Nicola ohne aufzusehen.

»Zum Teufel mit der Zeit – genieße das Wasser.«

Nicola schüttelte den Kopf, und das Geklapper der Schreibmaschine ging weiter. Davids Blick ruhte auf ihrem gesenkten Kopf, während er sich treiben ließ. Dann, aus einem Impuls heraus, schwamm er an die Seite des Wasserbeckens, kletterte hinaus und schlich sich von hinten her an sie heran. Sie schrie auf, als er sie berührte und zappelte wild, als er sie in seinen Armen hochhob. Mit einem Tarzan-Schrei sprang er, sie noch immer festhaltend, ins Wasser zurück.

»Mistkerl!« kreischte Nicola und plantschte zornig im Pool herum.

David tauchte und schwamm außer ihrer Reichweite, dann, als er sah, daß sie schnell dem Beckenrand zustrebte, ergriff er von unten her ihre Beine. Sie wehrte ihn ab, er ließ sie schnell los und wandte sich von ihr ab. Irgendwie gelang es ihr, auf seinen Rücken zu springen. Er schwamm keuchend, ihre schlanke Gestalt auf seinem Körper, dem Poolrand zu. Dann half er ihr die kleine Leiter hinauf, und sie blieb schwer atmend sitzen, um sich das Haar aus den Augen zu streichen.

»Monstrum«, sagte sie, unwillkürlich lächelnd.

David betrachtete sie bewundernd. Das nasse T-Shirt klebte an ihren festen Brüsten, die Brustwarzen waren deutlich sichtbar; die schon normalerweise engen Jeans lagen wie eine zweite Haut an ihren Beinen an. Er holte tief Luft und gab dann einen leisen Pfiff von sich. »Phh . . . aufreizend wie auf einer Zigarrenreklame.«

Nicola sah ihn belustigt an, und als er erneut nach ihr griff, stemmte sie einen schlanken Fuß gegen seine Brust und schubste ihn ins Wasser zurück. Er fluchte, mehr aus Gewohnheit als aus Ärger, während er wieder auftauchte und Wasser in die Luft spie. Nicola war schon wieder bei ihrem Stuhl und griff nach dem Badetuch. Er stieg aus dem Wasser und näherte sich ihr drohend.

»Das werden Sie büßen müssen, Missy«, sagte er in seiner besten Boris-Karloff-Stimme. Nicola duckte sich, lächelte und hielt das Badetuch gegen sich gepreßt.

»Wage ja nicht . . .«

»Wagen?« sagte David leise. »Was wagen?«

Als er nach ihr griff, wich sie lachend aus. Mit einem Schwung riß er ihr das Tuch weg und zog sie sogleich an sich. Sie fühlte sich in seinen Armen weich und feucht an. Und winzig – so, als ob ihr Körper, wenn er sie zu hart umfaßte, mit seinem verschmelzen würde. Sie hatte das Gesicht erhoben und sah ihn ernsthaft an – dieser ernste Blick! Sie war, was ihn betraf, so unsicher. Vielleicht hatte sie Grund dazu. Er küßte sie sanft. Sie entzog sich ihm nicht, aber der Kuß war zu bald vorbei, und als er sie losließ, blieb sie ganz still stehen; ihre Augen blickten in die seinen. David war verwirrt. Er hatte viele Frauen leichthin geküßt, ein paar auch ernsthaft, und hier konnte er selbst den Unterschied nicht erkennen – und Nicola war ihm keine Hilfe dabei. Er führte sie an der Hand zu ihrem Stuhl zurück und hielt, um sie beide abzulenken, die Notizen und die beschriebenen Blätter in die Luft.

»Willst du arbeiten?« fragte er.

Sie sah ihn zweifelnd an.

»Warum machst das?« fragte er. »Ist es wichtig? Für deinen Job, meine ich?«

Sie überlegte einen Augenblick. »Eigentlich nicht. Nur was Zusätzliches, nehme ich an.«

»Dann solltest du die Sonne genießen. Dich entspannen. Dich am Dasein freuen.«

Ein paar Sekunden lang herrschte Stille.

»Ach, zum Teufel«, sagte sie schließlich. »Weg damit.«

Er hielt die Papiere, während er ihr ins Gesicht sah, über den Rand des Swimming-pools. Dann, als sie lächelte und kaum merklich nickte, ließ er sie ins Wasser fallen. Nicola sah zu, wie die Seiten dahintrieben und sich langsam auflösten. Sie sagte nichts. Er legte eine Hand auf ihre Schulter und blickte ebenfalls hin, als Barbaras laute Stimme hinter ihnen sie beide zusammenfahren ließ.

»Amüsiert ihr euch miteinander?«

David spürte, wie Nicola erstarrte. Er ließ die Hand bewußt auf ihrer Schulter und drehte sie sachte um, so daß sie beide Barbara ansahen.

»Hi, Schätzchen.«

»Was ist los?« Ihre Stimme klang gelassen, aber ihre Augen waren scharf und hart.

»Die arme Nicola ist in den Pool gefallen – samt Manuskript.«

»Ich bin nicht in den Pool gefallen«, sagte Nicola schroff und entwand sich seinem Arm. »Ich wurde gestoßen.«

Sie setzte sich wieder vor die Schreibmaschine. Barbara lächelte über ihren Zorn. Der Blick, den sie David zuwarf, war belustigt.

»Die Notizen auch – ein Jammer«, sagte sie und tätschelte liebevoll Davids Wange. »Böser Junge.« Sie stellte sich neben ihn und blickte auf die zerstörten Seiten im Wasser hinab.

»Wenn die Arbeit getan – oder in diesem Fall ertränkt ist – wird's Zeit zum Tanzen. Wollt ihr Kinder euch nicht umziehen?«

Die Diskothek gehörte zu denjenigen, die David nicht ausstehen konnte und die von Barbara geliebt wurde. Er betrachtete sie als Sammelpunkt für die protzigsten von allen Bewohnern Beverly Hills und Bel-Airs, die Geld und keine Skrupel hatten. Barbara schätzte das Lokal, weil sie über alle dort Anwesenden Bescheid wußte und weil die Gäste, im Gegensatz zu anderen Discos, sich aus allen Altersgruppen zusammensetzten.

»Es ist die einzige Disco, in der ich mich nicht wie eine komische Alte fühle«, hatte sie einmal gesagt.

Insgeheim, so vermutete er, genoß sie auch die Nähe der Filmgewaltigen – Regisseure, Produzenten und Schauspieler hielten sich dort auf –, obwohl sie die Unterhaltungsindustrie offiziell verabscheute. Sie war heute abend auf Hochtouren, dachte er. Sie hatte mit ein paar alten Flammen getanzt, so ziemlich jedermann im Raum begrüßt und nun, wie er vermutete, eine Ruhepause eingelegt, um ihren Alkoholspiegel wieder auf die gewohnte Höhe zu bringen. Sie plauderte mit Nicola.

David streckte die Beine aus und gähnte; er empfand eine Langeweile, die auch die tanzenden Supermädchen nicht vertrieben konnten. Er schnappte Gesprächsfetzen von den Tischen nebenan auf.

»Er ist ›Löwe‹, Darling, das ist doch ganz offensichtlich.«

»Annie? Hirn voller Holzwolle, aber, Mann – diese Titten!«

»Ich habs ihm doch gesagt – reden Sie mit meinem Agenten,

verdammt. Ich habe nicht die Zeit, mich mit Quisquilien abzugeben.«

David seufzte innerlich, nippte an seinem Glas und wandte sich wieder den beiden Frauen an seinem Tisch zu.

»Gefällt er dir, Darling?« fragte Barbara soeben Nicola.

»Wer?«

»Jason – mit dem du getanzt hast.«

»Er scheint ganz nett zu sein.«

»Ich will dir bloß eines sagen, Schätzchen«, sagte Barbara, indem sie sich vorbeugte. »Der Kerl hat den längsten Pimmel, den du je in deinem Leben gesehen hast. So lang...« Sie machte eine Geste, die ungefähr den Maßen eines größeren Hechts entsprachen. »Und so dick!«

David grinste. Sie war einfach unverbesserlich.

Nicola lachte. »Bring ihn wieder her«, sagte sie.

David hatte nur einmal mit Nicola getanzt und das in tugendhaftem Schweigen. Sie schien seit der kleinen Komödie am Swimming-pool eine gewisse Scheu vor ihm zu haben. Aber war es nur Komödie gewesen? Er wußte es selbst nicht. Es war ihm klar, daß er sie attraktiv fand. Interessant. Aber er hatte seine Empfindungen unter Kontrolle. Hoffte er wenigstens. Er fand das, was er im Augenblick brauchte, bei Barbara, und Nicola war zu reizend, um irgendwelche Spielchen mit ihr zu treiben. Trotzdem...

»Tanzen wir?« sagte er beiläufig zu den beiden Frauen.

»Klar«, sagte Barbara und stand auf. Nicola lächelte, ihr Blick folgte den beiden zur Tanzfläche. David beobachtete sie heimlich über Barbaras Schulter weg. Irgendein Bursche mit von Gesundheit und Wohlhabenheit geförderter Sonnenbräune und einem Mund voller teurer Zähne hatte sich neben Nicola gesetzt. Sie lachte. Ein Flirt? Als eines der immer wieder aufflammenden Lichter auf einen Teil der Gäste fiel, erkannte David den jungen Mann – Don Elliott. Dieser Trottel, dachte David verächtlich. Nicola blickte ihm mit einem bezaubernden Lächeln in die Augen. Sie flirtet wirklich, dachte David betroffen.

Als David und Barbara zum Tisch zurückkehrten, hatte Don bereits den Arm um Nicolas Schulter gelegt. Barbara bemerkte es und lächelte.

»Vermutlich habt ihr euch schon selbst gegenseitig vorgestellt«, sagte sie keß.

»Na klar, Barbara«, sagte Don.

David nickte ihm zu und setzte sich. Es konnte noch ein langer, langer Abend werden. Barbara verwandte ihre ganze Aufmerksamkeit und all ihren Charme auf Don. Nur vorübergehend, das wußte David, nur um ihn in der Familie willkommen zu heißen. Albernes Frauenzimmer. Er war erleichtert, als eine adrett gekleidete Frau mit graumeliertem Haar schüchtern an ihren Tisch trat, um Barbaras Aufmerksamkeit auf sich zu lenken.

»Wie geht es dir, Barbara?« sagte die Frau leise.

»Oh, hi«, sagte Barbara. »Wie gehts *dir*, Liebe?«

»Gut, danke.«

»Nett, dich mal wiederzusehen. Es ist lange her.«

»Ja.« Die Frau lächelte nervös. »Danke.«

»Und du siehst so gut aus.«

Da war ein Unterton in Barbaras Stimme, der David nicht gefiel. Er drehte sich stirnrunzelnd um.

»Du siehst einfach fabelhaft aus, Liebe. Glänzend. War nett, dich zu sehen.« Barbara hatte sie entlassen. Die Frau zögerte und wandte sich dann ab.

»Das ist die langweiligste Person auf der Welt«, sagte Barbara laut zu Nicola. »Wenn man mit ihr redet, hat man immer das Gefühl, in einem Bestattungsinstitut zu sein.«

Die Frau hatte sich noch einmal umgedreht, war rot geworden und eilte nun schnell davon. Offensichtlich hatte sie alles gehört.

Barbara fuhr rücksichtslos fort: »Letztes Jahr wurde sie verrückt. Völlig übergeschnappt. Man hat sie gerade wieder aus der Klapsmühle entlassen. Und ihrem Mann hat das gar nicht gepaßt. Ihm wäre es lieber gewesen, sie hätten sie dort behalten. Er hat was für kleine Mädchen übrig. Für ganz junge.«

»Barbara«, sagte Nicola entsetzt. »Sie hat dich gehört.«

David wandte sich ab. Er hatte solche Szenen zu oft erlebt, um davon noch peinlich berührt zu sein. Aber immer noch erregten sie seinen Zorn.

»Na, und – dann hat sie mich eben gehört«, sagte Barbara. »Komm schon, Nicola. Wenn du dich in ein langweiliges Luder verwandelst, werden sie *dich* in die Klapsmühle stecken.«

Nicola lächelte kaum merklich und wandte sich wieder Don zu.

Barbara sah David an. »Du bist so schweigsam«, sagte sie vorwurfsvoll.

»Das liegt nur daran, daß ich nicht viel rede«, sagte David und gähnte.

»Der arme kleine Junge langweilt sich, ja?«

»Zu Tode.«

Barbara, offensichtlich verärgert, wollte etwas sagen, als Nicola und Don aufstanden und gute Nacht sagten. Sie wollten irgendwohin zum Essen gehen. Barbara lächelte und küßte beide umständlich, so als wolle sie ihnen den erforderlichen Segen erteilen. David stand auf, gab Don schnell die Hand und wandte sich dann Nicola zu. Sie streckte ihm die Hand hin. Er nahm sie, hielt sie sachte fest, dachte dann ›zum Teufel‹ und küßte sie. Nicolas belustigter Blick streifte ihn, bevor sie sich abwandte. Barbara und David sahen dem Paar nach, als es sich seinen Weg durch die Menge bahnte. Don hielt Nicola an der Hand.

»Sie lernt schnell«, sagte Barbara anerkennend.

»Vielleicht zu schnell.« David war um einen leichten Ton bemüht, aber er wußte, daß es ihm mißlang.

»Du machst wohl Witze?« Barbaras Stimme klang ungläubig. »Der Kerl ist ein paar Millionen schwer.«

»Er ist ein Vollidiot.«

»Was, zum Teufel, spielt das für eine Rolle?«

15

Nicola war nach der Nacht mit Don ein paar Tage lang rastlos. Sex mit einem Fremden mußte, wie sie entdeckte, nicht unbedingt eine schmerzliche oder peinliche Erfahrung sein. Es vertrieb die Zeit, es ließ wenig Raum für allzuviel innere

Einkehr. Der Körper konnte durchaus beteiligt sein, während die Psyche unberührt blieb.

Aber Don – er war ein so langweiliger Fremder; seine Unterhaltung war von trostloser Leere, und seine Eitelkeit, wenngleich anfangs amüsant, wirkte schnell ermüdend. Er hatte, bevor er ins Bett ging, sorgfältig sein Haar gebürstet und sich anschließend längere Zeit im Spiegel bewundert, wobei er sich erkundigte, was sie von seinem Körper hielte. Sie hatte geantwortet, sie fände ihn außerordentlich attraktiv. Später hatte er gefragt, was sie von seinen Leistungen im Bett hielte. Nicola hatte sie als professionell tüchtig empfunden. Aber sie sagte, es sei wundervoll gewesen. Später wurde ihr bewußt, daß er seinerseits kein einziges Wort, weder ein anerkennendes noch sonst eines, über ihren Körper geäußert und sich auch weder lobend noch mißbilligend über ihre ›Leistungen‹ ausgesprochen hatte. Was ohne Zweifel darauf hinweis, daß es ihr an der Sachkundigkeit mangelte, die er in dieser Stadt wahllosen Geschlechtsverkehrs gewohnt war.

Ihr wurde klar, daß es hier einen gewissen Lebensstil gab, den man genießen konnte. Es war ein eskapistisches, auf Lustgewinn ausgerichtetes Dasein, an dem sie – möglicherweise, nur möglicherweise – mit der Zeit hätte Gefallen finden können. Ein Lebensstil, an den man sich verlieren konnte. Aber sie brauchte dazu amüsantere Leute. Sie beschloß, sie zu suchen.

Sie hatte noch zwei Wochen vor sich und, abgesehen vom Besuch der Ausstellung ihres Vaters und dem Bericht über die Künstlerinnen im ›Tempo‹ wenig geleistet. Sie entsann sich der Notizen und Blätter im Swimming-pool und lächelte ein bißchen mühsam. Das Gefühl von Verantwortlichkeit in ihrem Job, in London so ausgeprägt, schien hier irrelevant. Sie hatte den Eindruck, sich niemand gegenüber verpflichtet fühlen zu müssen. Nicht einmal der Person gegenüber, für die sie sich selbst gehalten hatte. Da gab es Dimensionen in ihr, die sie selbst noch nie erforscht hatte. Sie fragte sich, weshalb sie die Gelegenheit früher nie wahrgenommen hatte.

In ruhigen Augenblicken kam ihr der Gedanke, daß sie vor allem nicht mehr nach London zurückkehren mochte. In London hatte ihr Vater gelebt. London war der Ort gewesen, wo sie um einen Mann getrauert hatte, den sie zutiefst geliebt und möglicherweise nie wirklich gekannt hatte.

Nicola begann mit einer gesellschaftlichen Kampagne. Zum erstenmal in ihrem Leben nahm sie allein an einer Party teil. David und Barbara war überraschenderweise nach einem Abend zu Hause zumute. Die Party, die von einem angesehenen Versicherungsmakler gegeben wurde, fand in Beverly Hills statt und war gut besucht. Nach den ersten nervösen und unbehaglichen fünf Minuten dort entkrampfte sich Nicola. Es war alles nicht schwierig. Die Leute stellten sich ihr selbst ganz locker vor. Wenn ihr Glas leer war, fragte unweigerlich jemand, ob er es ihr nicht neu füllen solle. Nur kurze Zeit stand sie bei irgendeiner bestimmten Gästegruppe, zumeist wanderte sie umher, erforschte alles und unterhielt sich.

Am Ende des Abends hatten vier angemessen erfolgreiche Männer ihre Telefonnummer, und sie hatte Pete Fletcher kennengelernt.

Er war außerordentlich betrunken und fing sie ab, als sie versuchte, an ihm vorbei die Treppe hinaufzugelangen.

»Sie«, sagte er vorwurfsvoll, »tragen eine Strumpfhose.«

»Na, und?« sagte Nicola kalt.

»Kalifornische Mädchen tragen so was nicht mehr.«

»Ich bin leider kein kalifornisches Mädchen. Wenn Sie mich jetzt bitte entschuldigen wollen ...«

»He, haben Sie keine Angst. Ich mag die Dinger ja. Ich ziehe sie liebend gern aus. Natürlich ist es nicht so nett wie Strümpfe. In den alten Filmen ...«

»Entschuldigung«, sagte Nicola verdrossen und versuchte sich an ihm vorbeizuschieben.

Er hielt sie fest und grinste. »Geben Sie mir Ihre Telefonnummer, Tiger? Ich möchte gern mit Ihnen ausgehen.«

»Die geht Sie nichts an. Wenn Sie nichts dagegen haben ...«

Er hielt sie fest, betrachtete ihr zorniges Gesicht, schien dann eine Spur nüchterner zu werden und trat zurück. Er nahm eine Karte aus der Tasche und hielt sie ihr hin. »Dann rufen *Sie* mich an, Baby.«

Als sie keine Anstalten traf, die Karte zu nehmen, öffnete er geschickt ihre Handtasche und ließ sie hineingleiten. »Bis später«, sagte er und verschwand in der Menge.

Als Nicola oben ihr Cape von einem der Betten abholte, sah sie, wie eine ältere Frau sie mit amüsiertem Lächeln beobachtete.

»Wie ich sehe, sind Sie vom jungen Pete angequatscht worden«, sagte die Frau.

»Flegel«, sagte Nicola.

»Er kann einer sein, weiß der Himmel. Merkwürdig, wenn man seine Familie in Betracht zieht...«

Nicola sah auf. »Seine Familie?«

Die Frau lächelte sie an. »Sein Vater ist Alvin Fletcher. Sie wissen doch, das Filmstudio...«

Nicola hatte von Alvin Fletcher gehört. Er war der Präsident eines der größten Filmstudios in der Stadt und ein sehr reicher Mann.

»Man hätte ihm dort Manieren beibringen sollen«, sagte Nicola.

»Ich nehme an, man hat es versucht«, sagte die Frau, während sie das Schlafzimmer verließ.

Nicola, allein gelassen, öffnete ihre Handtasche und fand die Karte, die Fletcher ihr gegeben hatte. Es war eine Adresse in Westwood und dazu eine Telefonnummer. Keine Berufsangabe. Sorgfältig schob sie die Karte in ihr Adreßbuch.

Dann nahm sie ihr Cape und verließ die Party.

Als sie sich am darauffolgenden Morgen im Spiegel betrachtete, überlegte sie sich, ob ein paar Stunden Schlaf mehr nicht vernünftig gewesen wären. Sie hatte Schatten unter den Augen, und obwohl sie jetzt ein bißchen gebräunt und ihr Haar von der Sonne gebleicht war, sah sie, wie sie fand, sehr englisch aus. Prüde und englisch. Sie mußte etwas dagegen unternehmen.

Im Taxi fuhr sie zur Galerie, wobei sie wußte, daß es zu spät war, sich mit Barbara zum Lunch zu treffen. Zehn kostbare Minuten hatte sie vergeudet, um nach Jeff Ausschau zu halten, der mit dem Cadillac irgendwohin gefahren war. Die Galerie war fast leer; ein paar Besucher starrten mit der gewohnten diskreten Ehrfurcht auf die Bilder. Nicola ging forsch zwischen ihnen durch ohne einen Blick auf die Gemälde zu werfen. Barbara war nirgendwo zu finden. Nicola ging zum Tisch am

Ende der Galerie, wo ein junges Mädchen saß und in ein Geschäftsbuch schrieb.

Das Mädchen blickte auf, lächelte und sagte: »Hallo, wie geht es Ihnen?«

»Ausgezeichnet. Ist Mrs. Hampton-Norde hier?«

»Sie ist beim Lunch«, sagte das Mädchen. »Kann ich was für Sie tun?«

»Wissen Sie, wo sie ißt? Ich habe versprochen, früher zu kommen, aber ich habe verschlafen.«

Das Mädchen lächelte wieder strahlend. »Sie sind Nicola, nicht wahr?« Und auf ein Kopfnicken von Nicola hin zog sie einen mit Barbaras großer, auseinandergezogener Handschrift bedeckten Zettel heraus. Der Inhalt war kurz und bündig.

›Faules Luder. Wir sind bei Joe's. Zwei Häuserblocks weiter.‹

Nicola lachte und dankte dem Mädchen.

»Gern geschehen«, sagte die Kleine.

Neben der Tür bemerkte Nicola ein großes Bild, das sie noch nie zuvor gesehen hatte. Es stellte eine Frau in einem langen Baumwollnachthemd dar, die sich vor einem Spiegel das Haar bürstete. Es war eine blonde, blasse junge Frau von melancholischer Schönheit. Nicola blieb stehen. Ihre Mutter – unverkennbar. Sie hatte niemals ein Porträt von ihrer Mutter gesehen, aber Fotos. Diesen Ausdruck scheuer Sehnsucht, einer fast wesenseigenen Traurigkeit, hatte sie auch auf den Fotos gehabt. Aber nicht so ausgeprägt wie hier. Ein mit Liebe gemaltes Bild? Nein, das konnte nicht stimmen.

»Eine unglaubliche Sensitivität«, sagte eine Frauenstimme neben ihr.

»Ja«, sagte Nicola, den Blick noch immer auf das Bild gerichtet.

»Ein großer Maler.«

Nicola schwieg und merkte, wie die Frau sich umwandte, um sie anzusehen.

»Entschuldigen Sie«, sagte die Frau, »aber sind Sie nicht seine Tochter?«

»Nein.« Das Wort kam ohne Schwierigkeit heraus.

»Ach, ich dachte. Bei der Eröffnung sah ich...«

»Ich bin es nicht«, sagte Nicola in scharfem Ton, erstaunt über ihren eigenen Zorn.

»Sie sehen jedenfalls aus wie sie.«

Das kam fast vorwurfsvoll heraus. Nicola drehte sich um und eilte hinaus, aber nicht bevor ihr Blick auf das Gesicht des Mädchens am Tisch gefallen war. Dessen Lächeln war in einem verblüfften Stirnrunzeln untergegangen. Und wenn ich sie auch bin, dachte Nicola auf der sonnenbeschienenen Straße draußen, so werde ich demnächst nicht mehr wie sie *aussehen*.

Barbara und David saßen in einer Nische des Restaurants.

»Endlich ...«, begann Barbara.

»Entschuldigung, Entschuldigung. Und ich kann jetzt nicht mal bleiben. Ich habe einen Termin, und man hat mir gesagt, es ginge nur jetzt.«

Nicola genoß den neugierigen Ausdruck auf den Gesichtern der beiden.

»Was geht nur jetzt?« fragte Barbara.

»Ach, nur so eine kleine Laune. Eingebung des Augenblicks. Aber ich werde wohl in rund zwei Stunden zurück sein.«

»Da sind wir vielleicht noch hier. Wir haben vor, uns einen ruhigen Nachmittag zu machen, uns mit ein paar Freunden zu treffen und Tee zu trinken.«

Barbara hob anmutig ihr Glas Scotch. »Ein bißchen Tee?«

»Ich wollte, ich könnte, aber ich habe keine Zeit mehr.«

David reichte ihr sein Glas. »Nimm das hier.«

Nicola lächelte ihm zu, trank einen großen Schluck und gab ihm das Glas zurück. »Ich werde hereinschauen, wenn ich zurückkomme.«

»Viel Spaß«, sagte David.

»Vielleicht wird es Spaß machen, vielleicht auch nicht«, sagte sie und traf Anstalten zu gehen. Barbara und David wechselten einen verdutzten Blick, und Barbara zuckte leicht die Schultern, während er eine Braue hob. Nicola lächelte und eilte hinaus.

Der Friseursalon war einer der angesehensten in Beverly Hills, und Nicola saß unbehaglich unter einer riesigen Topfpalme, um zu warten, bis sie an der Reihe war, wobei sie sich den Kopf zermarterte, was für eine Frisur oder einen Haarschnitt sie sich eigentlich wünschte. So oder so hatte sie wenig Auswahl; der junge Mann mit der schmalen Hüfte hatte seine eigenen Ideen. Er fragte sie schlicht, was für ein Image sie sich wünschte. Nicola grübelte eine Weile darüber nach.

»Du lieber Himmel, ich weiß nicht recht. *Up-to-date,* nehme ich an. Raffiniert – aber auch leger. Vielleicht ein bißchen wild...«, schloß sie hilflos.

Er nickte, als hätte sie sich völlig exakt ausgedrückt und machte sich an die Arbeit. Zwei Stunden später betrachtete sich Nicola im Spiegel. Er hatte ihr Haar mit einer leichten Dauerwelle versehen, es wie einen Glorienschein um ihren Kopf herumgeschnitten und eine Spur mit Henna eingefärbt. Es gefiel ihr.

Ihr Kopf fühlte sich irgendwie leichter an, als sie schwungvoll den Rodeo Drive entlangging. Als sie ihr Spiegelbild in einer Schaufensterscheibe sah, zuckte sie zusammen und war gleich darauf sehr über sich selbst erfreut. Mal eine Abwechslung. Eine sehr hübsche Abwechslung.

Im Restaurant saß David allein und nippte an seinem Glas. Sie hoffte, er würde sie nicht sehen, bis sie am Tisch angelangt war, aber er warf ihr einen Blick zu, wandte die Augen ab – und sah dann wieder hin, um danach erst die neue Nicola zu erkennen. Sie lächelte.

»Na so was – was sagt man dazu?« fragte David, als sie am Tisch angelangt war.

»Gefällt es dir?«

»Fantastisch. Genau das Richtige für dich.«

»Kann man auch erwarten, demnach, was sie dafür verlangt haben. Wo ist Barbara?«

»Sie bekam einen ihrer eindrucksvoll wirkenden Anrufe und rauschte mit wichtigem Gesichtsausdruck ab. Eine Galerie.«

»Kommt sie zurück?« fragte Nicola.

»Vielleicht. Aber dann sind wir nicht mehr hier.«

Nicola setzte sich auf einen Stuhl und schwieg einen Augenblick. »Nein?«

David ließ sie auf Antwort warten, während er dem Kellner winkte und weiteren Scotch bestellte.

»Nein«, sagte er dann. »Weil wir nach Hause gehen.«

Nicola betrachtete ihn prüfend; sie fühlte sich eine Spur unsicher und wollte sich das nicht anmerken lassen.

»Vielleicht ist Barbara zu Hause.«

»Dann können wir ja alle zusammen spielen.« Nicola wußte nicht, was sie darauf sagen sollte und sah ihn nervös an. Er lachte über ihren Gesichtsausdruck.

»Ich habe doch versprochen, dir Backgammon beizubringen. Heute ist eine gute Gelegenheit dazu.«

Nicola lächelte erleichtert. Er beugte sich vor.

»Was hast *du* denn gedacht?« fragte er und küßte sie sachte auf den Mund. Es war ein beiläufiger Kuß, aber sie hatte das Gefühl, als ob ihre Lippen leicht schmerzten. Sie wandte den Kopf ab und sah eine Frau auf der anderen Seite des Restaurants, die David mit dem nachdenklich-abschätzenden Blick betrachtete, den alle anderen Frauen in seiner Bedeutung sofort erkennen. Ohne diese bewundernde Anerkennung wahrzunehmen, schlenderte David hinaus. Nicola folgte ihm.

Sie spielten mit kindischem Wetteifer Backgammon, wobei sie bei jedem Wurf jubelten oder stöhnten. Nicola gewann nach einem wackligen Start zwei Spiele hintereinander und fegte die Spielmarken mit Schwung vom Brett.

»Gewonnen!« schrie sie.

»Du hast früher schon mal gespielt.«

»Natürlich nicht!«

»Na, dann bist du jedenfalls gut.«

»Anfängerglück«, sagte Nicola beschwichtigend.

»Vielleicht. Noch ein Spiel?«

Nicola trank einen Schluck von dem kühlen Weißwein, den David ihnen beiden eingeschenkt hatte und sah ihn über den Glasrand weg an. »War es wirklich das, was du wolltest?« fragte sie, und ihre Augen hafteten in den seinen. »Ich habe dir nicht recht geglaubt. Ich meine – daß du Backgammon spielen wolltest.«

Er antwortete nicht sofort. »Nein, ich glaube ...« Er hielt inne. »Es war nicht das, was ich wirklich wollte.«

»Was wolltest du dann in Wirklichkeit?« fragte sie leise.

»Dich.«

Ein paar Sekunden lang schwiegen sie beide.

»Und?« sagte Nicola. Das Atmen fiel ihr schwer.

Er wandte kurz den Blick ab und sah sie dann wieder an. »Ich habe den Gedanken fallen lassen. Du scheinst... es scheint jetzt schwieriger zu sein. Nein – aber du bist anders.«

»Versuch' es«, sagte sie nach kurzer Pause. Sie spürte, wie er mit sich kämpfte.

»Ich habe Angst, daß ich mir zu viel aus dir machen könnte«, gestand er schließlich.

»Dafür sind wir beide zu vernünftig«, behauptete Nicola.

Sie wußte im Augenblick, als er sie berührte, als sie die sanfte Wärme auf ihrem Gesicht, ihren Armen, ihren Schultern spürte, daß sie ebenso nach ihm verlangte wie er nach ihr. Diesmal war es kein Sex mit einem Fremden. Diesmal war Zuneigung mit im Spiel.

David entkleidete sie langsam, murmelte etwas, während er ihre warme Haut küßte. Sie klammerte sich an ihn, verbarg das Gesicht an seiner Schulter, bis ihre Kleidung in einem Haufen auf dem Boden lag. Er begann sie auf das Bett zuzuschieben, und sie löste sich schnell aus seinen Armen, legte sich auf die Laken und wartete, daß er sich seiner eigenen Kleidung entledigen würde. Es geschah schnell; seine Blicke wichen keinen Moment von ihr.

»Du bist sehr schön«, sagte er leise, als er sich endlich neben sie legte.

Dann erstarrte er. Sekunden später hörte sie es auch – das Geräusch eines Wagens, der die Zufahrt heraufkam. Instinktiv rollte Nicola unter das leichte Oberlaken und zog es bis zum Kinn hoch. Kalte Furcht überwältigte sie. David war im Nu am Fenster.

»Barbara?« flüsterte Nicola.

»Jeff – im Cadillac. Lieber Himmel – sie hat heute ja den Mercedes.«

Nicola seufzte erleichtert auf, und er kehrte zum Bett zurück. Aber die liebevolle Wärme von vorher war verschwunden, übrig blieb nur eine heftige Erregung. Er streichelte hastig ihren Körper, drang zu schnell in sie ein. Nicola verbarg das Gesicht an seinem Arm, aber er drehte ihren Kopf leicht, so daß er sie ansehen konnte. Seine Augen tauchten in die ihren, während sich ihre Körper schnell, zwangshaft gegeneinander bewegten.

»Süße Nicola«, sagte er. Sein Gesicht, so nahe dem ihren, sah jünger aus. Weicher. Ein schönes Gesicht.

Für sie war es zu schnell vorüber, aber sie stöhnte aus Freundlichkeit ein bißchen und klammerte sich an ihn, wobei sie ihr Gesicht in seinem weichen, dunklen Haar vergrub.

Ein, zwei Minuten lagen sie still da, eng ineinander verschlungen; dann hob er den Kopf, blickte auf sie hinab und lächelte.

»Das nächstemal wird es langsamer und ganz fantastisch sein. Aber ich wollte dich so schrecklich dringend haben. War es nicht zu schnell...?«

Sie lächelte ihm beruhigend zu. »Es war nicht zu schnell und es war fantastisch.«

Er streichelte ihr Gesicht. »Es tut dir nicht leid?«

»Nein. Aber...« Sie konnte den Satz nicht beenden. Sie hatte keine Ahnung, was sie eigentlich sagen wollte. Nicht das? Nicht dich? Noch nicht? Sie hatte ein vages Gefühl, daß etwas falsch gemacht worden sei. Daß es noch unerforschte Möglichkeiten gäbe.

»Aber? Was aber?... Barbara?«

Seine Stimme klang sanft.

»Vielleicht«, sagte sie. »Auch, was dich betrifft.«

»Wir können das klären. Ich empfinde...«

Sie unterbrach ihn, entsetzt über sich selbst, aber sie *mußte* es aussprechen. »Ich möchte nicht wissen, was du empfindest. Ich glaube nicht, daß wir etwas klären sollten – noch nicht. Wenn wir es überhaupt je müssen. Lassen wirs... für den Augenblick«, schloß sie lahm.

David runzelte die Stirn. »Okay – wenn du es so willst.«

Nicola stand rasch vom Bett auf.

»Wohin gehst du?« fragte er.

»Unter die Dusche.«

Er zündete sich eine Zigarette an und betrachtete sie traurig. »Bei dir gehts im Blitztempo, ja?« sagte er mit einer Spur von Bitterkeit.

Nicola wäre am liebsten ins Bett zurückgekehrt, um ihn festzuhalten und von ihm umschlungen zu werden, aber sie hielt sich zurück. Ihre Kaltschnäuzigkeit hatte ihn getroffen, das wußte sie. Vielleicht auch verletzt. Aber David, genau wie ihr Vater, war ehrgeizig. Er brauchte Barbara. Was mich betrifft, sagte sie sich bedrückt, ich brauche ... andere Dinge. Mehr als er zu bieten hat. Mehr als er je zu bieten haben wird. Sie ballte die Hände und versuchte in leichtem Ton zu sprechen.

»Heute abend ist eine Party, vergiß das nicht. Und Barbara wird bald zurückkehren. Also auf, unter die Dusche.«

Als sie ins Schlafzimmer zurückkam, war er fort.

In dem wasserblau gefliesten Badezimmer neben dem Hauptschlafzimmer drehte David den Wasserhahn der Dusche so heftig auf wie nur möglich. Unter einer wild herabprasselnden Flut schrubbte er den Duft von Nicolas Parfüm ab, der noch immer an seiner Haut haftete.

»Verdammte Scheiße!« schrie er laut. »Sie versaut mir mein ganzes *Leben.*«

Sein Magen krampfte sich unter einem Gefühl zusammen, von dem er nicht wußte, ob es Freude oder Schmerz war.

16

Diese Party, dachte Jerry, hat die ganze Katastrophenangst der Prohibitionstage an sich – ob es morgen noch was zu saufen gibt? – aber nichts von der damaligen Lebenslust. Er fragte sich, wie immer bei Barbaras Einladungen, weshalb er sich überhaupt der Mühe unterzog, hinzugehen. Er trank nicht viel, haßte Drogen, konnte nicht tanzen und hatte beiläufige sexuelle Kontakte schon vor Jahren aufgegeben – genau genommen seit seine Anwaltspraxis zu florieren begann. Ich muß insgeheim doch noch einige Hoffnungen hegen, überlegte er, irgendein unterschwelliger Optimismus treibt mich zu solchen Menschenansammlungen, in der Erwartung, daß ... ja, was? Irgendein junger Mann? Irgendein Erlebnis, das mein Leben ändern könnte? Etwas, das ihm einen *Sinn* gäbe? Er seufzte und machte sich auf die Suche nach etwas zu essen, bevor die Zulieferer alles abräumten.

Sein Blick fiel auf jemand mit henna-gefärbtem Haar auf der anderen Seite des Raums. Was, um alles auf der Welt, hatte sie bewogen, das zu tun? Ihr blondes Haar war so hübsch gewesen. Und diese überkandidelte Frisur! Er hatte bis jetzt keine Gelegenheit gehabt, mit Nicola zu sprechen, und er nahm sich vor, dies nachzuholen, sobald er etwas im Magen hatte. Sie opferte diesem Tanz deutlich einige Energien. Den größten Teil des Abends über hatte sie mit verschiedenen jungen Männern getanzt.

Nach einem halben Hummerschwanz, französischem Weißbrot und einer kleinen Portion frischen Fruchtsalats fühlte sich Jerry der Party mehr geneigt. Nicola hüpfte noch immer herum, und Jerry, ob des Anblicks erschöpft, ließ sich auf dem langen Sofa nieder, um sie zu beobachten. Nach einer Weile begann er sich unbehaglich zu fühlen; irgend etwas an ihren Bewegungen war irritierend – sie war von einer bewußten Ausgelassenheit, die ihrer Natur widersprach. Oder doch nicht? Einmal hörte er sie lachen – laut. Das deprimierte ihn. Sie mußte seine prüfenden Blicke gespürt haben, denn als der Tanz vorbei war, kam sie sofort zu ihm herüber und ließ sich neben ihm aufs Sofa fallen.

»Jerry, was für eine verrückte Fete!«

»Macht es Ihnen Spaß?«

»O ja.«

Er zuckte die Schultern.

»Ihnen nicht?«

Ihre Stimme war belegt, was er auf den Alkoholgenuß zurückführte. Aber da war auch noch etwas anderes.

»Ach Gott, ich weiß nicht«, sagte Jerry.

Sie runzelte irritiert die Stirn, was ihn bedrückte.

»Wenn es Ihnen keinen Spaß macht, Jerry, warum gehen Sie dann nicht nach Hause?«

Sie tätschelte seine Wange. Es hatte fast etwas Kokettes an sich, war jedoch bedeutungslos. Sie spielte ihre Rolle für sich selbst, nicht für ihn. Seltsamerweise witterte er dabei etwas in ihr, das fast einer Panik glich.

»Warum gehen *Sie* nicht nach Hause?« fragte er freundlich.

»Nach Hause? Ich habe kein Zuhause.«

»Sie haben eine Wohnung und ein eigenes Leben in London. Und was ist mit Ihrem Job?«

»Der Job kann warten.«

Jerry starrte sie einen Augenblick lang an.

»Ich glaube, ich würde in jedem Fall gern mal ein neues, eigenes Leben führen«, sagte sie mit einem Lächeln.

»So eines wie das hier? Diesen Schwachsinn? Das ist doch alles fauler Zauber.«

»Nein, Jerry, ganz falsch. Mein früheres Leben war ein fauler Zauber. Nun kommen Sie schon, Sie Sauerpott. Tanzen wir.«

Bei jemand anderem hätte sich Jerry geweigert – höflich natürlich. Aber Nicola war aufgesprungen und hielt seine Hand fest. Sie lachte, aber flüchtig begegneten sich ihre Blicke, und er erkannte tatsächlich etwas wie Angst in ihren Augen. Er stand auf und fragte sich, weshalb er sich so zutiefst beunruhigt fühlte.

Nicola tanzte mit derselben Ausgelassenheit wie zuvor. Jerry, der keine Ahnung hatte, was man von ihm erwartete, hopste von einem Bein aufs andere und kam sich idiotisch vor. Nach einem Tanz stöhnte er: »Schluß, Nicola, Schluß!«

»Jerry, Sie können doch noch nicht müde sein. Sie haben sich kaum bewegt. Sie sind nur dagestanden und haben ein bißchen geschwankt.«

»Schluß der Vorstellung. Setzen wir uns und unterhalten wir uns für eine Weile.«

Nicola küßte ihn leicht auf die Wange. »Setzen *Sie* sich.«

Sie wirbelte davon. Gleich darauf tanzte sie mit einem blonden Schauspieler. Jerry kehrte zum Sofa zurück. Er sah Barbara und David zu, die sich eng aneinandergeschmiegt zum Rhythmus der langandauernden, langweiligen Musik über die Tanzfläche schoben. Barbaras Augen waren geschlossen. Sie schläft ein bißchen Scotchdunst weg, dachte Jerry boshaft. David starrte über ihre Schulter weg. Er sieht bekümmert aus, fand Jerry, was kein Wunder ist angesichts dieser Barracuda um seinen Hals. Aber was starrt er so traurig an – oder wen? Jerry drehte sich um und folgte seinem Blick. Nicola.

Natürlich. Es sieht ganz so aus, als hätten wir hier einen

milden Fall von Vernarrtheit, dachte Jerry. Wenig später wurde ihm klar, daß der Fall so milde nicht war. Er sah, wie David Nicola auf die Schulter tippte, zum Zeichen, daß er mit ihr tanzen wollte. Sie drehte sich um, sah David an, und das Partylächeln verschwand. Ihre Augen schweiften schnell durch den Raum. Wen sie suchten, war klar – Barbara. Ihre Stiefmutter tanzte, auffallend wie immer, auf der anderen Seite des Saals. Nicola nickte, wandte sich David zu, aber in diesem Augenblick verstummte die Musik. Die beiden sahen einander an. Die ›Beach Boys‹ wurden durch Roberta Flacks ›The First Time Ever I Saw Your Face‹ ersetzt. Nicola erstarrte, zuckte dann auf seltsame Weise die Schultern und wandte sich von David ab. Jerry konnte durch den großen Raum hindurch spüren, wie getroffen der junge Mann war. Er blieb noch kurz verlegen stehen, dann drehte er sich um und schlenderte der Bar zu.

Niemand schien irgend etwas bemerkt zu haben, aber für Jerry war die Situation so klar, als ob die beiden ihre Gefühle in großen roten Lettern an die Wand gemalt hätten.

Sie haben bereits miteinander geschlafen, dachte er. Es hat eine starke physische Verbindung zwischen ihnen gegeben, und sie besteht noch, auch wenn Nicola davor wegrennt. Nun, das konnte Ärger für die Grande Dame bedeuten.

Die Grande Dame kam zu Jerry herüber, als er eben beschlossen hatte wegzugehen.

»Jerry, Darling, ich habe dich ja tatsächlich tanzen sehen. Ich war ganz überwältigt vor Bewunderung. Diese Grazie, dieser Stil! Wer hätte das geglaubt.«

»Schon gut, Barbara. Im Gegensatz zu dir habe ich Grazie nie für eine meiner hervorstechenden Eigenschaften gehalten.«

Sie lachte. »Und ich hätte nie gedacht, daß ich diesen Tag erleben würde. Nicola muß über eine hübsche Überzeugungskraft verfügen.«

»Brutale Gewalt«, sagte Jerry lächelnd.

»Sie kann recht energisch sein, nicht wahr«, bemerkte Barbara nachdenklich. »Wer hätte das gedacht. Aber sieht sie nicht entzückend aus mit dieser Frisur?«

»Ich finde die Frisur scheußlich«, sagte Jerry.

»Du schon. Aber die jungen Burschen sind begeistert. Darauf kommt es an.«

»Kommt es Nicola darauf an?«

Barbara zuckte die Schultern. »Das kann ich zu diesem Zeitpunkt noch nicht genau sagen. Aber es sieht so aus, als ob es Nicola zumindest aufs Moos ankäme.«

»Moos?«

»Geld. Kohlen, Penunse. Sie ist nicht dumm. Sie wird ihre Zeit nicht mit Versagern vergeuden. Sie wird kriegen, was sie haben will. Und das ist gut für sie.« Sie folgte ihrer Stieftochter mit den Blicken. »Je eher, desto besser«, fügte sie dann hinzu.

Jerry fragte nicht, was sie damit meinte. Barbaras Gesicht hatte sich verändert, der alte harte Ausdruck war wieder da.

»Ich will nicht, daß sie sich noch viel länger hier rumtreibt«, sagte sie und wandte sich ab um zu gehen.

Das war typisch für Barbara. Wenn eine Unterhaltung sie langweilte, drehte sie sich einfach um und suchte sich jemand anderen, mit dem sie reden konnte. Niemals ein ›auf Wiedersehen‹ oder eine der üblichen Ausreden, weshalb sie gerade jetzt gehen müsse. Aber diesmal blieb sie plötzlich stehen und kehrte zu Jerry zurück.

»Vergiß nicht, was ich dir gesagt habe. Halte den Mund, was meine Angelegenheit betrifft.«

Jerry war wütend. »Verdammt noch mal, du weißt genau, daß ich kein Wort über deine blöden Affären verliere.«

»Gut.« Barbara drehte sich auf dem Absatz um. Jerry war entlassen. Innerlich kochend besorgte er sich einen großen Drink. Er trank ein paar Schlucke und stellte das Glas wieder hin. Sein eigenes, großes, bequemes, ruhiges Haus, nur zehn Minuten von hier entfernt, erschien ihm wie ein Hafen, den er nie hätte verlassen sollen. Er wollte dorthin zurück – so schnell wie möglich.

Er schloß eben die Tür seines Cadillac auf, als er Nicolas Silhouette vor dem erhellten Eingang sah. Sie war mit einem jungen Mann zusammen, den Jerry flüchtig kannte. Ach ja, Blanches Sohn . . . Anthony. Und Anthony, dessen entsann sich Jerry nun, war mit Dick Starlings Tochter verheiratet. Er war ja selbst bei der Hochzeit gewesen; es hatte sich um eine gewaltige und protzige Angelegenheit gehandelt. Jerry sah zu, wie Nicola mit Anthony davonfuhr. Er seufzte. Als er heimfuhr, fühlte er sich sehr müde und alt. Und traurig.

17

David hatte die Party über sich ergehen lassen, war froh, sie nun überstanden zu haben. Der Abend war ihm endlos erschienen. Der Nachmittag mit Nicola war ihm konstant gegenwärtig. Er erinnerte sich an den Duft ihres Haares, und während eines Augenblicks im Verlauf der Party, als er sie tanzen sah, spürte er deutlich die Berührung ihrer Fingerspitzen auf seiner Haut. Es war ein alptraumhafter Abend gewesen. Alles, wonach er sich gesehnt hatte, war gewesen, daß die Gäste verschwinden würden und er mit Nicola reden könnte.

Aber dann war sie auch verschwunden, zusammen mit Anthony Peacock – um eine Portion Robbins Eiscreme zu holen, hatten die beiden behauptet. Sie brauchten verdammt lange, um das Zeug zu besorgen.

Nun ging er im Salon auf und ab. Es roch muffig, der typische Nach-Partygeruch. Abgestandener Zigarettenrauch durchsetzte die Luft; überall auf den Tischen und dem Boden standen leere Flaschen. David übersah geflissentlich die Unordnung um sich herum; er streckte sich auf dem Sofa aus und versuchte sich auf eine Zeitschrift zu konzentrieren. Sein Körper fühlte sich an wie eine gespannte Bogensehne.

Er wäre gern im Garten umhergewandert, aber er fürchtete, Barbara aufzuwecken. Es war zwar unwahrscheinlich – sie hatte ihr Glas den Abend über stetig nachgefüllt –, aber er wollte es nicht riskieren. Er wollte Nicola nicht verfehlen. Allmählich begann er sich zu fragen, ob er sich nicht eingebildet hatte, mit ihr geschlafen zu haben... der Nachmittag schien so weit zurückzuliegen.

Zum drittenmal innerhalb von zehn Minuten blickte er auf seine Uhr, dann griff er nach einem Glas, das jemand abgestellt hatte. Es war halb voll mit irgendeiner golden schimmernden Flüssigkeit, und er nippte vorsichtig daran. Southern Comfort. Das beruhigte seinen Magen, aber er fürchtete, daß es auf das Hämmern in seinem Kopf keinen Einfluß haben würde. Er stellte das Glas wieder hin. Irgendwo in der Ferne hörte er das Geräusch eines Wagens. Er erstarrte und lauschte. Der Wagen bog irgendwohin ab. Die Stille flutete zurück.

Ungeduldig stand David auf und blickte durch die Glastür in die graue Nacht hinaus. Ein paar Sterne schimmerten durch den Dunst und zwischen den massiven Schatten der Bäume hindurch. Wieder hörte er einen Wagen. Diesmal hielt er in der Zufahrt, und David setzte sich schnell. Er griff nach der Zeitschrift und tat, als sei er in die Lektüre vertieft.

Er merkte, daß sein Herz laut klopfte. Wie ein Schuljunge, dachte er. Ich fühle mich wie ein zitternder Schuljunge.

Er hörte, wie Nicola flüsternd gute Nacht sagte, dann wurde ihr Schlüssel im Schloß umgedreht. Ihre Schritte verharrten kurz vor der halboffenen Salontür, dann entfernten sie sich in Richtung Treppe. David sprang auf.

»Nicola!« rief er leise.

Sie drehte sich überrascht um. »Seid ihr noch auf?« fragte sie und kam langsam die Treppe wieder herab.

»Ich bin noch auf«, sagte er ruhig. »Barbara ist ausgelöscht wie eine Kerze.«

»Nicht gerade erstaunlich«, sagte Nicola lachend. »Mr. Johnnie Walker muß ein ...«

»Scht«, unterbrach er sie. Ihre normalerweise weiche Stimme hallte laut in dem stillen Haus. »Ich wollte mit dir reden.«

Nicola warf ihm einen schnellen Blick zu und folgte ihm dann in den Salon. Er goß den Southern Comfort in zwei reine Gläser und reichte ihr eines davon.

»Ich hatte gehofft, daß du diesen Hanswurst nicht mitbringen würdest«, sagte er.

Nicola lächelte und nippte an ihrem Glas. »Er mußte zu seinem Eheweib zurück.«

»Natürlich.«

Sie ließ sich in dem großen Sessel nieder und streckte die Beine aus. »Schau nicht so bedripst drein«, sagte sie. »Kopf hoch, um Himmels willen.«

Er hätte sich gern auf die Seitenlehne ihres Stuhls gesetzt, statt dessen ließ er sich auf dem Sofa nieder.

»Ich muß jetzt ...«, er fand, daß seine Stimme kläglich klang und war sich selbst zuwider, » . . . mit dir reden«, schloß er mit festerer Stimme.

»Rede nur«, sagte sie. »Ich bin eine gute Zuhörerin. Das behaupten alle.«

Er schwieg einen Augenblick, ließ die wärmende, goldene Flüssigkeit durch die Kehle rinnen.

»Ich muß hier raus«, sagte er schließlich.

»Barbaras wegen?«

»Wegen allem.«

»Also geh' raus«, sagte sie munter.

»Ich glaube, ich möchte, daß du mit mir kommst.«

Einmal ausgesprochen hingen die Worte in der Luft wie der Zigarettenrauch. Nicola antwortete nicht sofort.

»Meinst du wirklich?« fragte sie dann.

»Na ja, ich bin mir ziemlich sicher.«

Sie sah ihn forschend an und reichte ihm dann ihr leeres Glas. Er kramte unter den Flaschen bis er eine fand, die halb voll war; er goß Scotch in ihre beiden Gläser.

»David, das ist doch wohl nicht dein Ernst.«

»Doch.«

Die blauen Augen blickten bedrückt drein. Das hatte er nicht erwartet. »Aber was willst du denn?« fragte sie. »Eine Wohnungsgenossin?«

Er lächelte. Sie hatte ihn mißverstanden.

»Nein, das nicht.«

»Eine gute Freundin? Geliebte? Ehefrau?«

»Was immer du willst«, sagte er ruhig.

Nicola runzelte die Stirn. Sie wandte den Blick ab und sah ihn dann wieder an. »David – soll das ein *Antrag* sein?«

Das wußte er nun wirklich nicht, und er schwieg eine Weile, bevor er antwortete. »Wenn du das willst, ist auch das möglich. Ich weiß nur, daß ich dich haben will.«

Ihr Gesicht war ernst. Er hatte eine andere Reaktion erwartet. Er hatte gedacht, sie würde sich zumindest geschmeichelt fühlen. Erhofft hatte er sich Freude.

»Aber wohin sollten wir gehen?«

»Wir können irgendwo zusammen leben.«

»Wovon?«

»Ich könnte einen Teilzeitjob übernehmen.«

»Und deine Malerei?«

»Malen würde ich auch. Sogar noch mehr.«

Nicola lächelte nun ein bißchen. »Und wovon bezahlen wir die Miete?«

»Wir würden es schon schaffen. Vielleicht könntest du auch einen Job bekommen.«

Sie hatte sich leicht von ihm abgewandt und blickte in den Garten hinaus. Ihre Stimme klang ruhig durch den großen Raum. »Und dich erhalten?« fragte sie.

»Dieser Nachmittag war ... mehr als nur was Besonderes.« Er machte eine Pause. Er kam nicht um die Worte herum. Er hatte sie nie zuvor gesagt. »Ich liebe dich.«

Sie wandte sich ihm wieder zu. Er konnte ihrem Gesicht nichts entnehmen. »Lächerlich«, sagte sie. »Du kennst mich kaum.«

»Na schön, dann weiß ich eben, daß ich dich lieben *könnte*.«

»Quatsch«, sagte Nicola.

Er mußte lächeln. »Was für eine kalifornische Reaktion.«

Nicola lächelte zurück. »Der Humor kehrt wieder. Gott sei Dank.«

Er hatte das Gefühl, zu weit von ihr entfernt zu sein und setzte sich nun doch auf die Armlehne ihres Sessels.

»Es ist mir ganz ernst – wirklich«, sagte er und streichelte ihr Haar.

Nicola ergriff seine Hand, hielt sie an ihren Mund und küßte sie sanft. »Ich mag dich gern, David. Vielleicht könnte ich dich lieben. Aber ich möchte es gar nicht erst versuchen. Das ist der springende Punkt. Ich möchte mich nicht endgültig an dich gebunden fühlen.«

»Warum nicht?« fragte er und sah zu, wie das Licht in ihrem verrückten, hennagefärbten Haar spielte.

»Weil ich nichts für ein armseliges Glück im Winkel übrig habe. Wozu denn? In diesem Punkt hatte Barbara völlig recht. Es ist Unsinn. Ich möchte kein Leben führen wie meine Mutter. Ich will das nicht nachahmen. Weder mit dir noch mit sonst jemandem. Um meine liebe Stiefmutter zu zitieren – oder warst du's? – ich ziehe Feste Fasten vor.«

Sie sagte das so ruhig und vernünftig, daß David plötzlich von blinder Wut erfaßt wurde. »Willst du lieber Barbaras

Leben nachahmen?« fragte er, stand auf und wanderte rastlos im Zimmer umher. »Ist dir *der* Quatsch lieber?«

»Warum nicht?«

David hätte am liebsten die Glastür eingetreten. »Scheiße«, sagte er. »Scheiße.«

»Hör zu, setz dich wieder. Sei vernünftig.« Ihre Stimme war leise, aber fest. Sie schien sich völlig in der Hand zu haben. »Du könntest nicht das alberne Leben meines Vaters führen. Hast du eine Ahnung, wie es war? Er lebte von der Hand in den Mund. Verkaufte jedes Bild, sobald es gemalt war – nur um das Geld fürs Überleben zu verdienen. Er hat sein Leben lang wie ein Besessener gearbeitet und hat nichts davon gehabt. Allenfalls einen Nachruf in ›The Times‹. Großartig. Und ein Haufen Leute haben seinetwegen leiden müssen.«

»Es muß doch nicht so sein«, sagte David. Er war tief enttäuscht über sie. Er hatte sie falsch eingeschätzt.

»Du möchtest es doch eigentlich gar nicht versuchen, oder?« Nicolas Stimme klang jetzt scharf. »Du willst es nicht allein versuchen. Du würdest Barbara nie aus eigenem Antrieb verlassen. Du wirst bleiben.«

Er wandte sich zornig von der Glastür ab. »Woher, zum Teufel, willst du wissen, daß ich bleiben werde?«

»Weil es so bequem für dich ist. Mach dir nichts vor.«

»Ich habe gesagt, ich will hier raus und ich gehe raus.« Er war noch immer zornig, aber die Flamme von Wut war erloschen.

»Das werden wir sehen«, sagte Nicola. Wie eine Gouvernante, dachte er. Er stellte sein Glas hin und ging zur Tür.

»Gute Nacht, Nicola.«

»Gute Nacht.«

Er war schon fast draußen, als ihre Stimme ihn zurückhielt. »David?« Er drehte sich um. »Es tut mir leid«, sagte sie.

Er kam in das Zimmer zurück und küßte sie sanft auf den Mund. Eine Weile blickte er ihr ins Gesicht, streichelte mit einem Finger ihre weiche Wange. Es gab etwas, das er sagen wollte, aber die klaren blauen Augen hinderten ihn daran.

»Vielleicht sollte ich noch etwas hinzufügen«, sagte er schließlich.

»Was denn?«

»Wenn du je deine Ansicht revidierst – wenn sich deine Gefühle ändern –, dann sag' es mir.«

Ihr Gesicht war jetzt traurig. »Das tue ich – ich verspreche es. Danke.«

Es lag eine gespannte Atmosphäre im Raum, als David wieder zur Tür ging. Wenn er die Dinge so beließ wie sie jetzt waren, so würde der Umgang zwischen ihnen beiden morgen mühsam sein. Seine Stimmung schlug um.

»Viel Glück bei deiner Schatzsuche«, sagte er mit freundlichem Spott, als er an der Tür angelangt war.

Zu seiner Erleichterung lachte Nicola. »Mistvieh«, sagte sie.

David stieg langsam die Treppe hinauf, ein Gefühl der Schwere in seinem Körper. Er hatte Nicola wirklich völlig falsch eingeschätzt. Er hatte ihre Bestrebungen als ›Schatzsuche‹ bezeichnet. In den früheren Tagen Hollywoods hätte man sie als ›Vamp‹, der nur hinter dem Geld der Männer her war, bezeichnet. Nicola? Es schien unglaubhaft. Was wollte sie? Mehr als einen reichen Ehemann, einen großzügigen Daddy, einen reichen Gönner? Er hatte geglaubt, sie hätte nur ein Spiel getrieben – mit all den Zuchthengsten, den kalifornischen Supermännern mit den fetten Banknoten. Wenn sie aber ein Spiel trieb, dann trieb sie es mit vollem Ernst – nämlich um zu gewinnen. Rachsucht? Um es ihrem toten Vater heimzuzahlen?

Er entsann sich ihres nachgiebigen Körpers unter dem seinen, spürte das duftende Haar an seinem Gesicht, erinnerte sich ihres weichen Mundes, der kleinen, festen Brüste. Er hatte diesen Körper begehrt, dieses Mädchen. Und nun wußte er nicht, wer sie eigentlich war.

Er blieb vor der Schlafzimmertür stehen. Barbaras schweres Schnarchen mußte im ganzen Haus zu hören sein. Er widerstand dem Impuls, wieder hinunterzugehen, Nicola festzuhalten, sie zu schütteln, sie zu zwingen zuzugeben, was sie wirklich dachte, was sie wirklich wollte. Wenn sie es überhaupt wußte. Ganz unerwartet empfand er flüchtiges Mitleid. Ein schönes, intelligentes Mädchen – wie konnte sie die Nichtigkeit dessen, was sie anstrebte, nicht erkennen? Er öffnete leise die Schlafzimmertür und zog sich im Dunkeln aus, um Barbara nicht aufzuwecken.

In ihrem Zimmer starrte Nicola lange Zeit auf ihr Bild im Spiegel. Recht attraktiv, dachte sie. Dann begann sie plötzlich zu weinen. Es war ein gepreßtes, rauhes Schluchzen, das ihr in der Brust weh tat. Sie wünschte sich, sie und David hätten sich nicht geliebt. Allzu gut erinnerte sie sich seines kräftigen, braungebrannten Körpers, seines Geruchs nach Sonne und Luft. Dieses flüchtige Lächeln, die Fältchen in seinen Augenwinkeln. David.

Sie weinte noch eine ganze Weile und spülte sich dann das Gesicht mit kaltem Wasser ab.

»Und jetzt«, sagte sie laut, während sie nach einem Handtuch griff, »ist es vorbei.«

18

Der goldene Ferrari stand vor dem Haus. David beobachtete von seinem Atelierfenster aus, wie Nicola einstieg. Sie trug eine enge weiße Hose, eine blaue Seidenbluse, die an der Taille glatt anlag; die Sonne glitzerte in ihrem Haar. Fletcher sagte etwas, worüber sie lachte – ein weicher Laut, der gleich darauf erlosch, als der Motor angelassen wurde und der Wagen wegfuhr.

David wandte sich vom Fenster ab und konzentrierte sich wieder auf seine Leinwand. Stirnrunzelnd betrachtete er sein Werk. Er wußte, daß irgend etwas nicht stimmte, aber er konnte nicht herausfinden, was es war. Vielleicht sollte er von vorne beginnen – die Striche waren eindeutig falsch. Einmal stöhnte er laut auf: das Bild des in einen teuren Wagen steigenden Mädchens tauchte vor ihm auf. Etwas so Simples. Es hätte nicht die Arbeit eines gesamten Nachmittags beeinträchtigen dürfen. Aber so war es eben.

Unten wurde eine Tür zugeschlagen, und selbst aus dieser Entfernung konnte er Barbara hören, die nach irgend etwas aus der Küche verlangte. Er hatte keine Lust, hinunterzugehen und mit ihr zu reden, aber ebenso wenig konnte er es länger hier im Atelier aushalten. Es war wie ein Gefängnis. Er nahm den Leinwandrahmen von der Staffelei und warf ihn zum übrigen, das in den Abfall wandern sollte. Danach fühlte er sich besser. Besser gar keine Arbeit als schlechte. Er ergriff seine Jacke, nahm im Flur die Schlüssel des Mercedes und verließ das Haus ohne jemand ein Wort zu sagen.

Er fuhr in westlicher Richtung den Sunset entlang, ohne recht zu wissen, wohin er eigentlich wollte, bis er in Santa Monica eintraf. Dort wandte er sich nach rechts und fuhr den Ozean entlang, der an diesem windlosen Tag wie ein glänzender Spiegel dalag. David beschloß, Dan in Venice aufzusuchen, einen alten Freund, mit dem er seit Monaten nicht zusammengewesen war.

Daniel Matthews war Bildhauer und hatte mit seinen erst einunddreißig Jahren bereits ein gewisses Maß an Erfolg. Er porträtierte die Köpfe der Prominenz für Geld und die der Armen zum Vergnügen. Er produzierte eine Menge ausgezeichneter Arbeiten. Davids Stimmung begann sich zu heben im Augenblick, als er in Dans kleinen Hof einfuhr und sah, daß die Ateliertür offen stand. Ein unmelodisches Pfeifen aus dem Innern verriet, daß Dan zu Hause und an der Arbeit war.

Zu Davids Überraschung saß sein Freund auf einer kleinen Stufenleiter und hämmerte an einer nahezu lebensgroßen Marmorfigur herum, einer weiblichen Figur mit erhobenen Armen.

»Alle Achtung – eine ganze Figur! Gehst du jetzt zu Monumentalskulpturen über?«

Dan grinste ihm zu. »He, hallo, Kumpel. Was tust du? Die Slums erforschen?«

»Nein. Nur ein Besuch. Hast du zu viel zu tun? Sag' es ehrlich, dann verdufte ich wieder.«

»Überhaupt nicht. Mir reichts für heute. Kommst du auf ein Bier herein?«

»Klar.«

Er folgte Dan aus dem Atelier und durch die Hintertür in das kleine Fachwerkhaus, das Dan mit seiner langjährigen Freundin Annette McLaughlin teilte. Nettie, Assistentin des Spitzenmanagers einer der größten Theateragenturen in Hollywood, war ehrgeizig und entschlossen, eines Tages eine eigene Agentur zu haben – ›in dieser verdammten Stadt einen Fuß in der Tür haben‹ wie sie sich ausdrückte. Offensichtlich war sie bei der Arbeit. David war froh darüber. Er wußte ihren scharfen Witz und ihr Einfühlungsvermögen zu schätzen, aber er war im Augenblick nicht in Stimmung für ihre Art weiblicher Schlagfertigkeit. Er war überhaupt nicht in Stimmung für irgend etwas Weibliches, fand er. Für eine Weile hatte er genug davon.

Dan wies David einen Polstersessel in der Eßnische neben der kühlen, ordentlichen Küche an und entnahm dem Kühlschrank zwei Bierdosen. David trank einen tiefen Schluck, seufzte, blickte auf und stellte fest, daß sein Freund ihn prüfend betrachtete.

»Durstig?«

»Bißchen.«

»Wo liegt also das Problem, Herzblättchen?«

»Problem? Da gibt's kein Problem.«

»Es mangelt dir ganz offensichtlich an deinem gewohnten Schwung und deiner überschäumenden Zuversicht. Man könnte sagen, du siehst miesepetrig aus. Trotzdem... was macht die Arbeit?«

»Es geht so. Aber langsam.«

»Hast du mit Harry geredet, ob er ein paar deiner Bilder aufhängt?«

Harry besaß eine Kaffeebar in Venice und war bereit, Bilder zum Verkauf aufzuhängen, Skulpturen und sogar handgefertigte Silberwaren auf seinem Frühstücksbüfett zur Schau zu stellen. Er nahm keine Provision, war völlig zufrieden damit, sein Lokal auszuschmücken.

»Das ist sinnlos. Wer geht schon dorthin? Die Jungen, die dort herumhängen, können sich kaum ihre Tasse Kaffee leisten, geschweige denn...« David seufzte wieder. »Es muß eine Galerie sein. Irgendwie.«

»Das«, sagte Dan und ließ sich auf einen Stuhl ihm gegenüber fallen, »kann eine Ewigkeit dauern.«

»Ich kann warten.«

Sie tranken aus ihren Bierdosen. Nach einer Weile machte David eine vage Geste in Richtung des Ateliers. »Was hat dich also bewogen, große Figuren zu machen?«

Dan lachte leise. »Nettie. Nicht, daß sie auf die Idee gekommen wäre. Sie stand nur eines Morgens im Badezimmer und betrachtete sich im Spiegel, wobei sie ihr Haar trocknete. Ich sah sie an und dachte – verdammt, das *muß* ich festhalten. Die ... hm ... Unschuld dieser Szene bewahren. Kapierst du?«

David nickte.

»Ich konnte es einfach nicht abwarten, die Sache in Schwung zu bringen. Köpfe sind okay. Sie verkaufen sich gut. Aber seit Jahren schon wollte ich eine ganze Figur machen. Ich hab' es immer wieder aufgeschoben. Es bedurfte eines Anstoßes. Und da war er – sie stand da, völlig in Anspruch genommen, ein bißchen verträumt.« Er hüstelte verlegen. »Klingt blöd – was?«

»Keineswegs. Klingt schön.«

»Du lieber Himmel, es ist ein absoluter Schlauch. Sie haßt es, Modell zu stehen. Sie hält sich keine zehn Sekunden ruhig, flucht und droht.« Er lachte. »Das macht die friedliche Unschuld, auf die ich so scharf bin, irgendwie problematisch.«

»Bis jetzt sieht das Ganze nicht schlecht aus«, bemerkte David. »Bevor ich gehe, schaue ich es mir noch mal an.«

»Tu das, Herzblättchen.«

Wieder Stille. David trank sein Bier aus. Dan warf ihm einen Blick zu und holte eine weitere Dose aus dem Kühlschrank.

»Okay – raus damit. Was nagt denn so an dir?«

David wollte den Kopf schütteln, hielt dann inne, sah seinen Freund an und lehnte stöhnend den Kopf gegen die Rücklehne.

»Diese verdammte Person. Ich kann sie nicht aus dem Kopf kriegen.«

»Barbara?«

»Du lieber Himmel, nein. Barbara ... das ist was anderes. Nein, dieses englische Mädchen. Ihre Stieftochter. Sie ... mein Gott, Dan ... sie hat mich wirklich drangekriegt. Ich kann einfach nicht mehr klar denken. Ich kann nicht mal mehr arbeiten, verdammt.«

»Du bist also in sie verliebt«, stellte Dan gelassen fest.

David hob mit einem Ruck den Kopf.

»Du meine Güte ...« Dan lachte. »Du siehst mich an, als ob ich dich eines unanständigen Leidens bezichtigte.«

»Ich fühle mich auch wie ein Leidender. Ich hab' so was nie gewollt.«

»Und wie empfindet sie?«

»Sie empfindet gar nichts. Sie ist damit beschäftigt, Luftschlösser zu bauen. Luftschlösser wie Pete Fletcher«, fügte er düster hinzu.

»Dieser Trottel? Was findet sie denn an dem?«

»Er ist reich.«

»Oha – so ein Typ ist sie.«

»Nein. Nein, so ist sie gar nicht – eigentlich nicht«, verteidigte David sie zornig.

Dan betrachtete ihn ein paar Sekunden lang. »Hast du ihr gesagt, was du für sie empfindest?«

»Mhm.«

»Und?«

»Sie sagte: ›Danke und gute Nacht‹.«

»Hmm...« Dan stand auf, um sich ein frisches Bier zu holen. »Das ist hart. Sehr hart. Geh auf Abstand. Halte dich an...«

»Wie soll ich auf Abstand gehen? Sie wohnt im selben Haus.«

Dan schwieg und öffnete seine Dose Bier.

»Mrs. Hampton-Norde muß überglücklich sein über die Situation«, sagte er schließlich.

»Sie hat keine Ahnung davon.«

»Das wird auch besser sein, sonst wird sie getoastetes englisches Mädchen zum Frühstück bestellen.« Er lächelte mitfühlend. »Vielleicht gibt sich das ganze, Kumpel. Manchmal ist es so. Sei einfach ruhig und freundlich mit ihr, dann löst sich die Sache von selbst in Luft auf.«

David schwieg.

»Die Alternative ist natürlich, daß du ausziehst. Überlaß die Damen sich selbst.«

Dan hob eine Braue, als David den Kopf schüttelte. »Dan, hör zu. Ich arbeite so gut ich nur kann – oder zumindest habe ich das vorher getan. Es gibt da keine Irritationen. Ich habe genügend Spielraum. Ich habe Zeit. Barbara? Okay, sie stellt ein paar Forderungen. Aber relativ wenige. Sie läßt mich in Ruhe malen. Sie ermutigt mich. Schön, ich lebe billig. Na, und? Wenn es eines Tages mit meiner Arbeit hinhaut – und lieber Gott, das *muß* es, dann werde ich ihr alles zurückzahlen.

Jedenfalls habe ich das vor.« Seine Stimme war vor Zorn laut geworden.

»Na klar«, beruhigte ihn Dan. »Aber das ist ja wohl nicht das Problem, oder?«

»Nein«, sagte David niedergeschlagen. »Das nicht.«

Dan warf einen Blick auf seine Uhr. »Bleib zum Essen. Nettie wird bald nach Hause kommen. Ich bin an der Reihe zu kochen, und ich habe vor, meine berühmte, einmalige Version dieser köstlichen Spezialität zuzubereiten, nach der sich alle die Finger abschlecken . . .« Er machte eine dramatische Pause, ». . . Spaghetti Bolognese.«

David zögerte.

»Dem kannst du nicht widerstehen«, drängte Dan. »Komm schon, sag ja.«

David grinste. »Nein, du hast recht. Ich kann wirklich nicht widerstehen. Danke.«

»Dann kannst du mir beim Zwiebelhacken helfen, du Strolch. Ich kann es nicht leiden, wenn andere Leute herumsitzen und Bier trinken, während ich arbeite.«

Die Sauce Bolognese brodelte vor sich hin, und der Tisch war für drei gedeckt, als Nettie lautstark durch die Vordertür eindrang. Sie blieb stehen, als sie David erblickte, stieß dann einen Freudenschrei aus und stürzte sich auf ihn zu, um ihn zu umarmen.

»Schätzchen – es ist ja Monate her, seit wir uns gesehen haben!«

»Zu lang jedenfalls«, sagte David und küßte sie auf die Wange. »Du siehst fantastisch aus.«

Nettie, die – seit sie mit dem begonnen hatte, was sie als ihre ›Karriere-Kampagne‹ bezeichnete – um zehn Pfund leichter geworden war, hatte sich das dunkle Haar kurz und keß schneiden lassen und sich einen eleganten, wenn auch legeren Kleidungsstil zugelegt. Sie sah genau nach dem aus, was sie war – eine intelligente, attraktive Frau auf dem Weg nach oben.

»Mein wirkliches Ich wirst du in zwei Minuten sehen, wenn ich das chice Zeug hier ausgezogen habe. Hallo, Darling . . .« Sie wandte sich an Dan, der zu ihr kam und sie küßte.

»Ich merke, das McLaughlinsche Image hat bereits ins Atelier Einzug gehalten«, sagte David lächelnd.

»Hast du das gesehen? Ich hatte ihm vorgeschlagen, was Impressionistisches zu fabrizieren – vielleicht einen Henry Mooreschen Klumpen mit einem Loch in der Mitte – und es ›Nettie‹ zu nennen. Aber nein, es mußte lebensecht werden. Stundenlang mußte ich splitterfasernackt herumstehen, ich habe vor Kälte gezittert ...«

»Quatsch!« schrie Dan lachend.

»Zitternd und elend. Ich habe ihm gesagt, Realismus schön und gut, aber auch nur eine Andeutung, einen Anflug von meinen dicken Oberschenkeln, und ich bin raus aus der Tür. *Verbessere* die Natur. Aber er wird ja doch machen, was er will«, fügte sie brummig hinzu. »Du wirst schon sehen, wie diese fetten Schenkel auftauchen.«

»Süße, du hast keine fetten Schenkel«, erklärte Dan milde.

Nettie sah ihn stirnrunzelnd und ungläubig an, dann wandte sie sich dem Schlafzimmer zu.

»Einer der Gentlemen könnte mir vielleicht ein großes – ein *großes* Glas Rotwein einschenken, während ich mich umziehe.«

David goß den Wein ein, während Dan vorsichtig die Spaghetti ins kochende Wasser gleiten ließ.

»Was gibts denn so, David?« fragte Nettie, als sie mit alten Jeans und einem roten T-Shirt wieder auftauchte.

»Nicht viel Neues. Immer der gleiche Trott.«

»Pinsel und Parties?«

»Mehr Pinsel als Parties.«

»Gratuliere.« Nettie trank einen Schluck Wein. »Hm ... das habe ich nötig gehabt. Hast du je diese Lilien-Serie beendet?«

Er sah sie an, überrascht, daß sie sich daran erinnerte. »Ja. Am Ende waren es vier Bilder. Sie sind bei Womberg. Mochtest du sie?«

»Die ersten drei jedenfalls, ja. Ich fand sie das Beste, was ich je bei dir gesehen habe.«

David lächelte erfreut. Er mochte die Wasserlilienserie selbst gern. Er war fast völlig zufrieden damit gewesen – so weit es einem Maler bei fertigen Bildern eben möglich ist.

»Der Himmel segne dich, Nettie. Du bist ein Labsal.«

»Ich? Ich bin nach dem Tag heute nichts weiter als etwas, das einmal eine Frau war. Unser neuer Mann kann nicht mal ein Schokoladeplätzchen verpacken, geschweige denn einen Thriller zustande bringen...«, sie seufzte. »Aber ich will dieses köstliche, aromatische Essen nicht mit Schimpfen und Verzweiflungsausbrüchen verderben.«

»Gut«, sagte Dan aus der Küche. »Bitte Platz zu nehmen.«

Die Spaghettisauce war heiß und scharf gewürzt; Dan war freizügig mit Rotwein und Knoblauch umgegangen. Außerdem hatte er ein Knoblauchbrot und einen großen gemischten Salat zubereitet. David aß hungrig.

»Mein Gott, ich wollte, ich hätte eine solche Ehefrau wie du, Nettie«, sagte er gegen Ende. »Kocht wie ein Engel, sieht aus wie eine Million Dollar. Wo hast du Dan bloß aufgetrieben?«

»Auf dein Wohl, Kumpel«, sagte Dan freundlich.

»Er ist gut, wie?« sagte Nettie. »Obwohl ich gestehen muß, daß ich noch besser bin.«

»Du kennst nur mehr Variationen«, sagte Dan. »Du experimentierst. Ich bin konservativ.«

»Jedenfalls was Hackfleisch betrifft.« Nettie lächelte David zu. »Wenn kein Hackfleisch dabei ist, kann er nicht kochen.«

»Undankbares Luder«, sagte Dan.

Nettie beugte sich zu ihm hinüber, um ihm lachend das Haar zu zausen. Dan ergriff ihre Hand und küßte sie. Sie wechselten einen Blick, der David bewog, sich in seinen Stuhl zurückzulehnen; erneut überflutete ihn eine seltsame Traurigkeit. Diese beiden lebten nun seit fünf Jahren zusammen, stritten sich, wie er wußte, oft und lautstark, aber es war sonnenklar, daß sie einander mit gleicher Stärke und Tiefe liebten.

Dan blickte auf und mußte etwas in Davids Gesicht gesehen haben, denn er lächelte eine Spur gezwungen. »Erzähl' Nettie davon.«

»Himmel, nein. Warum sollte sie...«

»Sie ist eine Frau«, erklärte Dan.

Nettie blickte von einem zum anderen. »Das klingt einleuchtend. Was sollst du mir erzählen?«

David starrte unbehaglich auf seinen Teller. Nicola, Nicola, dachte er, ich verwandle mich in einen blökenden Idioten, einen stammelnden Schuljungen, und alles ist deine Schuld. Der Teufel soll dich holen.

»Also, was ist?« fragte Nettie.

»David ist verliebt«, sagte Dan.

»He – endlich? Gut, gut, gut! Das alte Eisenherz ...«

»Es ist nicht so gut, Nettie«, sagte David, und als sie sich zurücklehnte und ihn anblickte, begann er ein bißchen von Nicola zu erzählen. Er faßte sich kurz und fühlte sich trotzdem albern. Aber Nettie lauschte aufmerksam.

»Also ...«, schloß er, »es wird eindeutig nichts daraus. Aber ich scheine sie mir nicht aus dem Kopf schlagen zu können.«

»Bist du ganz sicher, daß nichts daraus wird?«

»Ja. Sie will ... weiß der Himmel, was sie will. Sich irgendwas aus der Millionärsszene angeln. Es steckt mehr dahinter als die übliche Habgier oder Geltungssucht. Es ist fast was wie Trotz. Als ob sie versuchte, es Barbara, ihrem Vater, mir, jedermann heimzuzahlen.«

»*War* ihr Vater denn ein solcher Drecksack?«

»Keine Ahnung. Früher hat sie ihn offensichtlich nicht dafür gehalten.«

Nettie strich mit der Fingerspitze den Rand des Weinglases entlang. »Vielleicht ist sie nur vorübergehend ausgeflippt. Du könntest ja am Ball bleiben und ...«

»Binnen kurzem«, sagte David in schroffem Ton, »wird sie sich jemand wie Fletcher geschnappt haben, und damit hat sich die Sache.«

Nettie und Dan wechselten Blicke. Dann tätschelte Nettie Davids Hand.

»Laß sie sausen. Sei für sie ein guter Freund, denn ...«, sie machte eine Pause, »mir scheint, sie ist unglücklich und braucht einen Freund. Aber laß die romantischen Hoffnungen fahren. Arbeite – zieh dich auf dich selbst zurück.«

Er starrte sie eine Weile an. Ihre grünen Augen waren sanft. »Ich werd's versuchen«, sagte er. Er trank einen großen Schluck Wein. »Na schön. Romeo wird jetzt in dieser Angelegenheit seine dumme Klappe halten. Wer möchte beim Pokern sein letztes Hemd verlieren?«

Nettie sprang schnell auf. Sie liebte Kartenspiele.

»Ich, ich, ich«, sagte sie und eilte davon, um die Karten zu holen. »Schneide keine Grimassen. Dan. Du weißt genau, daß es dir Vergnügen machen wird.«

»Wem macht es schon Vergnügen zu verlieren?« fragte Dan, für den das in der Tat zuverlässig zutraf.

»Das Glück ist launisch, Schätzchen.«

Sie legten jeder fünf Dollar in den Pott, und nach einer Stunde war Dan aus dem Rennen. Nettie und David fuhren fort zu pokern, und eine halbe Stunde später fegte David das Geld vom Tisch und steckte es in die Tasche.

»Damit ist alles klar«, sagte er. »Glück beim Spiel, Unglück in der Liebe.« Er lächelte den beiden zu. »Ihr seid wahrscheinlich reif fürs Bett. Und danke für heute abend.«

»War schön, dich zu sehen, Kumpel«, sagte Dan.

Nettie trat auf David zu und küßte ihn auf die Wange. »Bring' ein paar gute Arbeiten zustande.« Sie hielt inne. »Wobei mir einfällt: als du an der Lilien-Serie gearbeitet hast, da hast du ein kleines Ölbild gemalt mit Schmetterlingen und Narzissen, glaube ich. Ein ganz winziges ...«

»Ja. Es ist in meinem Atelier.«

»Wenn ich meinen Bonus bekommen habe, könnten wir dann vielleicht darüber reden, ob ...«

»Es gehört dir«, sagte David und umarmte sie. »Geschenkt.«

»Nein, nein«, sagte Nettie verdrossen. »Ich wollte nicht ...«

»Bitte«, sagte David. »Bitte. Ich bringe es vorbei.«

Nettie und Dan sahen einander an. Schließlich lächelte Nettie und umarmte David. »Danke, Lieber. Und gib auf dich acht.«

David fuhr mit dem Mercedes zu schnell den Sunset Boulevard entlang, nahm mit Leichtigkeit die weiten Kurven, genoß die Fahrt und ließ die Gedanken schweifen. Am East Bel-Air Gate verlangsamte er das Tempo, fuhr zögernd durch das gußeiserne Tor und wandte sich der nach oben ansteigenden Bel-Air Road zu. Elaina Jansans weißer Rolls-Royce überholte ihn, und eine schlanke, behandschuhte Hand winkte ihm im Rückfenster zu. Elaina, die wieder mal von irgendeiner Wohltätigkeitsveranstaltung aus Beverly Hills heimkehrte. Elaina, die wieder mal sicher sein konnte, daß ihr Name in Jody Jacobs Klatschkolumne auftauchen würde – das einzige, was für sie noch von Bedeutung war, nachdem ihr großindustrieller Ehemann das Zeitliche gesegnet hatte.

David trat plötzlich heftig auf die Bremse, so daß der Wagen mit einem Ruck hielt. »Was, zum Teufel, habe ich hier eigentlich zu suchen?« fragte er laut.

Eine Brise brachte einen Oleanderbusch neben ihm zum Rascheln. Er atmete den Geruch von Wacholder ein. Der Wagen war unter einem dichten Avokadobaum zum Stillstand gekommen, der über irgend jemandes Steinmauer ragte. David konnte durch ein Spitzenwerk von Zweigen den Himmel sehen. Ein klarer Himmel.

Er zündete sich eine Zigarette an und blieb volle fünf Minuten sitzen, den Blick auf den Baum gerichtet. Als er schließlich die Zigarette im Aschenbecher ausgedrückt hatte, war er zu einem Entschluß gekommen. Er wendete den Wagen und fuhr zum Sunset zurück.

Als er eine halbe Stunde später beim Bel-Air Gate angekommen war, lagen neben ihm auf dem Sitz zwei Zeitungen: die ›Los Angeles Time‹ und die ›Santa Monica Evening Outlook‹. Er hatte sich entschieden. Er wollte ausziehen.

Während er die gewundene Bellagio Road entlangfuhr, hörte er Dans Worte: »Die Alternative ist natürlich, daß du ausziehst. Überlaß die Damen sich selbst.«

Er hatte widersprochen. Er hatte gesagt, seine Arbeit sei das Wichtigste, er brauche die Gelegenheit, arbeiten zu können. Das stimmte auch. Aber, verdammt, er arbeitete ja gar nicht. Er bummelte herum wie eine alte Frau. Er vergeudete Zeit. Er verwandelte sich, wie er sich selbst mit halbem Lächeln sagte, in einen Papierkorbbombardierer.

Nachdem er die Entscheidung nun getroffen hatte, fühlte er sich erleichterter. Er versuchte, einen Plan zu entwerfen. Er verfügte über einige hundert Dollar eigenes Geld, er hatte ein paar Bilder, die sich möglicherweise verkaufen ließen. In letzter Zeit hatte er einige Angebote abgewiesen, weil sie zu gering waren, aber jetzt wollte er sie annehmen. Vielleicht mußte er einen Teilzeitjob annehmen – Barkeeper, Hotelpage, Gasableser. Den Gedanken an Unterrichten ließ er gleich fallen. Irgendein dämlicher Job war weniger erschöpfend und ließ ihn einen klaren Kopf behalten.

Aber jetzt mußte er Barbara Bescheid sagen. Sofort. Er mußte den verdammten Streit darüber hinter sich bringen.

Unten im Haus brannten alle Lichter, aber von Barbara war nirgendwo etwas zu sehen. Ihr leeres Glas stand auf dem Boden neben dem Sofa, ein Aschenbecher quoll von Zigarettenstummeln über. Er stieg die Treppe hinauf. Barbara lag tief schlafend im Bett und schnarchte leise. David warf einen Blick auf die Uhr: zwanzig Minuten nach Mitternacht. Zu spät für eine Konfrontation. Er ging nach unten, um die Lichter auszuknipsen. Auf dem Weg zum Schlafzimmer verharrte er kurz vor Nicolas Zimmer. Die Tür stand einen Spalt breit offen; der Raum war still und dunkel. Nicola war noch nicht heimgekehrt, würde wahrscheinlich die ganze Nacht über wegbleiben. In Fletchers Wohnung, in Fletchers Bett und... Er schüttelte schnell den Kopf. Schwamm drüber, du Trottel.

Er legte sich neben Barbara in das riesige Doppelbett und schlief sofort ein.

Als er erwachte, saß Barbara, völlig angezogen und zurechtgemacht vor dem Toilettenspiegel und kämmte sich.

»So, Dornröschen ist also erwacht«, sagte sie und drehte sich zu ihm um. »Was war denn gestern nacht los?«

»Ich war bei Dan und hab' dort zu Abend gegessen.«

»Du bist nicht etwa auf die Idee gekommen, hier anzurufen und mir zu sagen, du kämst erst spät zurück?«

»Nein, daran habe ich nicht gedacht.«

»Sehr unhöflich, junger Mann«, sagte sie. Sie wirkte ungerührt.

David stand auf und streckte sich. »Laß mir fünf Minuten Zeit fürs Duschen, dann frühstücke ich mit dir«, sagte er. »Wir müssen was besprechen.«

Aber Barbara hatte einen Mantel über die Schultern geworfen und strebte bereits der Tür zu. »Ich muß machen, daß ich wegkomme. Bis später.«

Mit klappernden Absätzen verschwand sie. David zuckte die Schultern. Also mußte er sich zuerst eine Bleibe suchen und ihr später Bescheid sagen – sie mit einem *fait accompli* konfrontieren. Und Nicola ebenfalls.

Er trank Kaffee am Schreibtisch im Salon und strich sich dabei die in Frage kommenden Apartments an, die in den

Zeitungen zur Vermietung ausgeschrieben waren. Die Wohnungen in Santa Monica waren teuer, und er wollte nicht in die Randgebiete von Palms und Culver City ziehen. Er wandte sich der ›Los Angeles Times‹ zu und fand ein paar Adressen in West Hollywood, die möglicherweise in Frage kamen.

Er war schon in der Diele draußen und im Begriff wegzugehen, als Nicola zur Haustür hereinkam. Sie lächelte schwach, im übrigen sah sie müde und blaß aus.

»Und alle haben sich vortrefflich amüsiert«, sagte er. »Jedenfalls sieht es ganz danach aus.«

Sie gähnte. »Kann man wohl sagen. Mein Gott, bin ich *fertig.*«

»Du brauchst Kaffee.«

»Nein, Sir. Ich habe ein Dutzend Tassen Kaffee getrunken. Was ich brauche, ist eine hübsche Tasse Tee und Schlaf. Stunden und Stunden Schlaf. Wahrscheinlich den ganzen Tag.«

»Tu das«, sagte David und berührte leicht ihre Wange. »Bis später.«

Während er im Mercedes in Richtung West Hollywood fuhr, fragte sich David, wie er, um Himmels willen, einmal frei geworden, in einer Stadt auf Rädern ohne Wagen auskommen würde. Immerhin hatte er das auch vorher geschafft, sagte er sich. Es würde ihm wieder glücken. Ohnehin hatte er nicht vor, viel auszugehen. Er beabsichtigte zu Hause zu bleiben und zu arbeiten. Leise fing er an, vor sich hin zu pfeifen.

Eines der Gebäude am Palm verfügte über einen Swimmingpool, einen Dachgarten und über eine Reihe von Apartments. David wußte, daß er zumindest ein Schlafzimmer und einen Raum brauchte, den er als Atelier benutzen konnte.

Die Managerin war eine hagere, ergrauende Person mit einem kantigen Kinn. David dachte, daß Modigliani sie sicher gern gemalt hätte. Mürrisch zeigte sie ihm eines der Apartments. Die Zimmer waren winzig. Der Wohnraum hatte einen Küchenbau und einen kleinen Balkon, der nach Osten zu lag, aber er war zu dunkel, als daß man hätte darin arbeiten können. Das Schlafzimmer war noch schlimmer, hatte so gut wie überhaupt kein Licht. Er schüttelte den Kopf.

»Ist das das einzige, was Sie haben?«

»Ich hab' noch ein Einzimmerapartment. Kostet 425 Dollar.«

David starrte sie an. »Für ein Einzimmerapartment? Das ist doch wohl nicht Ihr Ernst.«

»Das ist die Miete.«

»Und brauchen Sie eine Kaution?«

»Natürlich. Erster und letzter Monat müssen sofort bezahlt werden, dazu zweihundert Kaution. Plus siebzig Dollar für Reinigung.«

David versuchte alles zusammenzurechnen, gab es dann auf. »Wieviel ist das insgesamt?« fragte er.

»Eintausendeinhundertzwanzig Dollar.«

»Leben Sie wohl und vielen Dank, Ma'am«, sagte David.

Alle anderen in West Hollywood verlangten ähnliche Beträge.

»Um was Billigeres zu kriegen, müssen Sie östlich von La Brea suchen«, sagte ein mitleidiger Manager in Larrabee.

David studierte erneut die Zeitungen und kreuzte Adressen in Hollywood selbst an. Danach fuhr er die Franklin Avenue entlang bis zur Argyle Avenue, wo in so ziemlich jedem Apartmentgebäude etwas zur Miete ausgeschrieben war.

Die Argyle Avenue schlängelte sich in die Hollywoodhügel hinein. Früher einmal mochte das eine hübsche Straße gewesen sein; die älteren Häuser waren elegant, die neuen mit Swimming-pools und Patios versehen, um den kalifornischen Träumen und den Bedürfnissen der Sonnenanbeter zu entsprechen. Aber nun hatte die Gegend eine Atmosphäre von Verfall und Vergänglichkeit, ja von Bedrohung. Gruppen unrasierter junger Männer standen gegen die Bäume gelehnt da, rauchten, beobachteten. Ein paar braunhäutige Kinder hüpften auf den Stufen einer zerfallenden Villa auf und ab. Vor den Fenstern mit den zerbrochenen Scheiben oben hingen Decken, improvisierte Vorhänge. Hunde bellten.

An der Biegung, kurz bevor sich die Straße in die Berge hineinschlängelte, hielt David den Wagen vor einem der neueren Häuser. Den Mercedes schloß er sorgfältig ab. Es gab einen Swimming-pool, und die kleinen Kinder und Hunde, die um ihn herumjagten, wiesen darauf hin, daß das Schild ›Nur Erwachsene, keine Haustiere‹, nicht allzu ernst zu nehmen war. Der Manager, ein Schwarzer mit glatter Haut, zeigte David ein Zweizimmerapartment.

Der Wohnraum war langgestreckt, ein großes Fenster lag dem Pool zu, das andere befand sich in der Eßnische. Der Teppichbelag war alt, abgetreten und fleckig, die Vorhänge schmutzig und zerknittert. David ignorierte die Küche, die schmierig war und in einem Anbau lag. Er betrachtete das große Zimmer von allen Seiten. Das Licht war gut, geräumig war es auch.

»Bad hier, Schlafzimmer dort«, sagte der schwarze Manager träge.

David sah sich beides oberflächlich an. Ausreichend, wenngleich schmutzig. Er kehrte in den großen Raum zurück.

»Wieviel?«

»Dreihundert.«

»Wieviel auf die Hand?«

»Zweihundert Kaution. Zusammen fünfhundert.«

»Wie wäre es mit einhundert Kaution?«

»Geht nicht.«

»Okay, ich nehme die Wohnung.« David seufzte. »Aber erst am nächsten Wochenende. Vorher muß ich das Geld zusammenscharren.«

»Sie tun gut dran, was anzuzahlen, Mann«, sagte der Schwarze. »Sonst ist sie am nächsten Wochenende vielleicht weg.«

David zog seine Brieftasche heraus und gab ihm zwanzig Dollar. »Reicht das?«

»Klar. Nur um den guten Willen zu zeigen.«

»Gut. Jetzt hätte ich gern eine Gute-Willen-Quittung.«

Der Manager schrieb ihm eine aus, wobei er ein bißchen lächelte.

Während David in westlicher Richtung zurückfuhr, rechnete er im Kopf. Er konnte am nächsten Wochenende einziehen, aber dann hatte er keinen roten Heller, von dem er leben konnte. Er konnte zwei Zeichnungen zu dem Preis, den Barbaras Maklerfreunde, Art und Angie, ihm geboten hatten, verkaufen. Jerry würde vielleicht auch etwas erstehen, wenn man ihn darum bat. Ein paar Bilder konnte er bei Harry's aufhängen – nur für alle Fälle. David hielt vor der ›Old World‹

am Sunset, um einen Kaffee zu trinken und ihm wurde klar, daß er das Ganze ohne einige größere Kompromisse nicht würde ermöglichen können. Er ging in eine Telefonzelle.

Ted Andrews leitete eine kleine Public-Relations-Agentur in Beverly Hills. Gelegentlich brauchte er Illustrationen für Broschüren, Posters oder Postwurfsendungen.

»Hören Sie zu, Ted. Ich brauche Geld, dringend sogar. Ich brauche Arbeit. Was haben Sie da, das sofort gemacht werden muß?«

Ted lachte. »Verdammt, Mann, ich habe Sie monatelang gebeten, was zu tun.«

»Ich weiß, ich weiß. Was haben Sie also?«

»Immer sachte. Ich muß erst nachsehen.«

David blieb am Apparat.

»Da ist immer noch die Park-Präsentationssache im Schwange. Ich habe Ihnen davon erzählt.«

David dachte nach. »Diese Sache mit den Teergruben in La Brea?«

»Genau die.«

»Aber das liegt doch Monate zurück.«

»Das steht noch offen. Wird allmählich brenzlig. Smithy wollte es versuchen, aber der ist nach San Francisco abgehauen. Der Himmel weiß warum.«

»Ich mache es. Die ersten fünf Entwürfe kriegen Sie am Mittwoch. Bezahlen Sie mich dann.«

»Mann, so eilts nun auch wieder nicht. Man hat mir bis zum nächsten Monat Zeit gelassen.«

»Aber mir eilts, Ted. Also, bis Mittwoch.«

David hängte den Hörer ein und fühlte sich erleichtert. Ein gewisses Maß an Freiheit zu erwerben bedeutete eben gelegentlich, in anderer Hinsicht Kompromisse zu machen. Er hatte das Gefühl, daß es die Sache wert war. Sie *mußte* es wert sein.

Er fuhr nach Bel-Air zurück, entschlossen, sich an die Arbeit zu machen. An seine Arbeit. Die Teergruben konnten bis morgen warten.

Als er in die Zufahrt einbog, wußte er, daß er zu niemand etwas sagen würde, bis er fast schon aus der Tür sein würde. Eine Woche kann eine lange Zeit sein, wenn man mit Gegenströmungen und Überredungskünsten zu tun hatte. Er wollte nicht, daß irgend jemand ihn umzustimmen versuchte.

David eilte schnell die Treppe empor, vorbei an Nicolas geschlossener Tür und hinauf in sein Atelier. Es gab Arbeit zu tun. Er hatte das Gefühl, wenigstens wieder atmen zu können.

19

Nicola schloß mit einiger Mühe die Haustür auf. Der Schlüssel wollte zuerst nicht ins Schloß passen; ihre Hände fummelten ungeschickt daran herum. Endlich innen angelangt, stolperte sie ein bißchen, und die Tür schlug hinter ihr zu, Lärm hallte durchs Haus. Ich bin beschickert, sagte sie zu sich selbst. Nein, ich bin betrunken. Sie kicherte. Es war gut, daß Barbara und David im Bett waren. Was zu essen, entschied sie, und Kaffee. Aber einmal in der Küche, schien die Mühe, Kaffee zu machen, allzu überwältigend, und so trank sie Mineralwasser direkt aus der Flasche und kaute hungrig an einem Stück trockenen Brots herum.

Sie war den größten Teil des Nachmittags und Abends in Pete Fletchers Eigentumswohnung in Westwood gewesen, hatte Wodka pur getrunken und mit Pete in dessen rundem Wasserbett geschlafen. Er war dann schließlich entschlummert, was Nicola nur recht war. Sie hatte das Gefühl seekrank zu werden, wenn sie sich noch länger in diesem verrückten Bett aufhielte. Und sie wollte weg sein, wenn er aufwachte. Er sollte Gelegenheit haben, sie zu vermissen. Sie wollte nicht, daß er sich ihrer allzu sicher würde. Daß er angefangen hatte, an ihr interessiert zu sein, wußte sie.

Ich brauche mehr Zeit, sagte sie laut in der Küche. Ich brauche hier mehr Zeit. Sie beschloß, am Morgen Ted Sharp anzurufen, ihm ein bißchen um den Bart zu gehen, auch notfalls vor einer kleinen Lüge nicht zurückzuschrecken. Das bedeutete jedoch, noch vor neun Uhr aufzustehen, um ihn zu erwischen, bevor er das Büro verließ. Sie blickte auf ihre Uhr – zehn Minuten nach Mitternacht. Er mußte gerade mit seiner Schicht um zehn nach acht Londoner Zeit begonnen haben.

Also am besten gleich, entschied sie. Sie trank noch einen großen Schluck Mineralwasser und ging zum Telefon.

Ted Sharp hatte gerade seine gewohnte morgendliche Verdüsterung; sie sah sein finsteres Gesicht direkt vor sich.

»Nicola – wir haben erst zwei Artikel von dir. Wo ist der Rest?« bellte er, ohne sich mit Höflichkeitsfloskeln aufzuhalten.

Sie bemühte sich, ihre Stimme gelassen und nüchtern klingen zu lassen. »Das ist es ja gerade. Ich arbeite an ein paar sehr aufregenden Interviews...«, log sie.

»Was für Interviews? Wir haben nicht um Interviews gebeten.«

»Ted, ich kann Georgia O'Keefe bekommen. Sie lebt in New Mexico. Und...«

»Wer? Nie was von ihr gehört.«

»Aber Ted, natürlich. Frage mal Jeremy.«

»Moment mal.« Sie wartete, und nach ein, zwei Minuten war er wieder zurück. »Er sagt okay.« Teds Stimme klang erschöpft.

»Und noch zwei weitere«, sagte Nicola und hoffte inbrünstig, daß er nicht weiterfragen würde. Das tat er auch nicht. »Aber der springende Punkt ist, ich brauche noch ein bißchen mehr Zeit...«

»Wie lang?«

»Drei, vier Wochen.«

»Jeremy gefällt das ganz und gar nicht. Er hat mal wieder gekokst.« Es gelang Ted nicht, den Unterton von Befriedigung aus seiner Stimme zu verbannen. Er verabscheute Jeremy. Nicola wußte, daß sich das günstig für sie auswirken konnte.

»Er wird ganz vergnügt sein, wenn er die Interviews zu Gesicht bekommt.«

»Na gut. Aber mach ein bißchen dalli, ja? Wenn jedermann zwei Monate Urlaub im Jahr nimmt...«

»Es ist kein Urlaub. Nur eine Freistellung. Ich kriege nur ein Zeilenhonorar, vergiß das nicht.«

»Egal. Du hast schließlich einen Beruf. Adieu.«

Ein Klicken und dann ein Knattern, bevor alles still wurde. Nicola legte den Hörer langsam auf und seufzte erleichtert. Mehr Zeit, sie hatte noch mehr Zeit. Eines Tages wirst du dorthin zurückkehren müssen, dachte sie. Dann zuckte sie die

Schultern, schob den Gedanken von sich und ging wieder in die Küche.

Sie empfand heftigen Durst und trank gierig aus der Mineralwasserflasche.

»Du siehst aus wie ein Säugling, der an seiner Flasche nuckelt«, sagte David, der leise in die Küche getreten war.

Nicola fuhr herum, die Hand auf der Brust. »Mein Gott, hast du mich erschreckt. Ich wußte gar nicht, daß noch jemand auf ist.«

David trug ein weißes T-Shirt, das voller Zeichenkohleflekken war. Auch seine Hände waren schwarz, seine Stirn hatte einen grauen Schmutzstreif.

»Du mußt in einer Kohlengrube gearbeitet haben.«

»Ich habe gezeichnet«, sagte er kurz und ging zum Ausguß. »Neue Serien.«

Er begann geistesabwesend seine Hände zu schrubben.

»Und was ist mit dir?« fragte er dann über die Schulter weg. »Eine Party? Oder einer deiner intimen Abende *à deux?*«

»Eine Party *à deux*– so könnte man es jedenfalls nennen«, sagte Nicola, ließ sich auf einen Küchenstuhl fallen und streckte die Füße aus.

»Wirklich?« sagte David kalt. Nicola wandte den Blick ab und fummelte an einem Hemdblusenknopf herum. Er hing nur noch an einem Faden, und gleich darauf hielt sie ihn in der Hand und starrte darauf.

»Sieht ganz so aus, als ob es hoch hergegangen sei«, sagte David in schroffem Ton.

Nicola warf den Knopf in die Luft, als ob es sich um eine Münze handelte, versuchte ihn aufzufangen und verfehlte ihn. Er fiel zu Boden.

»Du bist gehässig, David. So ... feindselig.«

»Tut mir leid, ich wollte nicht ›feindselig‹ sein.«

Er wandte sich ihr zu. Sein Blick hatte etwas so Direktes, daß Nicola sich bloßgestellt fühlte und allzu betrunken und verwirrt, um damit fertig zu werden.

»Ich habe einige Schwierigkeiten mit der Rolle des großen Bruders, die du mir offenbar zugedacht hast.«

»Ja. Na schön, großen Brüdern muß man vermutlich ein bißchen Feindseligkeit zugestehen.«

Er wandte sich ab. »Okay. Jetzt muß ich was zu futtern haben. Ich habe das Abendessen ausfallen lassen.«

Er begann sich einiges aus dem Kühlschrank und der Speisekammer zu holen: Erdnußbutter, Käse, Mixed Pickles.

»Hast du den ganzen Tag über gearbeitet?«

»Mhm.«

David strich sich Erdnußbutter auf dicke, weiße Brotscheiben. Nicola sah ihm dabei zu.

»Wieso kennst du dich hier in der Küche so gut aus, während ich nie das allergeringste finden kann?«

»Ich esse häufig hier«, sagte David und biß hungrig in eine Brotscheibe. »Im allgemeinen um zwei oder drei Uhr früh. Möchtest du was?«

»Nein, danke.«

»Vielleicht würde es einen Teil des Alkohols aufsaugen.«

Nicola starrte ihn wütend an. »*So*viel habe ich gar nicht getrunken«, log sie.

»Nicola, deine Augen sind glasig, dein Gesicht ist fleckig, und du kannst eindeutig nicht mehr geradeaus schauen. Du hast Schlagseite, Baby.«

Nicola wollte widersprechen, zuckte dann aber die Schultern. »Na und?«

»Gar nichts – na und. Iß was.«

Er reichte ihr ein Stück Käse und eine Scheibe Brot. Sie kaute daran herum und beobachtete ihn dabei. Er sah müde aus, aber es schien sich um eine zufriedene Schläfrigkeit zu handeln. Er wirkte wie ein zerzauster kleiner Junge nach einem harten Fußballspiel, bei dem seine Mannschaft gewonnen hat. Aber er war so weit weg von ihr. Mit dem Gefühl der Sehnsucht, die einen überkommt, wenn man ein Fotoalbum aus der Kindheit betrachtet, entsann sie sich seiner um sie gelegten Arme, seines Haars auf ihrem Gesicht – seines gegen sie geschmiegten Körpers.

»Es scheint schrecklich lang her zu sein«, sagte sie zu sich selbst.

»Ja, Jahrhunderte.« Sie hatte zu laut gesprochen und er wußte, was sie damit gemeint hatte. »Aber es besteht kein

Grund, einen Gedanken daran zu verschwenden, oder? Nicht der allergeringste.«

»Sei nicht ärgerlich, David.«

Er stöhnte, stellte einen kleinen Teller in den Ausguß und wandte sich der Tür zu. Nicola wollte, daß er dabliebe.

»Nur weil eine Lady Schlagseite hat?« sagte er. »Baby, das nächste Stadium ist dann Schläfrigkeit.«

Er sah zu, wie sie in ihrer Handtasche herumfummelte und dann eine dünne, zerknitterte, handgerollte Zigarette herausnahm. Hasch.

»Du hast dich schon an unsere feine, kalifornische Art gewöhnt, wie ich sehe«, sagte er.

»Hast du was dagegen einzuwenden?«

»Warum sollte ich? Hast du das Ding vielleicht quer durch die Stadt getragen?«

»Den ganzen weiten Weg aus Westwood. Mindestens fünf Minuten mit dem Taxi.«

»Dein ... Freund ... hat dich also nicht heimgefahren?«

»Mein Freund lag praktisch im Koma.«

»Hast du auf ihn auch diese Wirkung?«

Nicola lächelte ihm träge zu und zündete sich den Joint an. »He, Mister – machst du mit?«

Nicola nahm einen tiefen Zug und streckte ihm die Zigarette hin. David rührte sich nicht.

»Hör zu«, sagte er, »wenn es dazu kommt, weiß ich nicht, ob ich meine Rolle als großer Bruder aufrecht erhalten kann, weißt du das?«

Nicola nahm erneut einen Zug und wartete, bis sich die Welt um sie zu drehen begann. Sie konnte nur eine schattenhafte Gestalt vor sich erkennen. Groß, unerbittlich – aber nicht bedrohlich. Sie starrte auf den durchgescheuerten Stoff seiner Jeans in der Umgebung seiner Knie. Die Fäden überkreuzten sich, manche waren noch miteinander verbunden, andere gebrochen.

»Hübsche Knie hast du in diesen Jeans«, sagte sie.

»Komm schon, Nicola. Mach, daß du ins Bett kommst«, sagte David gereizt.

Sie ließ den Blick von den Knien an aufwärts gleiten, aber als sie bei seinem Gesicht angekommen war, sah sie, daß es ein trauriges Gesicht war; er betrachtete sie mit solcher Intensität, daß sie das Gefühl hatte, er sei fast in ihren Kopf eingedrungen.

»Was tue ich bloß?« schrie sie.

»Das weiß ich nicht. Ich weiß nur, daß ich ins Bett muß«, sagte eine Stimme, die von hoch über ihr herabzukommen schien. »Und du auch. Und ich ...«

Etwas berührte sie, nur ganz leicht an der Schulter. Berührung eines Schmetterlings. Sofort wieder verschwunden.

»David.«

»Hier bin ich.«

»David, als wir uns kennen lernten – oder kurz danach, sagtest du, wir sollten Freunde sein. Oder so ähnlich.«

David nickte. »Ja – daß wir Freunde sein *könnten*. Das habe ich gesagt.«

»Können wir das?«

Schweigen. Sie versuchte den Blick auf ihn zu richten. Sein Gesicht war beschattet, unergründlich, nicht zu durchschauen.

»Versuchen wir's«, sagte er.

Plötzlich war er doch an der Tür und blickte zu ihr zurück. Nicola hielt den kleinen Rest ihres Joints in die Höhe. »Möchtest du nicht doch?«

Er schüttelte den Kopf. »Leg dich schlafen, ja?«

Die Tür schloß sich hinter ihm. Nicola drückte die Zigarette im Aschenbecher aus. Sie fühlte sich benommen und wie ein reiner Zuschauer, bis sie, Sekunden später, die schizophrene Reaktion empfand, die man erleben kann, wenn man zu lange in einen Spiegel starrt. Bin ich das? Bin ich wirklich so? Sehe ich so aus? Ich bin diese Person ... Das Gefühl jagte ihr solches Entsetzen ein, daß sie sich aufrecht hinsetzen und heftig den Kopf schütteln mußte, bevor sich der Spuk verflüchtigte.

Ich verliere meinen Standort in der Welt, ich verliere ihn. David hatte einmal zu ihr gesagt, Kummer habe immer etwas Erschöpfendes. Aus irgendeinem Grund fiel ihr das nun ein, und sie schob den Gedanken sofort von sich. Ich lebe jetzt ein anderes Leben. Ich erfahre eine neue Lebensform. Ich bin stärker geworden. Sie wußte zu diesem Zeitpunkt nicht, daß sie lediglich auf der Flucht war, sich versteckte – so wie sich die Schwachen, nicht die Starken, verstecken müssen.

20

Barbara hatte eine geschäftliche Verabredung. Eine verdammt wichtige Verabredung, sagte sie zu sich selbst, während sie beobachtete, wie David über den Frühstückstisch weg Nicola ansah. Nicola schien sich dessen nicht bewußt zu sein, oder aber seine prüfenden Blicke störten sie nicht weiter. Sie hat größere Fische an der Angel, dachte Barbara mit einer irritierenden Mischung aus Erleichterung und Eifersucht. Sie hat den elenden Ehrgeiz ihres Vaters geerbt, wenn schon sonst nichts. Barbara hatte das beunruhigende Empfinden, daß sich Nicola zu einer Konkurrenz entwickeln könnte – alles, was du tun kannst oder einmal tun konntest, kann ich besser. Nicola stolzierte im Haus herum, stellte ihren jungen Körper zur Schau, prunkte ganz offen mit ihren Eroberungen. Sie trieb sich jetzt mit Pete Fletcher herum, dem wilden Sohn eines der großen Filmmagnaten. Er war sehr gut betucht, das wußte Barbara, sah auch gut aus. Zudem stand er im Ruf eines Weiberhelden, was einem jungen Mann nicht schaden kann.

Nicola war in der vergangenen Nacht mit ihm weggewesen und schien heute morgen sehr zufrieden mit sich zu sein. Das Mädchen hatte seinen Aufenthalt hier verlängert – sprach jetzt leichthin davon, daß es ›irgendwann im nächsten Monat‹ nach England zurückkehren würde. Barbara wollte sie aus dem Haus haben, so schnell wie möglich. Nicht nur, weil David offensichtlich an Nicola interessiert war – er würde nicht so dumm sein, dem nachzugeben –, aber weil ihr ihre Stieftochter auf die Nerven ging.

Sie konnte sie nicht einfach hinauswerfen. Sie konnte ihr das Leben so unerfreulich gestalten, daß Nicola aus eigenem Antrieb verschwinden würde; aber mit solchen Taktiken würde sie nur David gegen sich aufbringen. Er war ein Trottel, wenn es sich darum drehte, mit Leuten kurzen Prozeß zu machen. Dann war er wie ein weiches Ei. Und sie wollte ihn nicht gegen sich aufbringen; sie liebte diesen festen, braunen Körper in ihrem Bett. Sie brauchte ihn einfach. Im Augenblick unterstützte sie also Nicola bei ihrer Jagd auf reiche junge Männer. Sollte ihr ruhig irgendeiner dieser Clowns das Mädchen abnehmen. Was David betraf, wußte Barbara sehr genau, wie sie ihn wieder zur Räson bringen konnte.

»Na, meine Kleinen«, sagte sie. »Ich muß gehen. Was habt ihr denn für Pläne heute?«

David, das wußte sie, zeichnete bei den La-Brea-Teergruben. Verrückte Idee. Sie wartete darauf, daß er Nicola auffordern würde, sie dorthin zu begleiten. Das tat er auch.

»Mein Gott, bedeutet das zu Fuß gehen?« stöhnte Nicola. »Ich bin heute halb tot.«

»Geschieht dir recht«, sagte David und fügte, als sie aufblickte, lächelnd hinzu: »Du kannst ja auf einer Bank sitzen und zusehen. Die frische Luft klärt vielleicht deinen armen, kleinen Kopf.«

Nicola legte den Kopf zur Seite und überlegte.

»Komm schon, entschließe dich«, sagte Barbara ungeduldig. »Wir haben heute nur einen Wagen, also muß ich euch irgendwo absetzen.«

»Na schön«, sagte Nicola ungnädig und stand auf.

Barbara nahm mit einer Aufwallung von Ärger Davids befriedigtes Lächeln zur Kenntnis.

Sie setzte die beiden unmittelbar vor dem Park ab.

»Laß doch deine Verabredung fahren und komm mit uns«, sagte Nicola, während sie noch einmal den Kopf durchs Wagenfenster streckte.

»Ich wollte, es ginge, aber es ist unmöglich«, sagte Barbara. »Ich komme so schnell wie möglich zurück. Viel Spaß.«

Sie blies einen Kuß in Richtung Davids und fuhr davon, während sie die beiden durch den Rückspiegel im Auge behielt.

Zwei junge Menschen, die in den Park gingen. Bildhübsch. Scheiße, dachte sie. *Das* würde so nicht weitergehen. Nicht mit David und Nicola Graham. Ich bin von der Familie Graham genügend geschunden worden. Nick Graham. Er war ihr so treu gewesen wie irgendein streunender Kater. Sie war einfach jemand gewesen, den er um sich herum haben wollte, der das

Kind versorgte, für ihn und seine verdammten Busenfreunde kochte. Gelegentlich hatte er mit ihr geschlafen, vermutlich weil er dachte, das würde sie bei Laune halten. Aber sie hatte viel mehr als das gewollt. Und immer hatte sie das Gefühl gehabt, er vergliche sie mit Susan, seiner ersten Frau, Nicolas Mutter.

»Ich bin nicht Susan!« hatte sie ihn in einer von Alkohol beschwerten Nacht angeschrien. »Ich bin keine Hausfrau oder eine verdammte Mutter. Ich möchte ein richtiges Leben haben.«

»Du hast doch ein richtiges Leben, Frau. Was, zum Teufel, ist überhaupt ein ›richtiges Leben‹? Du lebst doch. Du atmest...« er hatte eine Pause gemacht. »Oder vielleicht nicht?«

»Ich kann nicht tagaus, tagein hier eingesperrt bleiben. Warum nimmst du mich nicht mit dir mit? Führst mich an den Abenden aus?«

Er hatte sie angeblickt, als ob sie dumm wäre. »Jemand muß sich doch um Nicola kümmern«, hatte er gesagt. Wie so oft.

»Du liebst mich nicht«, hatte sie geschrien. »Ich bin dir scheißegal.«

Er war dann zu ihr gekommen, hatte sie in den Arm genommen. »Ich liebe dich – auf meine Art.«

Nick Graham. Ein Klumpen Selbstsucht, vor dem die Frauen auf die Knie fielen. Sie hatte sie bei Parties beobachtet – wie sie sich an ihn heranschlängelten, ihn in ihr idiotisches Geplauder hineinzogen, immer die blonde Frau an seiner Seite ignorierten. Seine zweite Frau. Sie war Amerikanerin und konnte demzufolge unberücksichtigt bleiben. Sie hatten ihn mit Komplimenten überschüttet, die so albern waren, daß Barbara in ihrer Anwesenheit laut aufgelacht hatte. Sie hatten mit den Wimpern geklimpert und jede Gelegenheit wahrgenommen, seinen Arm zu drücken, ihn leicht und bedeutungsvoll zu berühren. Hinterher lachte er dann mit ihr, Barbara, manchmal darüber. Gemeinsam zogen sie über diese geschniegelten Kreaturen mit ihrer Speichelleckerei her. Und etwas später fand sie dann dessen ungeachtet heraus, daß er mit ihnen geschlafen hatte.

»Du lieber Himmel, Frau, was spielt das schon für eine

Rolle? Ein Organ stößt in ein anderes Organ hinein. Es ist bedeutungslos. Ich war eben betrunken, und sie war zufällig da. Bedeutungslos. Ich bin doch hier, oder vielleicht nicht? Ich bin hier bei dir.«

»Du liebst mich nicht.«

»Ich liebe dich . . .«

». . . auf meine Art«, höhnte sie.

Voller Zorn ob dieser Erinnerungen trat Barbara das Gaspedal durch, als am Santa Monica Boulevard die Ampel auf Rot wechselte. Wildes Hupkonzert erhob sich, und Barbara machte eine vulgäre Bewegung mit einem Finger in der Hoffnung, sie würde gesehen werden. Danach fühlte sie sich besser.

Die Parisienne Galerie lag an La Cienega, und sie konnte diesen fetten Schwulen, Christopher, über einer Zeitung dösen sehen, als sie den Wagen parkte. Als sie die Galerie betrat, sprang er auf und erteilte Anweisungen an seine Günstlinge, als ob er der beschäftigste Mann der Welt sei. Er ließ sie absichtlich warten. Dieser Frosch. Barbara griff nach seiner Zeitung, während er schwitzend umherraste, und lächelte. Der ›Frosch‹ hatte das Kreuzworträtsel gelöst, wenigstens zu einem kleinen Teil. Mit boshaftem Vergnügen füllte Barbara so viel vom Rest aus, wie es die Zeit erlaubte. Christopher beendete schließlich seine Aktionen und führte sie in sein Büro. Er grinste wie ein alternder Pavian und ließ ihr einen Drink zukommen. Barbara trank das Glas in einem Zug leer.

»Tut mir leid, daß ich Sie habe warten lassen, Süße«, sagte er atemlos. »Am Telefon sagten Sie also . . .«

»Ich habe alles Erforderliche am Telefon gesagt«, erklärte Barbara. »Wir brauchen nur noch das Datum festzulegen. Gießen Sie mir noch mal was ein, Chris, ja?«

Sie reichte ihm ihr leeres Glas. Er lachte auf seine leicht ölige Art, während er es erneut füllte.

»Hm, Barbara, es gibt da Probleme, das wissen Sie. Er ist ein Unbekannter . . .«

Barbara wartete eine Weile, nippte an ihrem neuen Drink und behielt Christopher im Auge.

»Wir alle haben Probleme, Chris«, sagte sie freundlich.

»Ganz recht.« Er nickte.

»Selbst die kleine Mary hat Probleme.«

Das brachte ihn vorübergehend zum Schweigen, wie sie das vorausgesehen hatte. Er griff nach der Flasche, um sich selbst ein Glas einzuschenken. Das befriedigte sie – normalerweise trank er wenig.

»Mary?«

»Schönes Mädchen«, sagte Barbara. »Wirklich. Ein gutes Kind. Aber...«, sie machte eine diskrete Pause, »sie hat ebenso Probleme wie wir alle. Sie muß eine gute Ehefrau sein, Chris...«

»Das ist sie.«

Barbara lächelte. »Sie hat Glück, daß sie Sie hat. Aber natürlich *weiß* sie auch gar nicht, daß sie Probleme hat. Darin sind Sie sehr gut, Chris. Sehr taktvoll.«

Er schwitzte und wischte sich mit der Hand die Stirn ab. »Barbara, ich weiß nicht recht, worauf...«

»Vielleicht täusche ich mich.« Barbara legte den Kopf zur Seite und sah ihn fragend an.

»Vielleicht.« Christopher lächelte nervös.

»Vielleicht waren Sie doch nicht taktvoll genug. Vielleicht hat sie Tony bereits kennen gelernt. Der kleine Tony – süßer Junge. Vielleicht kommen die beiden glänzend miteinander aus.«

Christopher griff nach ihrem Glas, das noch halb voll war und wandte ihr den Rücken zu, um erneut einzuschenken. Sie vermutete, daß seine Hände zitterten.

»Ach verdammt, dabei fällt mir ein...«, fuhr Barbara munter fort. »Wann sind wir noch zum Lunch verabredet? Mary, Angie und ich – ist es nächste Woche? Ich glaube, ja.«

Eine Weile herrschte Stille. Christopher drehte sich wieder um und reichte ihr das Glas.

»Sie hat es erwähnt!«, sagte er. »Wie dem auch sei, Süße – zur Sache. Klatsch ist was für kleine Mädchen. Sparen Sie sich das für Ihren Lunch auf. Sie wissen natürlich ... Sie wissen, daß Mary keinen Klatsch leiden kann.«

Barbara sah in seine ängstlichen Augen und lächelte. »Natürlich. Wer mag das schon? Also – dann wollen wir mal den Termin festlegen.«

»Ja«, sagte Christopher.

Sieg, dachte Barbara, als sie nach La Brea zurückfuhr. Nicht gerade der größte Sieg in ihrer Karriere, aber immerhin lohnend. Dieser schleimige Wurm bedarf eines leichten Drucks, sagte sie sich. Er sollte die Finger von kleinen Jungen lassen.

Sie bog in den Park ein und sah dort sofort David und Nicola. Sie saßen auf einer Bank, und David zeichnete das Mädchen. Nicola setzte eine englische Hochmutsmiene auf, und David lachte. Barbara verspürte einen scharfen Stich. Wie jung er aussah. Manchmal, wenn er schlief, betrachtete sie sein Gesicht und fand, daß er wie ein Teenager aussah. Ein Kind. Aber er liebte wie ein Mann, darin bestand kein Zweifel. Er war gut im Bett. Nicht so erfindungsreich wie Jeff, oder, um das Kind beim Namen zu nennen, so – bizarr wie Jeff. Aber gut.

Sie ging auf das junge Paar zu und überlegte, daß die kleine Besprechung vorhin zu gar keinem günstigeren Zeitpunkt hätte stattfinden können.

21

Nicola schlief lange und nahm dann ein mit Estee-Lauder-Öl versetztes Bad. Sie hatte die Flasche von Barbara bekommen.

»Ich kann's nicht ertragen, Liebes. Vielleicht magst du es.«

Nicola hatte gelächelt und es genommen. Es war ein angenehmer Duft, dachte sie. Du lieber Himmel, war sie müde. Sie streckte sich in der Wanne aus und als sie die Knie anzog, entdeckte sie einen weiteren blauen Fleck am Oberschenkel. Ein rauher Liebhaber, der liebe Pete. Er schien immer völlig auszuflippen – wahrscheinlich mit Hilfe dieser kleinen Kapseln, an denen er immer schnupperte. Amyl Nitrit? Nicola hatte einmal leicht daran gerochen, und es war ihr zuwider gewesen. Eine scheußliche Hitzewelle und das Gefühl, daß ihr eigener Körper ihr nicht mehr gehörte, in den seinen verschmolz, Bestandteil von ihm wurde. »Ich bin Heathcliffe . . .?« Sie lächelte bei diesen Gedankengängen. Pete war kein Heathcliffe, aber amüsant war er. Er gab zudem Geld mit solch rücksichtsloser Lust aus, daß Nicola ob seiner Sorglosigkeit sowohl gereizt als auch fasziniert war.

Pete Fletcher war nie im Leben etwas verweigert worden; nie hatte man ihn abgewiesen oder ihm etwas vorenthalten. Das hatte ihm zu dem kindlichen Glauben verholfen, daß er fähig sei, mit allem und jedem fertig zu werden. Aber es steckte noch mehr, Gefährlicheres dahinter – eine gewisse wilde Unbeherrschtheit, so als ob er auch Mauern niedertrampeln könnte. Er benahm sich selbst in der besten Umgebung schlecht, und es wurde ihm verziehen. Überall wurde er toleriert. Nicola spürte intuitiv, daß er, würde sie die superkühle Fassade, die ihn an ihr interessierte, einmal fallen lassen, auch sie selbst fallen lassen würde. Das wollte sie vermeiden. Sie wollte ihn haben. Sie wollte da stehen, wo er stand, die Macht, die Freiheit genießen, die sein Reichtum bieten konnte. Danach würde man weiter sehen. Sie betrachtete ihn nicht als lebenslanges Projekt.

Nicola stieg aus der Wanne und trocknete sich gemächlich ab. Sie rieb sich eben mit einem duftenden Körperöl ein, als sie hörte, wie die Schlafzimmertür aufging. Instinktiv griff sie nach einem Badetuch, um sich damit zu bedecken.

»Nicola!«

Das war Barbaras Stimme. Offenbar war sie zum Lunch heimgekommen, was selten der Fall war.

»Ich bin hier im Bad.«

Barbara kam hereingeschlendert, streifte Nicola mit einem flüchtigen Blick und begann dann, vor dem Spiegel an ihrem eigenen Haar herumzuzupfen.

»Kannst du in einer Viertelstunde fertig sein? Ich möchte euch zum Lunch ausführen«, sagte sie über die Schulter weg.

Nicola zögerte einen Augenblick lang überrascht. »Natürlich.« Dann fügte sie hinzu, obwohl sie wußte, daß es unhöflich war: »Warum?«

»Eine Feier«, sagte Barbara. Sie hatte eine Braue mit dem Zeigefinger geglättet und ging jetzt zur Tür, um ebenso abrupt zu verschwinden, wie sie aufgetaucht war.

»Aber was feiern wir?«

»Das erzähle ich dir später. Ich muß den genialen Knaben

auf Trab bringen. Und zieh bitte ein Kleid an. Das wird kein Bluejeans-Lunch.«

Nicola schüttelte verwirrt den Kopf, als Barbara die Tür lautstark hinter sich ins Schloß fallen ließ. Sie überprüfte ihre Garderobe und entschied sich für ein grünes Seidenkleid und offene Sandalen. Es war eine einfache Aufmachung, aber sie wußte, daß sie darin gut aussah. Amüsiert und neugierig wandte sie sich voller Sorgfalt ihrem Make-up zu.

David arbeitete an Skizzen für die La-Brea-Teergruben, als er Barbaras Schritte hörte. Er fluchte vor sich hin. Die Zeichnungen waren fast fertig; er wollte sie an diesem Nachmittag noch zu Ted Andrews bringen und das Geld dafür einkassieren. Unbedingt wollte er die Summe für die eigene Wohnung sicher in der Tasche haben.

Barbara kam gar nicht erst den Gang zum Atelier entlang, sondern rief ihm von der obersten Treppenstufe aus zu: »Zieh' dein bestes Gewand an, Darling, wir gehen zum Lunch aus.«

Sie wandte sich sofort ab, um wieder nach unten zu gehen.

»Ich kann nicht, Baby«, rief David zurück. »Tut mir leid.«

Barbara hielt inne, drehte sich um und kam dann doch ins Atelier. »Doch, du kannst. Es ist nämlich sehr, sehr wichtig.«

Er legte seinen Stift hin und sah sie an. »Warum?«

»Das sage ich dir, wenn wir beim Essen sind. Beeil' dich jetzt, wir sind schon fast zu spät daran.«

Er starrte sie an. In ihren Augen lag ein merkwürdiger Ausdruck. Triumph? Er seufzte. Nun ja, eine Stunde würde nicht viel ausmachen. Ohnehin würde er bald von hier weg und aus der Situation im allgemeinen heraus sein.

»Okay. Aber laß mir noch Zeit zum Duschen.«

»Duschen, ja natürlich. Und zieh diese marineblaue Samtjacke an, die ich dir geschenkt habe, ja? Die steht dir gut.«

»Verdammt, ich trage, was mir paßt, vielen Dank, Ma'am«, sagte er wütend.

»David, bitte!«

Sie *flehte* ihn förmlich an. Er runzelte die Stirn. Was, zum Teufel, hatte das zu bedeuten?

»Schon gut, meine Bienenkönigin, schon gut.«

Barbara zog sich befriedigt zurück.

Als sich die drei in der Diele versammelten, hatte Jeff bereits den Cadillac vor die Haustür gefahren. Barbara ging als erste hinaus, ein kleines Lächeln um die Lippen. Nicola und David wechselten Blicke, während sie in den Wagen stiegen.

»Wie smart Sie aussehen, werter Sir«, sagte Nicola.

»Ich komme mir vor wie ein Pudel, den man frisch aus dem Hundesalon geholt hat«, knurrte David.

Jeff hielt draußen vor dem Bel-Air-Hotel. Nicola hatte schon oft das flamingorosa Gebäude bewundert, das im Stil an eine spanische Mission erinnerte, bei der nicht einmal der imitierte Glockenturm fehlte. Im Innern war sie noch nie gewesen. Barbara ging den beiden voran über einen mit einem Baldachin überdachten Steg. Eine kalifornische Sykomore hängte ihre Zweige über den kleinen Bach unter ihnen.

»Wie hübsch«, sagte Nicola entzückt.

Auf der anderen Seite des schmalen Stegs verbreiterte sich der Bach; zwei Schwäne ließen sich dort auf ihm treiben wie flaumige Wolken am frühen Morgen. David blieb stehen und beugte sich über das Geländer des Stegs, um sie zu beobachten.

»Nun kommt schon, meine Kleinen«, sagte Barbara.

»Können wir uns das nicht wenigstens ein paar Minuten lang ansehen«, flehte Nicola. »Es ist so bezaubernd hier.«

Barbara warf einen Blick auf ihre Uhr. »Ich muß noch ein Telefongespräch erledigen. Gut – dann also in zehn Minuten im Speisesaal.«

David und Nicola schlenderten schweigend den Weg hinab, der am Bach entlangführte. Eine leichte Brise raschelte im Laub der Mammutbäume; die Sonne schien warm auf ihre Gesichter. Nicola folgte David, als er einen schmalen Pfad einschlug, der zu einer der Kolonaden des Hotels führte. Sie kamen um eine Biegung und vor ihnen lag ein Blumengarten. In seiner Mitte war früher einmal ein mit blauen Fliesen ausgelegter und umgebener Springbrunnen gewesen, der jetzt ebenfalls mit grünen Pflanzen und Blumen ausgefüllt war. Die Farbenfülle wirkte im Kontrast zu dem kühlen Grün und matten Rosa des Hotels besonders dramatisch und verlieh dem ganzen etwas Intimes – so wie ein geheimgehaltener Privatgarten in einem eleganten Landhaus.

»Hier könnte man schön wohnen.« Nicola seufzte.

»Vielleicht«, sagte David ruhig, »kannst du dir das eines Tages leisten.«

Sie warf ihm einen schnellen Blick zu, aber er war weitergegangen und betrachtete nun eine grüne Rankenpflanze an einer der Außenmauern.

»Was Hotels betrifft«, sagte er, als Nicola ihn eingeholt hatte, »so ist das hier geschmackvoller als das Zuckerbäckerschloß am Sunset und bei weitem hübscher als die falsche Pracht des Wilshire.«

Nicola nickte. Sie berührte flüchtig seinen Arm. »Setzen wir uns auf eine Zigarettenlänge nieder und atmen wir die frische Luft grüner Überfülle ein.«

Er blickte in ihr Gesicht hinab, das jetzt im Schatten war, aber goldbraun dort, wo es der Sonne ausgesetzt gewesen war. Ihre Haut war glatt und weich. Das Grün ihres Kleides schien mit dem Hintergrund zu verschmelzen. Er fand sie sehr schön.

»Gehen wir lieber zu Barbara hinein«, sagte er, »und finden raus, was hinter der ganzen Sache steckt.«

Barbara war bereits im Speisesaal und saß an einem Tisch am Fenster, ein Glas Scotch mit Eis vor sich.

»Mußtet ihr vielleicht auch noch die Suite für Hochzeitsreisende inspizieren?« fuhr sie die beiden an.

David blickte auf seine Uhr. »Wir waren exakt zehn Minuten weg«, sagte er.

Der Tisch war für vier Personen gedeckt. Barbara winkte Nicola, sich ihr gegenüber ans Fenster zu setzen und wies David mit einer Handbewegung an, sich neben ihr niederzulassen. Dann winkte sie einem Kellner an der anderen Seite des Speisesaals. Gleich darauf traf er mit einer Flasche Champagner in einem Eiskübel ein.

Nicola lächelte. »Barbara, was ist bloß los?«

»Abwarten«, sagte Barbara.

Der Champagner wurde eingeschenkt. Nicola und David warteten gleichermaßen gespannt darauf, daß Barbara etwas sagen würde. Sie hob ihr Glas.

»Wir feiern ein sehr schwieriges Geschäft, das ich gerade zum Abschluß gebracht habe«, sagte sie. »Trinken wir nun darauf.«

Nicola und David nippten gehorsam an ihren Gläsern. David versuchte seine Gereiztheit zu verbergen. Hier vergeudete er seine Zeit, und zu Haus hätte er arbeiten können – nur weil Mrs. Hampton-Norde wieder einmal einen Kuhhandel überstanden hatte. Sie sah so selbstzufrieden drein, daß er schließlich in scharfem Ton sagte: »Barbara, du machst doch dauernd irgendwelche Geschäfte. Was ist also los?«

»Was los ist?« fragte sie und hob eine Braue. »Es handelt sich diesmal um eine Ausstellung, von der ich nie erwartet habe, daß sie je zustandekäme.«

Dann hatte sie also eines der großen Tiere geangelt? Nicola sah sie interessiert an. »Wer ist der Maler?« fragte sie.

»Rate mal.«

»Ach, verdammt noch mal, Barbara...« David schluckte den Rest seines Glases in einem Zug hinunter. Zu diesem Zeitpunkt wäre es ihm völlig gleichgültig gewesen, wenn es ihr gelungen wäre, das komplette Werk Rembrandts in Beverly Hills auszustellen.

»David Leyton«, sagte Barbara.

Auf ihrem Gesicht lag ein Ausdruck herausfordernder Belustigung.

David war wie betäubt und starrte sie an. »Soll das ein Witz sein?« fragte er.

»Warum sollte ich einen Witz machen?«

»Meine eigene Ausstellung?«

»Genau das habe ich gesagt.«

»Aber...« David schüttelte den Kopf wie ein kleiner Hund, warf einen Blick auf Nicola und sah dann wieder Barbara an.

»Aber, aber, aber...«, äffte sie ihn nach. »Was hast du denn daran auszusetzen?«

»Mein Gott, nichts natürlich. Aber wann hast du...? Wie...?«

»Ich habe es schon seit Tagen geplant«, sagte Barbara. »Es war als Überraschung gedacht. Aber es scheint eher ein Schock zu sein.«

»Darling, es ist wundervoll«, sagte David, der es allmählich zu glauben begann.

»Einfach super!« rief Nicola, obgleich sie eine Spur verwirrt war. War David überhaupt auf eine ganze Ausstellung vorbereitet? Und wie... ein unbekannter Maler? Sie warf ihrer Stiefmutter einen scharfen Blick zu. Barbara lächelte.

»Wann?« fragte David.

»Heute in vier Wochen. In der ›Parisienne‹.«

Davids Augen glänzten. »Wie hast du das geschafft?«

»Auf die übliche Weise. Du wolltest das doch, oder nicht?«

David schüttelte erneut den Kopf, dann umarmte er Barbara.

»Mein Gott, ich bin einfach sprachlos.«

»Trink' noch ein bißchen Champagner; das ölt deine Stimmbänder wieder.«

Sie wollten eben bestellen, als der Galeriebesitzer atemlos hereinkam und auf sie zueilte.

»Entschuldigung, daß ich zu spät komme, Herrschaften«, sagte Christopher. »Ich bin aufgehalten worden. Sie wissen ja, wie das ist.«

»Natürlich wissen wir, wie es ist, Chris«, sagte Barbara. »Nun – das hier ist Nicola, Nick Grahams Tochter. Ihr habt euch bei seiner Ausstellungseröffnung kennengelernt, glaube ich.«

Chris nickte und gab Nicola die Hand. »Natürlich, natürlich.«

Nicola erinnerte sich überhaupt nicht an ihn.

»Und David Leyton kennen Sie ja.«

»Natürlich, natürlich. Ein aufregender Augenblick für Sie, David.«

»Dank Ihnen, Chris.«

»Keineswegs«, sagte er und ließ sich neben Nicola nieder. »Dank Barbara. Sie hat wie eine Löwin für Sie gekämpft. Aber sie hat natürlich recht. Völlig recht.«

Chris winkte ab, als der Champagner kam, und bestellte Scotch. Er schwitzte leicht und begann fast sofort, David über die Größe der Galerie, die Anzahl der benötigten Bilder, die Methoden, Preise und Anteile zu informieren. Der Kellner nahm ihre Bestellung entgegen, und Chris fuhr fort, über Einzelheiten der Vorreklame und der Pläne für die Eröffnung zu sprechen. David hörte aufmerksam zu und nickte. Barbara unterbrach den Redefluß gelegentlich. Nicola äußerte sich kaum, widmete sich dem ausgezeichneten Essen und beobachtete die anderen Gäste im Speisesaal. Unterhaltungen wie diese hatte sie schon oft mitangehört, zu Hause in London.

Nach der Mahlzeit waren Barbara und David begierig, nach Hause zurückzukehren und mit der Durchsicht und Auswahl der Bilder zu beginnen. Sie verabschiedeten sich von Chris draußen am Rand des überdachten Stegs.

»Nochmals vielen Dank, Chris«, sagte David.

»Schon gut, mein Junge, schon gut. Sehen wir zu, daß es ein Erfolg wird, ja?«

»Es *wird* ein Erfolg werden«, sagte Barbara zuversichtlich. »Haben Sie je bei mir einen Flop erlebt?«

Chris lachte. »Noch nicht, Darling. Bis jetzt noch nicht.«

»Wessen Ausstellung wird das eigentlich?« murmelte Nicola David zu.

Er sah sie scharf an. »Meine«, sagte er.

Zu Hause angelangt, ließ sich Nicola in einen Sessel fallen, während die beiden anderen mit wahrhaft hektischer Energie Papiere überprüften, Listen von Davids Arbeiten durchsahen, das Für und Wider der auszustellenden Bilder diskutierten.

Nicola hörte mit halbem Ohr hin, fühlte sich ausgeschlossen. Solche Diskussionen hatte sie schon als Kind mitangehört. Auch damals hatte sie sich ausgeschlossen gefühlt.

»Die Wasserlilien-Serie vom letzten Jahr. Die möchte ich dabei haben.« Das war Davids Stimme.

»Alle vier?« fragte Barbara. »Bestimmt nicht!«

»Doch, unbedingt.«

Nick Graham hatte sich vor Jahren über eine Stunde lang mit einem Galeriebesitzer herumgestritten. Nicola hatte Teile der Unterhaltung aufgeschnappt.

»Ihnen mag's nicht gefallen, *sunny boy.* Was immer das für eine Rolle spielt. Aber das Bild kommt an die Wand, kapiert? Sonst geht überhaupt nichts. Und wenn Sie sich auf den Kopf stellen.«

Er hatte seinen Willen durchgesetzt, und über das betreffende Bild war am meisten diskutiert und geredet worden. Auch David wußte, was er wollte.

»Quatsch«, sagte er jetzt. »Die *müssen* mit rein.«

Wie sich alles wiederholte. Nicola holte tief Luft und bemühte sich um einen klaren Kopf. Sie war von einem seltsamen, Benommenheit auslösenden Gefühl der Unwirklichkeit erfaßt. So als säße sie auf einem Karussell, das sich rundum drehte. Sie ging schnell zum Fenster und riß es auf. Frische Luft, warme, frische Luft. Barbara und David machten sich zum Weggehen fertig.

»Soll ich mitkommen?« fragte Nicola.

Eine ganze Weile lang antwortete niemand darauf. David stopfte Listen in eine Aktentasche. Barbara blickte schließlich auf.

»Darling, es wäre stinklangweilig für dich. Wir werden uns die meiste Zeit über in Jerrys Dachboden aufhalten – dort liegt der größte Teil von Davids Arbeiten. Es würde dir bald zum Hals heraushängen.«

Nicola nickte und kehrte zum Fenster zurück. Dicker, gelber Smog lag über der Stadt. Sie schloß das Fenster.

»Dann bis später!« rief Barbara von der Tür her.

David rief: »Auf Wiedersehen!« und dann waren sie verschwunden. Nicola schlenderte rastlos im Zimmer umher, irritiert über den verpfuschten Nachmittag; aber vor allem empfand sie einen ganz unverhältnismäßig ausgeprägten Zorn auf David. Beim Wort ›Ausstellung‹ war sie einfach für ihn nicht mehr vorhanden gewesen, spielte keinerlei Rolle mehr. Aber schließlich soll ich ja für ihn auch keine Rolle spielen, sagte sie sich energisch.

Sie nahm den Telefonhörer ab und wählte Petes Nummer. Bleibe gelassen, ermahnte sie sich. Keine Ergüsse, keinen Unterton der Verzweiflung. Aber eben das hörte sie selbst bei ihren Worten durch.

»Hi, Tochter Albions.« Er war so überrascht, wie sie vermutet hatte. »Gibts was?«

»Nein. Ich habe nur Langeweile und dachte, ich würde gern mal wieder eine häßliche Yankeestimme hören.«

»Süße, wenn ich die Zeit dazu hätte, würde ich stundenlang mit dir reden. Aber ich bin heute angebunden – das habe ich dir doch gesagt.«

Das stimmte. Sie fragte sich, womit ein Playboy wie er wohl angebunden sein konnte. Er hatte irgendwas von ›Konten‹ gemurmelt.

»Okay. Dann bis morgen.«

»Bis morgen«, versprach er.

Ein Klicken und die Verbindung war unterbrochen. Du wirst alles verpfuschen, warnte sie sich, wenn du anfängst, auf diese Weise hinter ihm herzujagen. Sie setzte sich in einen Sessel und griff nach einer Zeitung. Seit Tagen hatte sie keine mehr gelesen, und die Artikel schienen ihr bedeutungslos. Sie konnte sich nicht konzentrieren. Aus der Küche drangen Geräusche herein, das Klappern von Geschirr und Pfannen. Wieder war das dieses erschreckende Gefühl des *déja vu*. Schon einmal war sie in einem großen, leeren Haus gesessen und hatte auf die Geräusche aus der Küche gelauscht. In späteren Jahren war Mrs. Jenson draußen gewesen. Und zuvor Barbara. Immer hatte sie darauf gewartet, daß ihr Vater heimkommen würde. Er war so oft weggewesen – und so vergnügt lärmend, wenn er dann zurückkehrte.

»Und was hast du getrieben, mein Hühnchen?«

»Nicht viel.« Nicola, der Teenager, mit Neigung zu schweigendem Insichgekehrtsein und bedrückenden Verlegenheitsanfällen.

»Nicht viel? Du meine Güte, Kind! Wenn man an all die großartigen Bücher denkt, die du lesen solltest, an die herrliche Musik, die du dir anhören könntest. Selbst die Glotze dort –«, er wies verächtlich auf den Fernsehapparat, »und du tust ›nicht viel‹? Schande über dich. Aber ich weiß schon ein Heilmittel. Ich werde dich beim Schach schlagen und dich wieder zurechtstauchen.«

Sie hatte ihn beim Schachspiel geschlagen. Obwohl sie vermutete, daß er sie absichtlich hatte gewinnen lassen, hatte sie das trotzdem aufgeheitert. Nicola versuchte die Erinnerungen wegzuschieben. Denke nichts Schlechtes von den Toten – und wie hätte sie das auch tun können bei so vielen glücklichen Erinnerungen? Aber waren diese Erinnerungen auf Flugsand gebettet? Sie hatte ihren Vater geliebt. Sie hatte ein Fantasiebild geliebt. Der Mann, an den sie sich erinnerte, hatte nicht dem wirklichen Mann entsprochen. Aber er war amüsant gewesen. Er war liebevoll gewesen. Ihre Mutter war seinetwegen gestorben. Seinetwegen war sie gestorben. Ein Refrain.

Sie goß sich Gin und Tonic in ein Glas und nahm es mit

hinaus zum Swimming-pool. Sie wollte schwimmen. Lange und kräftig schwimmen, damit ihr Kopf klar wurde ... und die Erinnerungen sich in nichts auflösten.

22

»Du bist so still, Tiger.«

Nicola blickte zu Pete Fletcher auf und lächelte.

»Tur mir leid. Ich war meilenweit weg.«

Sie aßen im ›Moonshadows‹ am Strand zu Abend, nachdem sie den Nachmittag mit Sonnenbaden verbracht hatten.

»Die Sonne macht mich schläfrig«, fügte sie in entschuldigendem Ton hinzu.

Pete warf einen Blick auf seine Armbanduhr, winkte der Kellnerin und zog seine Brieftasche heraus. »Okay, gehen wir die Party sprengen.«

Nicola starrte ihn überrascht an, dann begann sie ihre Habseligkeiten zusammenzusuchen. Pete war bereits aufgestanden.

»Was für eine Party?«

»Daddys Party«, sagte er sarkastisch.

Im Ferrari wandte sie sich ihm zu. Er lächelte.

»Bei dir zu Hause?«

Sie war nie im Haus seiner Eltern gewesen. Pete hatte seine Eigentumswohnung in Westwood.

»Klar.«

Nicola blickte auf ihre weißen Jeans hinab, die nun zerknittert und vom Sand verfleckt waren. Ihre Riemensandalen waren schmutzig, ihr T-Shirt fühlte sich nach dem vielen Umherlaufen am Strand alles andere als frisch an.

»Ich muß mich erst umziehen.«

»Quatsch«, sagte er. »Du bist völlig okay.«

»Pete, bitte!«

»Keine Zeit«, sagte er in scharfem Ton.

Sie wagte nicht, ihn länger darum zu bitten.

Als der Wagen begann, die Serpentinen der Chalon Road hinabzufahren, kämmte Nicola hastig ihr Haar und versuchte sich ein bißchen zurechtzumachen. Sie wollte, er hätte sie vorher gewarnt. Dann hätte sie sich bemüht, so auszusehen wie der Typ Mädchen, den ein Mann seinen Eltern vorstellen möchte. Sie wußte, daß sie, angemessen vorbereitet, einen guten Eindruck hätte machen können. Nervös betupfte sie die Stelle hinter den Ohren mit Parfüm.

Das Haus hieß ›Silver Screen‹ und war ein langer, niederer, in spanischem Stil gehaltener und an einem bewaldeten Hang gelegener Bau, geschützt durch ein automatisch zu öffnendes Tor. Für den heutigen Abend war dort ein uniformierter Wachmann postiert, der grinste und winkte, als er Pete erkannte.

»Scheint ja ziemlich voll zu sein«, rief Pete ihm zu.

»Und es kommen immer mehr, Freund«, sagte der Wachmann. Nicola warf einen Blick nach hinten. Ein silberner Rolls-Royce wartete darauf, daß sie weiterführen. Sie rutschte ein bißchen tiefer in ihren Sitz.

Die Zufahrt vor dem Haus war mit Wagen vollgestopft. Der silberne Wagen, der ihnen folgte, war offensichtlich nicht der einzige Rolls-Royce. Ein junger Wachmann stand rechts neben der Haustür und beobachtete gleichmütig die Umgebung. Stimmengewirr und Gelächter drang durch die großen Fenster heraus. Man konnte sogar das Klirren von Eis gegen Glasränder hören.

»Die Fete wird für Thomas Craig gegeben«, sagte Pete beiläufig, als sie ausstiegen. »Kennst du ihn?«

Nicola starrte ihn an. Craig war wahrscheinlich Englands bekanntester Schauspieler, und, obwohl nicht mehr jung und von schlechter Gesundheit, noch immer ausgezeichnet auf der Bühne und in seinen Filmen.

Nicola hatte alle seine Filme und eine ganze Reihe seiner Bühnenauftritte gesehen – vor allem damals, als er bei der Royal Shakespeares Company im Aldwych gewesen war.

»*Sir* Thomas Craig?«

»Das ist der Bursche.«

»Natürlich kenne ich ihn nicht persönlich. Ich verkehre nicht in diesen Kreisen.«

»Aber jetzt tust du's, Baby«, sagte Pete.

Er öffnete mit dem eigenen Schlüssel die Haustür und

Nicola, die sich ein bißchen hinter ihm versteckte, folgte ihm nervös. Die Gäste in der Halle draußen wandten sich ihnen teilweise zu. Nicola empfand die Situation als peinlich. Die Männer trugen Smoking und weiße Krawatte, die Frauen unendlich elegante Abendkleider, die in dem weichen Lichtschein der Räume glitzerten und schimmerten. Nicola spürte mehr als daß sie es hörte, wie eine allgemeine Pause in der Unterhaltung eintrat, wie alle den Atem anhielten und sie mißbilligend betrachteten, bis eine übergewichtige ältere Frau in einem tief ausgeschnittenen smaragdgrünen Seidenkleid mit einem Schrei auf sie beide zustürzte.

»Pe-ter! Dar-ling!«

»Hi, Mom«, sagte Pete und küßte sie auf die Wange. »Ich dachte, wir schauen mal für 'nen Augenblick bei euch rein. Das ist Nicola.«

»Es freut mich, Sie kennen zu lernen, Mrs. Fletcher«, sagte Nicola und streckte ihr die Hand hin.

Die Ältere berührte sie oberflächlich. »Sind Sie Engländerin? Wie reizend«, sagte sie ohne eine Antwort abzuwarten. »Daddy muß irgendwo hier in der Nähe sein. Ich werde ihn suchen. Trinkt einstweilen was.«

Sie hüpfte lächelnd davon.

Ein junger, blonder Kellner stand neben ihnen, ein Tablett mit gefüllten Sektgläsern in der Hand. Nicola nahm ein Glas.

»Mir bringen Sie einen Rob Roy, ja?« befahl Pete und wandte sich dann Nicola zu. »Na ja, die Bande ist vollzählig vertreten.«

Nicola trank sich mit ein paar Schlucken ausreichend Mut an, um sich umzusehen. Sie erkannte eine Reihe von Gesichtern; die meisten davon gehörten zur älteren Generation der Hollywood-Größen.

»Mein Gott«, flüsterte sie Pete zu, als sie ein Idol der vierziger Jahre erspähte. »Jack Dempson. Ich dachte, er sei tot.«

»Beinahe«, sagte Pete. »Beinahe.«

Nicola musterte eine Gruppe von Frauen, die in der Mitte des Raums standen und tratschten. Eine von ihnen war ihr aus den Klatschspalten bekannt.

»Ah, an die hat also Prinzessin Margaret ihren Schmuck verkauft«, murmelte sie.

Pete grinste und ließ den Blick über die Klunker und Perlen gleiten, mit denen die Frau bedeckt war.

»Nur kein Neid, Tiger. Das sind Replikas. Angesichts der Versicherungskosten heutzutage liegen die echten Klunker in Banksafes.«

»In meinen Augen sehen sie echt genug aus.«

Der Kellner war mit Petes Drink zurückgekehrt; er griff schnell danach, wandte sich Nicola zu, sagte, er käme gleich zurück und verschwand in der Menge. Nicola, allein geblieben, fühlte sich unbehaglich. Sie rückte in Richtung des gegenüberliegenden Fensters vor und blickte auf den Swimming-pool und den Garten hinaus, den Rücken der Halle zugewandt.

»Also, *ich* habe was für Frauen mit eigenem Stil übrig«, sagte eine Stimme hinter ihr. Sie drehte sich um und sah einen kleinen, kahlköpfigen Mann in formellem Abendanzug, der sie musterte.

»Das ist leider unabsichtlich geschehen«, sagte sie. »Ich habe nicht damit gerechnet, hierherzukommen, sonst hätte ich ebenfalls ein langes Kleid an.«

»Sie sehen großartig aus«, sagte der Mann. »Zum Fressen schön.«

Nicola ignorierte das. »Ich bin Nicola Graham.« Sie streckte ihm die Hand hin. Er schüttelte sie.

»Josh Feldman«, sagte er.

Sie hatte von ihm gehört. Er war Produzent. Vor ein paar Jahren hatte er einen Filmpreis gewonnen, und einige seiner letzten Filme waren recht erfolgreich gewesen. Er betrachtete sie eingehend.

»Mit wem sind Sie hier?« fragte er schließlich.

»Mit Pete Fletcher.«

»Ah«, sagte er. »Das erklärt alles. Pete mag sich niemals so anziehen wie alle übrigen.«

»Kennen Sie ihn?«

»Ich habe ihn vor Jahren im Estelle-Harman-Studio kennengelernt. Damals wollte er Schauspieler werden.« Er hüstelte. »So wie wir alle.«

Nicola verbarg ihr Erstaunen.

»Er war damals ein wilder Bursche. *Wild!*«

»Warum haben Sie es aufgegeben, Schauspieler zu werden?« fragte Nicola, um das Thema zu wechseln.

»Ich war miserabel. Genau wie Pete.«

Im Raum wurde es lauter. Der Ehrengast war eingetroffen, Nicola, die nicht wie viele andere ihre Neugier verbarg, blickte über Feldmans Schulter weg auf Sir Thomas Craig und seine rothaarige junge Frau Caroline, die von Mrs. Fletcher begrüßt wurden. Der Schauspieler war kleiner und älter als Nicola erwartet hätte. Er sah unter seinem guttrainierten Theaterlächeln müde und krank aus.

»Er scheint bereits mit einem Fuß im Grab zu stehen«, sagte Feldman mit einem Unterton von Mitleid in der Stimme.

»Er wirkt... ziemlich anders...«, sagte Nicola langsam.

»Was haben Sie erwartet? Big Daddy? Den Prinzen von Dänemark?«

Craig hatte beide Rollen im Verlauf seiner langen Karriere brillant gespielt. Nicola sah Feldman überrascht an. »So was Ähnliches.«

»Sie werden merken, meine Liebe, daß ein Schauspieler persönlich immer ein bißchen hinter der Summe seiner Rollen zurückbleibt«, sagte Feldman und lachte leise über seine klugen Worte. Nicola lächelte höflich.

Pete drängte sich durch die Menge auf sie zu, wobei er hier und dort ein paar Leute grüßte und von den Freunden seines Vaters auf onkelhafte Weise auf den Rücken geklopft wurde.

»Komm mit und gib dem alten Herrn Pfötchen«, sagte er zu ihr. »Dann hauen wir ab.«

Er übersah Josh Feldmans ausgestreckte Hand und schob Nicola zur Mitte des Raums. Alvin Fletcher war ein großer, schlanker, silberhaariger Mann, freundlich und lächelnd. Er begrüßte Nicola mit Wärme.

»London ist eine meiner liebsten Städte«, sagte er. »Haben Sie kein Heimweh?«

»Überhaupt nicht. Ich mag die kalifornische Sonne.«

Er lachte. »Ja, das britische Wetter ist wieder eine andere Sache. Ich muß Sie nachher mit Ihrem Landsmann bekannt machen. Vorausgesetzt, ich kann ihn einigen der älteren Ladies hier entreißen.«

Sir Thomas war von einer Gruppe Frauen mittleren Alters eingekreist, langjährigen Fans und Bewunderinnen. Caroline, zwanzig Jahre jünger als die jüngste von ihnen, stand ein bißchen im Hintergrund und lächelte nachsichtig.

»Das wird nicht klappen, Dad«, sagte Pete. »Wir müssen jetzt gleich weg.«

Alvin Fletcher runzelte enttäuscht die Stirn.

»Wir sind für eine solch schöne Party nicht richtig angezogen«, sagte Nicola im Ton der Entschuldigung.

»Das spielt keine Rolle«, sagte der ältere Fletcher. »Überhaupt keine.«

»Entschuldigt mich für eine Minute«, sagte Pete und ging durch die Halle. Caroline Craig stand nun ganz am Rand der Gruppe. Pete berührte ihre Schulter; sie drehte sich um und lächelte sofort.

»Was – er kennt sie?« bemerkte Alvin Fletcher nachdenklich. »Weiß der Himmel – dieser mein Sohn kennt wirklich Gott und die Welt.«

Er betrachtete Pete mit solch väterlichem Stolz, daß Nicola sofort begriff, weshalb Pete derart egozentrisch war. Das einzige Kind, spät geboren, verwöhnt und immer nur mit Nachsicht behandelt. Und noch immer angebetet.

»Bitten Sie Pete, daß er einmal mit Ihnen zum Abendessen hierher kommt. Janet wird entzückt sein, das weiß ich.«

»Ich komme sehr gern. Vielen Dank.«

»Mrs. Hampton-Norde ist... Ihre Tante?«

»Meine Stiefmutter.«

»Ah ja, ganz recht. Ich kenne die Lady leider nicht. Aber ich habe natürlich von ihr gehört.«

Nicola fragte sich, was er wohl von ihr gehört haben mochte.

Pete kehrte im Augenblick zurück, als seine Mutter ebenfalls zu ihnen trat, eine alte, in schwarze Spitzen gehüllte Dame, deren weißes Haar mit Silberkämmen zurückgesteckt war, im Schlepptau.

»Meine Liebe«, sagte Janet Fletcher zu Nicola, »das ist Miß Maude Caulfield. Sie hat dreißig Jahre lang in England gelebt. Sie würde sich liebend gern mit Ihnen unterhalten.«

»Tut mir leid, Mom. Entschuldigung, Maude«, sagte Pete abrupt, ergriff Nicolas Arm und zog sie weg. »Wir sind schon zu spät dran und müssen uns auf den Weg machen. Wiedersehen.«

Selbst angesichts einer solch offensichtlichen Unhöflichkeit behielt Alvin Fletcher sein Lächeln bei. Seine Frau sah lediglich enttäuscht drein.

»Wozu, um Himmels willen, diese Eile?« fragte Nicola Pete, als sie vor das Haus traten.

»Von Eile ist keine Rede. Ich wollte bloß weg.«

Er setzte sich auf den Fahrersitz des Ferrari und öffnete die Tür auf der anderen Seite, damit Nicola einsteigen konnte.

»Warum gehst du überhaupt hin, wenn du weißt, daß du innerhalb von drei Minuten Klaustrophobie bekommst?« erkundigte sich Nicola ärgerlich.

»Ich wollte noch mal einen Blick auf seine Mieze werfen.«

»Wessen ›Mieze‹?«

»Die des geadelten Mummelgreises.«

»Caroline Craig? Kennst du sie?«

»Ich habe gelegentlich mal mit ihr geschlafen, als sie noch kein Star war«, sagte Pete leichthin. »Außerdem mußten wir so oder so weggehen. Ich habe ein paar Freunden gesagt, wir würden auf ein Kartenspiel vorbeikommen. Magst du?«

»Natürlich«, sagte Nicola. »Was sind das für Freunde?«

»Verheiratetes Paar«, sagte Pete kurz. Sie wartete darauf, daß er noch etwas hinzufügen würde, aber er äußerte sich nicht wieder.

»Haben sie Kinder?«

»Natürlich nicht.«

Pete stellte das Autoradio so laut ein, daß keine weitere Unterhaltung mehr möglich war. Während er mit dem Wagen allzu rasant um die Kurven fegte und sie sich Laurel Canyon näherten, sang er die Melodien mit und tippte dazu im Takt mit den Fingern aufs Lenkrad. Er schien entschlossen, sich zu amüsieren.

Nicola gefiel das Haus, vor dem sie ankamen – hübsches Fachwerk –, nicht aber das Paar, dem es gehörte. Sie hatte das Empfinden von etwas Brüchigem, von einer seltsamen Kälte in der Beziehung zwischen den beiden, einer künstlichen Gleichgültigkeit. Sie waren äußerlich attraktiv – sie groß, blond, ehemaliges Mannequin; er noch größer, braunhaarig, getönte

Brille –, aber sie sahen einander kaum je an. Obwohl beide witzig waren, lachten sie niemals über die scharfen und treffenden Bemerkungen des anderen, überließen das Gelächter Pete und Nicola.

Nach dem ersten Drink half Nicola Carol bei der Zubereitung von Sandwiches in der Küche, während Pete und Donald den Tisch zum Pokern vorbereiteten.

»Ich fürchte, ich bin nicht besonders gut beim Pokern«, sagte Nicola.

Die junge Frau wandte sich ihr zu. »Keine Sorge«, sagte sie. »Die beiden halten sich für besser, als sie tatsächlich sind. Sie können sich heute abend leicht ein bißchen Geld verdienen.«

Nicola starrte sie entsetzt an. »Sie spielen um Geld?«

Nun war Carol an der Reihe, sie anzustarren. »Natürlich. Was glauben Sie denn?«

»Na ja... aber doch nicht mit Freunden. Um Pennies vielleicht.«

Carol lachte. »Na, Pennies nicht gerade.«

Nicola kehrte ins Wohnzimmer zurück, nahm ihre Handtasche und zählte ihr Geld. Dreißig Dollar in bar, den Rest in Reiseschecks. Sie steckte die Schecks wieder ein.

»Ich habe nur dreißig Dollar«, sagte sie. »Also kann ich nicht besonders lang spielen. Ich habe nicht erwartet, daß es um Geld geht.«

Sie versuchte, in leichtem Ton zu sprechen, kam sich aber trotzdem albern vor.

»Steck das weg«, sagte Pete mit einer ungeduldigen Handbewegung.

Nicola warf einen schnellen Blick auf Carol. Hatte sie nur Spaß gemacht? Carol lächelte. Nicola steckte ihr Geld weg und setzte sich an den Tisch. Pete zog einen dicken Stapel Banknoten heraus, nahm eine Anzahl Scheine davon weg und gab sie Nicola. Fünfhundert Dollar. Sie schob sie zurück.

»Wirklich, Pete – das ist unmöglich.«

»Sei nicht blöde«, sagte er verdrossen. »Ich luchse es dir ohnehin wieder ab.«

Nicola nahm das Geld an sich. Carol, die an Nicolas Stuhl vorbei kam, beugte sich zu ihr hinab. »Sie haben noch eine Menge zu lernen«, murmelte sie.

Zu Nicolas Überraschung gewann Pete tatsächlich das meiste Geld zurück. Aber nicht von ihr. Gegen zwei Uhr früh hatte er Donald zweihundert und Carol rund einhundert Dollar abgenommen. Nicola hatte ihr Geld mehr als verdoppelt, so daß über tausend Dollar vor ihr lagen. Fasziniert hatte sie zugesehen, wie die Scheine von einer Hand in die andere wechselten, und sich der Geldhaufen vor ihr auftürmte. Am Tisch herrschte Spannung: Carol rauchte eine Zigarette nach der anderen; Donald biß sich auf die Unterlippe, und Nicola war bald feucht vor Aufregung. Nie zuvor hatte sie Geld gewonnen. Nur Pete blieb heiter und gelassen. Er steckte seine Gewinne ein und lächelte vergnügt.

»Gutes Spiel«, sagte er. »Danke für eure Gastfreundschaft, meine Lieben.«

Gähnend und sich streckend sagten sich die vier gute Nacht. Im Wagen warf Nicola einen Blick auf Pete. Er lächelte.

»Massel gehabt«, sagte sie.

»Du jedenfalls. Bleib dabei. Wir könnten das öfter mal machen.«

Sie hielt ihm fünfhundert Dollar hin. »Deine Leihgabe.«

Er schüttelte den Kopf und winkte ab. »Behalte es. Ich habe es gerne, wenn Frauen mir was schulden.«

Nicola steckte das Geld zum übrigen in die Tasche.

»Wie wäre es mit einer kleinen Feier?« fragte er, während sie auf den Sunset Boulevard hinausfuhren.

»Jetzt? Und wo?« Sie blickte auf ihre Uhr. Es war halb drei Uhr früh.

»Ich weiß von einer Party. Es könnte lustig dort sein. Bist du dazu bereit?«

Sie nickte. »Warum nicht?«

Das Haus, auf einem Hügel nördlich des Sunset gelegen, war klein, dunkel und machte einen verlassenen Eindruck. Rockmusik drang schwach aus dem Innern, aber weder Gelächter noch Stimmen waren zu hören.

»Es muß schon zu Ende sein«, sagte Nicola.

Pete lachte. »Ich würde sagen, die Party ist in vollem Gang.«

Er öffnete die Tür und trat ein. Im Flur war das Licht blau, im angrenzendenZimmer rosa, und als Nicola ihm ins Innere folgte, begannen die Lichter zu wechseln – von Grün zu

Purpur, zu Orange und Türkis. Die Gäste verschmolzen in diesem Kaleidoskop; die meisten waren nackt oder halbnackt. Sie hatten sich im wesentlichen zu Gruppen zu dritt oder viert zusammengeschlossen, und streichelten einander. Zwei wanden sich ballettartig auf dem Boden; einzelne standen auch herum, gegen die Wand gelehnt, die Augen, geöffnet und leer, starrten in irgendeinen inneren Weltenraum. Für Nicola war das ganze ein sowohl visueller als auch phonetischer Schock – so wenig Geräusche, so wenig Gelächter.

Seufzer, Stöhnen, eine Stimme, die ganz leise sang, der sachte Rhythmus der Musik im Hintergrund – es war wie ein Film, dessen Ton herabgedämpft worden ist.

»Hast du nicht das Gefühl, allzu herausgeputzt zu sein?« fragte Pete.

Nicola lächelte nervös. »Ein bißchen schon. Aber ist es nicht...«

»Keine Sorge. Ich besorge etwas, das dich aufwärmen wird.«

Sie blieb gegen die Wand gelehnt stehen und sah zwei jungen Burschen und einem Mädchen zu, die einander rhythmisch streichelten. Berührungstherapie. Sie lächelten, aber sie lächelten einander nicht an. Sie lächelten einfach. Pete kehrte zurück und brachte Nicola ein Glas Bowle. Sie nippte erleichtert daran im deutlichen Gefühl, einen Drink nötig zu haben, bevor das unvermeidliche Entkleiden begann.

»Laß dir Zeit«, warnte sie Pete. »Und sieh her – eine für dich, eine für mich.« Er reichte ihr eine dicke Zigarette und gab ihr Feuer. »Setzen wir uns und sehen wir eine Weile zu.«

Sie ließen sich auf dem Boden nieder. Nicola, die ihre Sandalen von den Füßen streifte, zog heftig an ihrer Zigarette und behielt den Rauch unten so lange sie konnte, so wie Pete ihr geraten hatte. Minuten später fühlte sie sich völlig locker und streckte die Beine aus. Vor ihnen, beleuchtet von den pulsierenden Lichtern, kniete ein junges Mädchen vor einem aufrecht stehenden Jungen. Ihr blondes Haar floß über seine Schenkel.

»Hübsch«, flüsterte Nicola. »Hübsch.«

Wenig später zupfte Pete an ihrem T-Shirt; sie begriff, zog sich schnell aus und half ihm beim Entkleiden. Als sie nach ihm griff, hielt er sie ab, ein entrücktes Lächeln auf dem Gesicht.

»Geh jetzt spielen«, sagte er.

Nicola reagierte wie ein kleines Kind. Sie kicherte. »Mit mir selbst? Ganz allein?«

Er lächelte wieder. »Mit den anderen.«

»Das unartige kleine Mädchen geht spielen«, flüsterte Nicola.

Wie eine Zweijährige krabbelte sie zur Mitte des Raums, wo eine Gruppe von Leibern mit ineinander verschlungenen Gliedern eine stilisierte Collage bildeten. Aber ein Junge und ein Mädchen grapschten spielerisch nach ihr, bevor sie die Gruppe noch erreicht hatte.

»Hier«, sagte das Mädchen. »Hier.«

Sie waren jung und, wie Nicola fand, schön. Beide blond, beide mit Engelsgesichtern. Sie drückten sie sachte auf den Boden hinab, streichelten sie sanft, erst mit den Fingern, dann mit dem Mund. Das Mädchen ließ die vollen, weichen Lippen an Nicolas Körper hinabgleiten, bis ihre Lippen das gekräuselte Schamhaar fanden, dann zuckte die spitze Zunge vor, wieder und wieder. Nicola seufzte. Der Junge streichelte ihr Gesicht. Er steckte einen Finger in ihren Mund, ein-, zweimal, dann ersetzte er ihn durch seinen Penis, der sich schüchtern zwischen ihre Lippen schob. Sie nahm ihn willig auf, umfuhr ihn mit der Zunge im selben Rhythmus, den das Engelsgesicht angab. Ihr Fleisch schien zu schmelzen. Die Lichter zuckten matt hinter ihren Augen auf. Nur Empfindungen existierten noch. Sie sog gierig an dem fleischigen Tröster in ihrem Mund. Der scharfe Dolch der Engelszunge war durch ein warmes Schwert ersetzt worden, das erst zaghaft eindrang, dann sich in sie hineinstürzte, wieder und wieder. In ihrem Mund eine plötzliche warme Flut, Liebessäfte des Knabenengels. Sie schluckte, liebevoll. Plötzlich war er verschwunden; ihr Mund war leer, aber das warme Schwert war noch zwischen ihren Beinen. Die Explosion war nahe, und die Lichter hinter ihren Augen ...

»Durch die Nase atmen«, sagte eine warme Stimme.

Sie tat es heftig. Ihr Körper explodierte in tausend Sterne, verschwand. Sie stürzte vom Rand der Welt hinab. Hände hielten sie fest, Arme umschlangen sie. Sie öffnete die Augen und in dem apokalyptischen Licht sah sie hinter den stillen Körpern eine verschwommene, vertraute Gestalt. Pete. Er saß noch immer gegen die Wand gelehnt da, die Knie angezogen. Er hielt seinen Penis in den Händen, die sich fieberhaft bewegten. Sein Gesicht war verzerrt, seine Augen beobachteten sie. Fasziniert starrte sie auf seine wild arbeitenden Hände. Ein Zucken, dann waren sie still. Ein verschwimmender Fleck, ein Bild. Hände. Sie wurde bewußtlos.

Sie saß im Wagen. Sie war angezogen, aber ihre Sandalen lagen auf dem Sitz neben ihr. Pete rieb ihre Wangen, dann ihre Hände. Sie stöhnte und sah sich um – sie waren noch immer vor dem Haus, in dem die Party stattfand.

»Ah, gut«, sagte Pete. »Du bist wieder da.« Er ließ den Motor an.

»Wieviel Uhr ist es?« Nicola hörte ihre eigene Stimme, als käme sie aus weiter Ferne. Sie klang heiser, als ob sie schwer erkältet sei.

»Fast sechs Uhr. Bist du okay?«

»Ja, ich glaube schon.«

»Uff...«, sagte er. »Du warst eine Wucht. Der Punsch war wirklich ein Volltreffer bei dir.«

»Allerdings«, sagte Nicola. »Ich habe gar nicht realisiert, daß es... Hast du... na ja, hast du nicht dabei mitgemacht?«

»Ich mach' mich nicht gern an Miezen ran, die ich nicht kenne«, sagte er. »Man weiß nie, was man dabei fängt. Und ich sehe gern zu. Junge, Junge, so was genieße ich. Und du...«, er warf ihr einen liebevollen Blick zu. »Es hat sich gelohnt, dir zuzusehen, Baby. Darauf kannst du Gift nehmen.«

Nicolas Erinnerung endete bei dem Engelspaar. Da muß noch mindestens ein anderer gewesen sein, dachte sie. Einer im Mund, und einer... und was dann? Sie konnte sich nicht daran erinnern. Fragen konnte sie auch nicht. Sie würde es nie erfahren.

Vor Barbaras Tür küßte sie Pete schnell und rannte ins Haus. Eigentlich hätte sie baden sollen oder zumindest duschen, aber alles, was sie wollte, war schlafen. Zögernd blieb sie vor der Badezimmertür stehen, dann ließ sie sich aufs Bett fallen und schlief ein.

Sie erwachte um elf Uhr dreißig; ihr Mund war trocken, ihr Kopf offensichtlich in Watte gewickelt. Die Ereignisse der vergangenen Nacht tauchten noch einmal vor ihrem inneren Auge auf wie flüchtige Bilder auf einer Filmleinwand, Bilder, die wenig mit ihr selbst oder der Wirklichkeit zu tun hatten. Sie verbannte Pete und die Party aus ihren Gedanken und fragte sich, was sie mit dem Nachmittag anfangen sollte. Er erstreckte sich endlos vor ihr, eine lange, langweilige Reihe von Stunden, die ausgefüllt werden mußten. Im Haus war alles still. David, das wußte sie, hielt sich in Jerrys Haus auf, um Bilder auszusuchen. Barbara war wahrscheinlich in der Galerie. Sie beschloß, zu David zu gehen, ihm bei seiner Arbeit ein bißchen zu helfen.

Unten in der Diele auf dem Tisch lag ein Stapel Post, darunter zwei an sie adressierte Briefe. Einer stammte von Felix, der andere trug Jonathans Handschrift. Sie öffnete ihn zuerst. Sie überflog ein paar heitere Passagen, bis sie auf die Sätze stieß: ›Ich muß Dir allerdings mitteilen, meine Schöne, daß es hier einige verärgerte Gesichter gibt – Jeremy, Sharp – und außerdem wird bereits über einen Ersatz für Dich gemunkelt. Sei mir nicht böse, aber du solltest mehr Material schikken. Und Du solltest wirklich hierher zurückkehren, bevor ...‹

Nicola hörte auf zu lesen, faltete den Brief zusammen und steckte ihn in ihre Handtasche. Sie zögerte, dann schob sie Felix' Brief ungelesen ebenfalls hinein. Ich brauche keine Lektionen, entschied sie. Schon gar nicht heute vormittag.

Maria war in der Küche.

»Ist Jeff in der Nähe?« fragte Nicola. Das Mädchen lächelte, öffnete die Küchentür und rief nach dem jungen Mann. Jeff erschien sofort, wie auf ein Zauberwort hin.

»Ich möchte gern zu Jerry Wombergs Haus gebracht werden«, sagte Nicola. »Wissen Sie, wo es ist?«

Der Mann nickte. Das Gesicht blieb ausdruckslos.

»Ich werde in zehn Minuten soweit sein«, fuhr Nicola fort.

Er zuckte gleichmütig die Schultern und verschwand.

»Er redet nicht viel, oder?« sagte Nicola zu Maria.

»Er ist ein ruhiger Mann«, sagte sie und fügte leise hinzu: »Aber die Señora – sie mag ihn.«

Nicola blickte schnell auf, aber Maria hatte sich bereits

abgewandt, um sich am Herd zu beschäftigen. Nicola trank ihren Kaffee.

Der ruhige Mann blieb praktisch stumm bis zu Jerrys Haus. Er bog in die Zufahrt einer riesigen Villa im Kolonialstil ein und hielt dann einfach an. Nicola betrachtete das gewaltige Gebäude. Man hätte spielend fünf Familien darin unterbringen können.

»Danke«, sagte sie zu Jeff, nachdem sie ausgestiegen war. Er fuhr bereits weg.

Jerry öffnete ihr persönlich die Tür. »He – was für eine nette Überraschung«, sagte er lächelnd. »Kommen Sie herein.«

Das Innere des Hauses war ebenso üppig und geschmackvoll wie das Äußere. Nicola entdeckte eine Menge französischer Möbel, einige antike Lampen, gute Bilder.

»Das ist ein schönes Haus, Jerry«, sagte sie.

Er sah erfreut drein. »Sehen Sie sich um, so viel Sie mögen. Ich komme in ein paar Minuten zurück. es ist nur ...« Er warf einen Blick auf seine Armbanduhr. »Ich brauche zehn Minuten, um mit einem Mandanten zu telefonieren.«

»Nur zu«, sagte sie. »Ist David noch auf Ihrem Dachboden?«

»Ganz sicher.«

»Ich will ihm mal schnell hallo sagen.«

»Immer die Treppe hinauf, so lange bis es nicht mehr weiter geht.«

David wandte ihr den Rücken zu und war so sehr mit dem Stapel Bilder beschäftigt, den er sortierte, daß er ihr Eintreten gar nicht bemerkte. Sie schlich sich von hinten an ihn heran und küßte ihn in den Nacken. Er fuhr zusammen, lächelte und wandte sich dann wieder dem Bilderstapel zu. »Hi, meine Schöne«, sagte er.

»Selbst hi.«

Nicola setzte sich auf einen Schreibtisch und sah zu, wie er Bilder betrachtete, Notizen machte, weitere Bilder ansah. Seine Stirn war leicht gerunzelt, aber sie spürte, daß er das ganze höchlichst genoß.

»Bist du bald fertig?« fragte sie.

»Beinahe.«

»Sind die alle für die Ausstellung bestimmt?«

»Nicht alle.«

»Kann ich helfen?«

»Nein«, sagte er ruhig, in seine Arbeit vertieft.

Nicola trat mit den Absätzen gegen den Schreibtisch. »Danke, Nicola«, beendete sie den Satz. David reagierte nicht, vermutlich hörte er überhaupt nicht zu. Sie sprang vom Schreibtisch herunter. »Ich glaube, ich störe dich bloß.«

David blickte endlich auf. »Nein, nein, es ist okay. Bleib wo du bist.«

Sie wanderte in dem großen Raum herum, besah sich die Bilder. Sie war beeindruckt und ziemlich überrascht. Die frühen Arbeiten wiesen die Einflüsse auf, denen ein junger Mann immer ausgesetzt ist – die de Koonings und Pollocks. Aber die späteren deuteten darauf hin, daß er einen eigenen Stil gefunden hatte – Kraft und Vielversprechendes für die Zukunft.

»So was, eine eigene Ausstellung«, sagte Nicola. »Sie hat gute Arbeit geleistet, unsere Barbara.«

»Sie wird dafür bezahlt werden«, sagte David in scharfem Ton.

Nicola sah ihn überrascht an. »Gereizt was? Du erwartest also, daß du was verkaufst?«

»Natürlich erwarte ich das.«

Nicola ging zerknirscht zu ihm hinüber und umarmte ihn schnell. »Entschuldige. Du wirst ein Riesenerfolg sein, davon bin ich überzeugt.«

Er hielt sie einen Augenblick lang fest und ließ sie dann los. Er sah sich im Raum um. »Es muß hinhauen«, sagte er. »Es muß der Anfang sein.«

»Anfang wovon?«

»Von allem.«

Nicola war irritiert. »Von allem«, sagte sie spöttisch. »Was, zum Teufel, ist bei einem Maler ›von allem‹?«

David hatte sich wieder seiner Arbeit zugewandt; sie wußte, daß er kaum hinhörte. Ziellos schlenderte sie weiter auf dem Dachboden herum.

»Ich dachte, wir könnten vielleicht miteinander zum Lunch gehen«, sagte sie nach einer Weile. »Ein bißchen feiern – wir haben die Sache bis jetzt noch gar nicht richtig gefeiert.«

»Es dauert noch Wochen, bevor es soweit ist. Ich ziehe es vor, hinterher zu feiern.«

»Bist du zu beschäftigt, um zum Lunch zu gehen?«

Eine Pause entstand. Sie sah zu, wie er etwas auf ein Formular kritzelte. Schließlich blickte er auf.

»Ich habe Barbara versprochen, mit ihr zusammen zum Lunch zu gehen«, sagte er. »Komm mit.«

»Nein, danke, ich rufe Pete an. Oder nein, ich werde Alan anrufen.«

»Das kannst du ja von hier aus tun«, sagte er.

Das erboste sie aus irgendeinem Grund. Er packte sie bei den Schultern, bevor sie noch an der Tür angelangt war.

»Was ist los?« fragte er und blickte in ihr Gesicht hinab. »Du bist wütend. Warum?«

Sie erwiderte seinen Blick, und ihr Ärger verwandelte sich in Verwirrung. »Stimmt«, gab sie zu. »Aber ich weiß nicht, warum. Ich weiß es einfach nicht.«

Er küßte sie erst leicht auf die Stirn, dann auf den Mund. Es war ein sanfter, freundschaftlicher Kuß. Sie legte den Kopf gegen seine Brust, und er streichelte ihr Haar. Seine Sanftheit erinnerte sie an die beruhigende Berührungstherapie der vergangenen Nacht. Aber im Gegensatz zu der unpersönlichen, spielerischen Szene verfügte dies hier über die Realität des Tageslichts; Nicola hob den Kopf und wollte, daß er sie richtig küßte. Das tat er auch, mit zunehmender Intensität. Nicola, hart gegen ihn gepreßt, empfand Erregung. Sie spürte, daß er sie begehrte.

»Liebe mich«, flüsterte sie.

Er ließ sie schnell los. »Hör mit deinen Spielereien auf, verdammt.«

Sie starrte ihn an. »Das war nicht als Spielerei gedacht.«

»Ich soll hier an Ort und Stelle mit dir schlafen, ja? Und dann verduftest du zum Lunch mit Fletcher oder Alan oder sonst irgendeinem elenden Deckhengst aus Bel-Air. Stimmts?«

Sie schwieg einen Augenblick.

»Ich habe nicht darüber hinaus . . .« Sie verstummte. Stille.

»Nicola, was treibst du da eigentlich? Weißt du das?«

Sie wandte ihm den Rücken zu und preßte die Spitzen ihrer Finger zusammen, so als dächte sie scharf nach.

»Ich weiß nur, ich wollte, daß du mich lieben sollst«, sagte sie leise, kaum hörbar. »Ich weiß nicht, weshalb du dich deshalb verletzt fühlst.«

Er wählte seine nächsten Worte ganz bewußt. »Es reicht eben nicht, in irgendeiner Dachkammer fünf Minuten lang mit dir zu bumsen«, sagte er schroff. »Kapierst du das?«

Sie wandte sich ihm zu, ihre Augen waren düster.

»Die meisten Männer wären ... glücklich.«

»Ich bin nicht ›die meisten Männer‹.«

»Nein«, sagte sie. »Das stimmt.« Sie wandte sich der Tür zu. »Bis später.«

Auf halbem Weg die Treppe hinab drehte sich Nicola noch einmal um. David war durch die geöffnete Tür zum Dachboden deutlich sichtbar. Sein Rücken war ihr zugewandt. Er war wieder bei seiner Arbeit des Bildersortierens.

Alan hatte Zeit, sich mit ihr zum Lunch zu treffen. Nicola, die zusammengerollt in einem Samtsessel in Jerrys Wohndiele hockte, hatte eben den Hörer aufgelegt, als Barbara vom Hausmädchen hereingeführt wurde.

»Seit wann bist du hier?« fragte Barbara überrascht.

»Seit ungefähr zehn Minuten.«

»Ist Jerry da?«

Barbara, ganz als ob es ihr eigenes Haus wäre, öffnete ein antikes französisches Schränkchen und holte sich eine Whiskyflasche heraus.

»Er ist irgendwo hier in dieser unglaublichen Villa«, sagte Nicola. »Aber der Himmel weiß wo.«

Barbara war nun am Eiskübel. »Willst du was zu trinken?«

»Nein, danke. Oh ... warum eigentlich nicht? Einen kleinen Gin, bitte.«

Barbara mixte mit geschulter Fingerfertigkeit die Drinks. »Hast du den Wunderknaben gesehen?« fragte sie über die Schulter weg.

»Er arbeitet oben wie ein Dämon.«

»Gut. Kommst du mit zum Lunch?«

»Nein, danke. Ich bin mit Alan verabredet.«

Barbara trank einen Schluck und betrachtete Nicola gedankenvoll. »Und was ist mit Pete?«

»Den sehe ich morgen.« Nicola lächelte leicht. »Mir war einfach mal nach Abwechslung zumute.«

»Das soll heißen, daß du dich rar machst.« Barbara hob eine Braue.

Nicola lächelte. »Vielleicht.«

»Übertreibe es nicht. Pete würde es vermutlich nicht gut aufnehmen, wenn man ihn an der Nase herumführt.«

»Ich weiß, was ich tue«, sagte Nicola.

»Das hoffe ich. Willst du nicht Pete zu der Bootsfahrt einladen, über die wir gesprochen haben?«

»Vielleicht tue ich das«, sagte Nicola.

Barbara stellte ihr nun leeres Glas ab. »Wenn Jerry aufkreuzt, sage ihm, ich sei oben bei David. Bis später dann.«

Nicola nickte. Als Barbara den Raum verlassen hatte, ging sie zu einem der großen Fenster. Das Haus lag auf einem riesigen Grundstück mit zwei Tennisplätzen und einem großen Swimming-pool. Aber es waren die eigentlichen Gartenanlagen, die ihre Aufmerksamkeit fesselten – ein langer, samtiger Rasen, geometrisch geschnitten, mit Einfassungen und Blumeninseln darin, deren Farben sich wunderbar ergänzten. Es gab da auch einen eleganten italienischen Springbrunnen, ein paar pausbackige Engel und Statuen. Alles war sehr geschmackvoll, aber die Wirkung trotzdem überwältigend.

»Gefällt Ihnen mein Garten?«

Jerry trat neben sie und blickte mit einigem Stolz hinaus.

»Es ist wunderschön, Jerry.«

»Mir gefällt es auch.«

»Arbeiten Sie je selbst im Garten?«

Jerry lachte. »Leider nicht. Ich habe einen exzellenten Gärtner. Aber – nun ja, er hält sich genau an meine Anweisungen. Entworfen habe ich das alles selbst.«

»Es ist wirklich herrlich.«

Nicola wandte sich vom Fenster ab. »Barbara ist bei David oben. Sie werden bald herunterkommen und zum Lunch weggehen.«

»Wenn Sie sie nicht begleiten, dann essen Sie doch hier Lunch mit mir. Meine Köchin...«

»Jerry, das würde ich schrecklich gern tun. Aber ich habe mich gerade anderwärts verabredet.«

Er sah enttäuscht drein.

»Es tut mir leid«, sagte Nicola. »Wir sind unhöflich, nicht wahr? Wir dringen einfach in Ihr schönes Haus ein und nehmen uns kaum die Zeit, uns mit Ihnen zu unterhalten.«

Jerry zuckte die Schultern. »Das stört mich nicht. Ich habe viel zuviel Arbeit, um selbst Zeit für eine Unterhaltung zu finden.«

Nicola merkte, daß ihre taktlose Bemerkung ihn gekränkt hatte, und sie berührte sachte seinen Arm. »Kommen Sie mit Alan und mir mit. Wir wollen ins ›Scandia‹.«

»Alan wäre begeistert, davon bin ich überzeugt.« Er lächelte.

»Er hätte nichts dagegen.«

»Natürlich hätte er was dagegen. Vielen Dank, Liebe, aber ich habe wirklich eine Unmenge Arbeit. Mein Lunch wird nur kurz ausfallen.«

Es klingelte an der Haustür.

»Alan«, sagte Nicola. »Ich gehe jetzt am besten.«

Impulsiv küßte sie Jerry auf die Wange. Er lächelte und wandte sich dann ab, um in den Garten zu gehen.

23

Jerry erinnerte sich später nur mit einem Gefühl tiefster Demütigung und Peinlichkeit an Barbaras Bootsausflug. Er machte hinterher nicht Nicola dafür verantwortlich, sondern nur sich selbst, weil er aus einer schon früher einmal empfangenen Lektion nichts gelernt hatte. Denn Nicola brachte es fertig, genau das gleiche zu tun, was ihre Stiefmutter vor Jahren getan hatte – aus der gleichen kaltblütigen Neugier und dem Wunsch heraus, ihn dazu zu benutzen, um andere zu verletzen. Jerry hatte sich seit einer Weile Sorgen der Veränderung wegen gemacht, die mit Nicola vorgegangen war; aus irgendeinem Grund war er überzeugt, daß diese Veränderung bewußt stattfand – sozusagen eine beabsichtigte Metamorphose. Er hatte allerdings nicht damit gerechnet, daß diese Metamorphose ihn betreffen würde.

Für Nicola lief von Anfang an alles schief, und sie tat Jerry leid. Sie waren im Begriff loszusegeln; Barbara wurde ungeduldig und David, Art, Angie und er selbst hatten sich an Bord der Yacht versammelt. Nicola stand noch am Kai draußen und wartete auf Pete. Er hatte sich schon eine halbe Stunde verspätet. Nicola hatte bei ihm zu Hause angerufen, aber es hatte sich niemand gemeldet. Jerry schickte ein Stoßgebet zum Himmel, daß Pete demnächst eintreffen würde. Nicolas Gesicht war so blaß und verkrampft, während sie allein auf dem Kai stand.

Nach vierzig Minuten ging Barbara zu ihr hin. »Komm schon, Schätzchen. Wir sind startbereit. Wahrscheinlich ist er irgendwie aufgehalten worden.«

Barbara legte einen Arm um Nicolas Schultern. Das Mädchen schüttelte ihn ab und ging schnell die Gangway hinauf. Jerrys letztes Stoßgebet blieb unerfüllt; Pete tauchte nicht auf.

Nicola lehnte sich gegen die Reling und schwieg.

»Männer«, sagte Barbara leichthin. »Nichts als Versprechungen, Versprechungen . . .« Nicola wandte ihr den Rücken zu.

»Und voll leeren Geschwätzes«, fügte Barbara hinzu. »Okay, Captain, setzen Sie die Segel.«

Die Achtzig-Fuß-Yacht verfügte über eine dreiköpfige Mannschaft, und sie war bald auf See draußen. Sie ließen die Küste hinter sich, und mit der Faszination, die jede Bootsfahrt auslöst, beobachteten alle, wie das Land sich in der Ferne verflüchtigte. Nicola behielt noch immer auf der Suche nach Petes Wagen die Küstenstraße im Auge.

»Wer ist für einen Champagner-Start?« fragte Jerry die Gruppe. Er hatte dafür gesorgt, daß zwei Kisten an Bord geschafft worden waren.

»Darling!« sagte eine entzückte Barbara.

Alle mit Ausnahme von Nicola, wandten sich von der Reling ab und strahlten ihn an.

»In jedem Fall ist eine Feier fällig«, sagte Jerry und lächelte David zu.

»Natürlich«, sagte Art. »Gut gemacht, David.«

David lächelte. »Ein bißchen verfrüht, aber trotzdem vielen Dank.«

Nun wandte sich auch Nicola zu ihnen um. »Mein Gott, er hat die Bilder für die verdammte Ausstellung ja noch nicht mal ausgesucht.«

Art und Angie sahen sie überrascht an.

»Dann trinken wir darauf, daß alles gut geht«, sagte Jerry ruhig.

»Der springende Punkt, meine Süße«, sagte Barbara, »ist nicht der, daß er noch nicht fertig *ist*, sondern der, daß er sie zusammenbringen *wird*.«

»Na, fabelhaft«, sagte Nicola.

David beobachtete Nicola gelassen. Sie begegnete seinem Blick und starrte beschämt zu Boden. »Tut mir leid«, murmelte sie.

»Spielt keine Rolle«, sagte David.

»Soll es ja auch nicht«, sagte Nicola ebenso scharf wie unerwartet.

Barbara war verärgert. »Hört mit der Kabbelei auf, Kinder«, sagte sie. »Wir machen eine Vergnügungsfahrt.«

Sie ließ den Champagner kommen, aber Nicola trank nur wenig davon. Sie stand an der Reling und starrte aufs Meer hinaus. Es ist gemein, versetzt zu werden, dachte Jerry, aber noch gemeiner ist es, wenn das in der Öffentlichkeit passiert. Er hoffte, Barbara würde Nicola nicht auch noch reizen.

Barbara jedoch spielte stilvoll die große Gastgeberin und schien von dem angespannten Gesicht des Mädchens und seinem Schweigen unberührt zu bleiben. Nicola trank viel Wein während des Essens, rührte aber die Speisen kaum an. Hinterher bat sie um Brandy, und Barbara bestellte ihn ohne Murren. Nicola behielt die Flasche neben sich, als das Essen vorüber war, und füllte ihr Glas laufend, während sie dasaß und in einer Zeitschrift blätterte. Sie weigerte sich, am Kartenspiel der anderen teilzunehmen. Jerry hatte ebenfalls kein Interesse an den Karten, und nachdem er eine Weile an Deck umhergeschlendert war, setzte er sich neben Nicola. Sie blickte nicht von ihrer Zeitschrift auf.

»Darf ich Ihnen einen Brandy-Champagner-Cocktail mixen, Nicola?« fragte er, als er sah, daß ihr Glas nahezu leer war. »Das ist eine meiner Spezialitäten.«

»Werde ich dann schneller betrunken?«

»Aller Wahrscheinlichkeit nach, ja«, sagte er und griff nach ihrem Glas. »Ist das Ihre Absicht?«

»Absolut.«

»Ich werde den Cocktail stark machen.«

Er war froh, daß sie ihm zur Bar folgte um ihm zuzusehen. Er war stolz auf seine Fähigkeiten beim Cocktailmixen.

David gesellte sich zu ihnen. »Ich habe mich verzogen«, sagte er kläglich. »Ich konnte es nicht mehr mit meinem Stolz vereinen. Man beschuldigt uns zu schwindeln, verdammt!«

Jerry lächelte. Barbaras zornige Stimme klang laut und deutlich von der Kabine herüber. Sie hielt ihre Karten wie eine Waffe auf Art und Angie gerichtet.

»Da baut jemand Scheiße«, sagte Barbara. »Mist!«

Angie und Art wechselten nervöse Blicke.

»Barbara verliert vermutlich«, sagte Jerry.

»Sie hat zwei Spiele verloren, das ist alles. Aber hintereinander – das macht sie immer mißtrauisch.«

Die beiden Männer grinsten. Nicola warf einen ungeduldigen Blick auf den halbfertigen Cocktail, und Jerry machte sich wieder ans Werk.

»Nicola hat sich entschieden, sich aufs angenehmste ...«

»... zu narkotisieren«, unterbrach ihn Nicola.

»Sich jedenfalls zu betrinken. Und ich komponiere dazu meinen ganz speziellen Cocktail.« Jerry fügte dem ganzen noch einen Spritzer Brandy zu.

David sah Nicola neugierig an. »Was ist los, Nicola – willst du damit dein gebrochenes Herz ausflicken?« Seine Stimme troff vor Ironie, und Nicola bedachte ihn mit einem langen Blick.

»Scher dich zum Teufel, David«, sagte sie.

Jerry verteilte die Mixtur in drei Gläser, und goß auch für Barbara eines ein, die geschrien hätte, wenn sie vernachlässigt worden wäre.

»Nun komm schon, Nicola«, sagte David. »Dir ist Fletcher doch völlig egal.«

»Woher willst du das wissen?«

»Na, na ...«, sagte Jerry unbehaglich.

Sie ignorierten ihn.

»Ich weiß, er ist reich«, fuhr David fort. »Stimmts? Außerdem ist er ein langweiliger Widerling. Und intelligent wie Schweinemist.«

»Na und? Wer braucht schon einen Intellektuellen?«

Jerry ergriff Barbaras Glas und traf Anstalten, es zu ihr hinüberzubringen.

»Ich weiß, was du brauchst«, sagte David in gedämpftem Ton. Zu Jerrys Ärger konnte er den Rest dessen, was er sagte, nicht verstehen. Barbara schrie vor Entzücken über ihren Cocktail auf, wandte sich jedoch sofort wieder den Karten zu. Sie war im Begriff zu gewinnen. David starrte Nicola zornig an, als Jerry wieder zu ihnen zurückkehrte.

»Du hast dich in ein vollkommenes Luder verwandelt«, hörte er David sagen.

»Wie kommst du darauf?« fragte Nicola. »Nur weil ich dich nicht für alle Ewigkeit liebe?«

David drehte sich auf dem Absatz um und ging aufs Deck hinaus. Nicola starrte hinter ihm her, machte eine Bewegung, als wollte sie ihm folgen, blieb aber sitzen. Jerry trat zu ihr hin und fragte sich, was das alles wohl zu bedeuten hatte. Er war erleichtert, daß Barbara völlig in ihr Kartenspiel vertieft war.

»Warum seid ihr beide...«, begann Jerry und hielt dann inne. Es ging ihn nichts an.

»Es geht mich nichts an«, sagte er zu Nicola. Sie lächelte bedrückt.

»Mich eigentlich auch nicht«, sagte sie tiefgründig. »Wie wäre es mit noch einem Ihrer köstlichen Cocktails?«

Sie trank eine Unmenge davon im Verlauf der nächsten Stunde. Als das Kartenspiel vorüber war, mixte Jerry noch einmal zwei Shaker voll für sie alle. Danach begann die unvermeidliche Tanzerei im Zustand der Betrunkenheit. David und Barbara tobten wie die Wilden herum. David strahlte eine fast verzweifelte Energie aus – sowohl was seine Bewegungen als auch seine Stimme betraf.

»Schwenke ihn, Baby!« schrie er Barbara zu. »Los, schwenke ihn!«

Barbara führte pflichtschuldigst eine Art ungehemmten Bauchtanz vor. Jerry wandte den Blick ab. Art und Angie, die sich alkoholisiert auf dem Sofa rekelten – sie hatte den Kopf in seinen Schoß gelegt –, feuerten Barbara lauthals an.

»Schwenken kann sie ihn wie 'ne Eins«, sagte Angie, schloß die Augen und schlief prompt ein.

Jerry hielt Nicola in den Armen, im wesentlichen um sie zu stützen, und bewegte sich langsam im Takt zur Musik. Sie hatte tanzen wollen, aber er vermutete, daß sie an seiner Schulter eingeschlafen war. Das stimmte nicht. Sie hob den Kopf und blickte zu Barbara hinüber.

»Wie elegant«, sagte sie ebenso deutlich wie sarkastisch.

Jerry blickte auf sie hinab und dann hinüber zu den Tanzenden. Barbara, völlig von ihrem Hüftkreisen in Anspruch genommen, hatte nichts gehört, aber David warf Nicola einen giftgeladenen Blick zu. Jerry drückte Nicolas Kopf wieder auf seine Schulter zurück. Er war ihretwegen besorgt. Sie hatte zu viel getrunken, sie benahm sich völlig unsinnig und schien es auf einen Streit anzulegen.

»Sie sind müde«, sagte er freundlich zu ihr.

»Bettreif«, sagte sie. »Bereit fürs Bett. Alles bereit. Kommen Sie mit und stecken mich rein?«

»Ich habe da nicht viel Übung.«

»Dann helfen Sie mir wenigstens dorthin«, sagte Nicola übellaunig. »Ich schaff's nämlich mit Sicherheit nicht selbst.«

Sie ließ ihn plötzlich los und taumelte rückwärts. Er packte sie.

»Na, was sag' ich?« murmelte sie.

Jerry legte energisch den Arm um sie und begann sie auf ihre Kabine zuzuführen. »Gute Nacht, meine Lieben!« rief er.

»*Schon?*« Barbara wirbelte herum, um sie anzusehen. »Seid ihr verrückt?«

»Wir sollten auch ins Heu kriechen, Süße«, sagte Art zu Angie.

»Schatz, ich fühle mich prima hier.«

»In die Heia!« schrie Nicola, als sie hinausgingen. »Jerrylein bringt mich in die Heia.«

Sie drehte sich für einen Augenblick um, und Jerry packte sie noch fester an. Aber sie blies lediglich zwei Küsse in den Raum. David, bemerkte Jerry, sah finster drein.

Nicolas Kabine war winzig. Sie ließ sich auf die Koje fallen und schloß die Augen.

»Helfen Sie mir beim Ausziehen«, sagte sie schläfrig.

»Das können Sie selbst.«

»Nee.«

Er blieb unsicher stehen.

»Bitte«, sagte sie. »Sei'n Sie'n Freund.«

Er zog ihr ungeschickt den Pullover aus. Sie trug keinen BH, und Jerry wandte den Kopf ab.

»Jeans«, sagte sie.

Er kämpfte mit ihren Jeans. Sie trug darunter ein winziges Höschen.

»Gehn Sie nicht!« rief sie. Jerry war schon halb aus der Tür. Er drehte sich um und sah sie hilflos an. »Was wollen Sie, Nicola?« fragte er unglücklich.

»'n bißchen schmusen. Nur'n bißchen schmusen un' trösten.«

»Ich kann nicht mit Ihnen schmusen.«

»Natürlich könn' Sie. Sein Sie nich' so prüde.«

Sie schien den Tränen nahe zu sein. Er kam in die Kabine zurück.

»Legen Sie sich unter das Laken«, sagte er. Sie gehorchte und Jerry ließ sich auf dem Bettrand nieder.

»Was ist los?« fragte er freundlich.

»Ich bin nur ein Baby. Ein ganz unglückliches Baby. Legen Sie sich hin und schmusen Sie ein bißchen mit mir.«

Er zögerte, blickte in ihr Gesicht, legte sich dann auf das Laken und hielt sie für eine Weile in den Armen, so wie man ein Kind festhalten würde. Er glaubte, sie würde, die Arme um seinen Hals gelegt, einschlafen. Aber als er versuchte, sich von ihr zu lösen, schmiegte sie sich enger an ihn und begann verschlafen seine Schulter zu streicheln. Ihre Hände glitten hinab auf seinen Rücken.

Sie drückte sich jetzt heftig an ihn und unerwarteterweise waren ihre Hände auf seinen Schenkeln, glitten über seinen Schoß. Mit einem Ruck wurde ihm klar, daß sie versuchte ihn zu verführen. Er wollte sich aufrichten, aufstehen, hinausgehen. Aber er konnte es nicht. Wie eine Fliege im Spinnennetz war er gefangen. Gefangen von einer seltsamen Neugier. *Konnte* sie ihn verführen? Würde sein Körper reagieren? Er war vor vielen Jahren, als Teenager, durchaus fähig gewesen, mit Mädchen zu schlafen. Es war oberflächlicher Sex gewesen, allzu schnell vorbei. Später, als er sich schließlich durchgerungen hatte, die wirkliche Natur seiner Sexualität zu akzeptieren und halb zu verstehen, hatte er keine Versuche mehr unternommen. Er kannte ein paar Bisexuelle und beneidete sie nicht. Aber war er ... Nicola hatte den Reißverschluß seiner Hose aufgezogen, ihre kleine Hand streichelte ihn. Nichts. Nichts in Minuten, die sich erbarmungslos hinzogen. Nichts.

»Was für ein Jammer«, sagte Nicola und zog die Hand zurück. Ihre Stimme klang normal, nüchtern und ohne eine Spur von Wärme. Erst jetzt überfiel ihn ein überwältigendes Gefühl der Demütigung und Scham. Vielleicht tat sie ihm wirklich leid. Aber mit Sicherheit benutzte sie ihn. Wozu? Um sich an David zu rächen? Aber warum David? Sie hatte Theater gespielt. Er brachte seine Hose wieder in Ordnung. Sie war nicht die erste Schauspielerin, die in einer Rolle agiert hatte. Vor Jahren hatte ihre Stiefmutter ...

»Kopf hoch, Jerry«, sagte Nicola und richtete sich in der Koje auf. »Es passiert all den Burschen immer wieder mal.«

»Sie wissen genau, was los ist«, sagte er.

»Bitte, setzen Sie sich. Nur für ein, zwei Minuten. Ich möchte nicht, daß Sie im Zorn weggehen.«

Er war zornig. Aber er setzte sich.

»Warum haben Sie das getan?« fragte er.

Sie ignorierte die Frage. »Haben Sie es früher schon mit Mädchen versucht?« fragte sie leise.

»In letzter Zeit nicht.«

Barbara – diese Szene damals in der Galerie. »Wenn du wieder mal auf Touren kommst, Jerry – falls überhaupt je – dann kannst du mir ja zeigen, was ich verdiene ...«

Vor Jahren hatte ihn Barbara, betrunken wie jetzt Nicola – aber wirklich betrunken – in ihr Schlafzimmer hinaufgenommen. Sie hatte ihn noch nicht lange gekannt; er war vor kurzem ihr Anwalt geworden, und sie hatte nicht gewußt, daß er homosexuell war. Sie hatte versucht ihn zu verführen, und es hatte wie bei Nicola nicht geklappt. Er hatte es ihr damals nachgesehen, obwohl ihm ihr Gelächter peinlich gewesen war. Erst als er im Haus in Bel-Air nach unten kam, hatte er begriffen. Ihr Ehemann, Serge, war zurückgekehrt, was Barbara offenbar vorausgesehen hatte. Hinterher hatte er sich von ihr scheiden lassen – so wie Barbara das geplant hatte. Sie hatte erneut geheiratet, einen alten, sehr respektablen, äußerst reichen Mann. Jack Hampton. Hampton starb zwei Jahre später und ließ sie als sehr reiche Witwe zurück, genau wie sie das gewollt hatte. Und genau wie sie es geplant hatte, wurde Jerry von Serge als ihr Liebhaber im Scheidungsprozeß benannt, was ihn sehr bedrückte. Damals hatte er eben erst seine Anwaltspraxis aufgebaut. Was ihm weiterhin zusetzte war die Tatsache, daß Barbara vielen ihrer und auch einigen seiner Freunde von dem Vorfall erzählt hatte. Das hatte er ihr nie verziehen. Warum hatte er sie dann als Mandantin behalten? Warum hatte er gesellschaftlich mit diesem Frauenzimmer weiterhin verkehrt? Er war sich selbst nie darüber klar geworden. Masochismus vielleicht. Oder Warten auf eine Chance, sich zu rächen?

Er seufzte. Nicola beobachtete ihn aufmerksam. »Woran denken Sie?«

»Nicola«, begann er mühsam. »Sie sollten nach Hause zurückkehren. Bevor Sie sich selbst kaputtmachen.«

»Mich selbst kaputtmachen? Mir gehts ausgezeichnet.«

Jerry schluckte. »Als Sie hier ankamen, hatten Sie etwas Unschuldiges – etwas von einem jungen Reh an sich. Es war sehr anziehend. Sie verlieren das jetzt.«

»Na schön, dann ist es perdu«, sagte sie.

»Sie haben es noch nicht völlig verloren.« Er versuchte ehrlich zu sein. »Eine Spur davon ist noch da. Ich habe nach wie vor das Gefühl, daß Sie nicht hierher gehören.«

»Ich gehöre nirgendwohin«, sagte sie.

Jerry stand auf. An der Tür blieb er stehen. »Nicola, Sie müssen...«

»Sagen Sie bloß nicht ›Sie müssen‹ zu mir«, murmelte sie zornig und drehte schnell das Gesicht zur Wand. Er ging hinaus.

Während Jerry ruhelos in seiner eigenen Koje lag, wurde ihm klar, daß Nicola etwas Positives bei ihm bewirkt hatte – irgendwie hatte sie die Skrupel, die er in bezug auf sie hatte, zerstreut. Im Verlauf der Wochen, während er sie kennen und schätzen gelernt hatte, war ihm die Rolle, die er bei Barbaras Kollektion Grahamscher Bilder gespielt hatte, immer unangenehmer geworden. Er war einmal auf ihre Kosten in London gewesen – nur einmal. Und das lag Jahre zurück. Er hatte sich mit Nick Graham in dessen Londoner Club verabredet und dem Maler nur eine einzige kleine Lüge aufgebunden: er hatte behauptet, das Bild, das er haben wollte, sei für ihn selbst.

»Ich freue mich immer, einem Amerikaner etwas verkaufen zu können«, hatte Graham vergnügt gedröhnt. »Zeit, daß endlich Kunst und Zivilisation in das barbarische Land kommen.«

Jerry hatte gegrinst. Es war unmöglich gewesen, dem großen, lächelnden Mann etwas übel zu nehmen.

»Ich mache natürlich Spaß«, sagte Graham. »Das Land der Großen Freiheit hat noch nicht ganz die Höhe der Barbarei von – sagen wir mal Orpington in Kent oder – der Himmel schütze uns – von Surbiton hier bei London erreicht. Gott sei mit uns, wenn es je so weit kommt.«

Jerry, der von diesen Mittelklasse-Festungen gehört hatte, lachte erneut.

»Trinken wir noch was«, schlug er vor.

»Natürlich. Einen Doppelten. Das ist noch was, das ich an Amerikanern schätze. Sie wissen, wie man einen anständigen Drink eingießt.«

Nick Graham hatte sich vergnügt von Jerry zum Lunch einladen lassen, aber das Bild hatte er ihm für lediglich sechzig Pfund verkauft. Barbara hatte es am Abend nach der Eröffnung für 5250 Pfund verkauft. Jerry war bei dem Verkauf zugegen gewesen, und seither hatten ihn Phrasen wie ›Nicola um ihr Erbe bringen‹ und ähnliche im Geist verfolgt. Nun, verletzt und gedemütigt, grübelte er darüber nach. Juristisch gesehen traf es nicht zu, und zudem spielte es ohnehin keine Rolle mehr. Nicola brauchte keinerlei Erbschaft. Sie würde das, was sie haben wollte, ebenso leicht ergattern, wie ihre Stiefmutter das von jeher getan hatte.

Ursprünglich hatte er geglaubt, daß irgendwie sie alle gemeinsam Nicola zugrunde richteten. Etwas später sollte ihm der Gedanke kommen, daß es umgekehrt Nicola war, der es beinahe glückte, sie alle miteinander zugrunde zu richten.

Die einlullenden Bewegungen der Yacht zusätzlich zum Alkoholgenuß des Abends hatte eine einschläfernde Wirkung auf Barbara. Minuten nachdem sie ins Bett gefallen war, begann sie lauthals zu schnarchen. David lag, wie ihm schien, stundenlang wach und lauschte auf die Geräusche des Boots. Das heißt, er *sagte* sich, er lausche auf die Geräusche der Yacht, während er sich im Grund darüber im klaren war, daß er begierig war, irgendeinen Hinweis darauf aufzuschnappen, ob Jerry die Nacht über in Nicolas Kabine geblieben sei. Sie lag, genau wie die Jerrys, auf der anderen Seite des Bootes. Es war schwierig, auf diese Entfernung irgendwelche Laute wahrzunehmen. Und Barbaras Schnarchen erleichterte seine Bemühungen nicht, ebenso wenig wie der durch Alkohol animierte geflüsterte Streit zwischen Art und Angie nebenan.

David fühlte sich irgendwann einmal versucht, aufzustehen, an Deck frische Luft zu schnappen und nebenbei nachzusehen, ob Jerrys Tür vielleicht offen stand – und ob er sich in seiner Kabine befand. Er ließ den Gedanken verärgert über sich selbst fallen. Was spielte es schon für eine Rolle? Sie konnte herumschlafen mit wem sie wollte. Aber Jerry? Er war doch...? Entweder war Jerry Womberg ein stilles und tief gründendes Wasser oder Nicola spielte Theater. Aber warum, zum Teufel...

Er warf sich im Bett hin und her; Barbara bewegte sich und schmiegte sich an ihn. Normalerweise hätte er sie durch Streicheln geweckt und sie dann geliebt. Zum erstenmal seit Bestehen ihrer Beziehung rückte er von ihr ab, hinüber auf die andere Seite des riesigen Betts. Barbara begann erneut zu schnarchen. David lag regungslos und starrte hinauf zu den flackernden Schatten an der Decke.

Kurz nach sieben wachte er auf und erhob sich sofort, während er Barbara ihrem Tiefschlaf überließ. Er hatte das Bedürfnis nach einer ausgiebigen Dusche. Sein Kopf schmerzte dumpf; seine Augen brannten und juckten. Er ließ sich viel Zeit unter dem Wasserstrahl, wusch sich das Haar und schlenderte dann hinaus aufs Deck. Jerry Womberg stand an der Reling, den Rücken David zugewandt, und starrte ins Wasser. Er rührte sich nicht und schien tief in Gedanken versunken. David zog sich zurück, weil er ihn nicht stören wollte, und ging in den Speiseraum. Dort saß Nicola und las in einer Zeitung. David betrachtete sie eine Weile. Sie waren also beide auf. Bedeutete das ...

»Hi«, sagte er. »Du bist früh auf.«

»So früh ist es gar nicht«, erwiderte Nicola. »Außerdem, wie stehts mit dir?«

»Es geht nichts über die gesunde Seeluft.«

»Stimmt wahrscheinlich.«

Er ließ sich ihr gegenüber nieder. Der Tisch war bereits zum Frühstück gedeckt. Nicola nippte an ihrer Kaffeetasse.

»Wo ist Jerry?« fragte David in beiläufigem Ton.

Sie sah ihn scharf an, bevor sie antwortete. »Na, er könnte tauchen, angeln, lesen, schreiben, schlafen, duschen, bumsen ...«

»Okay, okay«, sagte David.

»Woher, zum Teufel, soll ich das wissen?« fragte sie.

»Es wäre ja möglich gewesen.«

»In Wirklichkeit steht er draußen auf Deck und fragt sich, ob er sich in das tiefe, blaue Merr werfen soll.«

Bevor David dazu etwas äußern konnte, wurden sie von einer munteren Stimme begrüßt. »Guten Morgen, Kinderchen«, sagte Barbara. »Und ein schöner ist es auch noch.«

Barbara war mit Hose und cremefarbener Hendbluse bekleidet, ihre Frisur war adrett, ihr Make-up makellos. David bewunderte sie dafür, daß es ihr gelungen war, sich innerhalb einer Stunde in dieses elegante Geschöpf zu verwandeln und daß die Exzesse der vergangenen Nacht wie immer keinerlei Spuren bei ihr hinterlassen hatten. Sie litt niemals an Katzenjammer; sie pflegte mit geringem Appetit, aber jeweils mit einem gewissen Enthusiasmus bezüglich des vor ihr liegenden Tages aufzuwachen. Er lächelte ihr zu. »Du siehst gut aus.«

Nicola blickte von ihrer Zeitung auf, inspizierte Barbaras Aufmachung, nickte und wandte sich wieder ihrer Lektüre zu. Barbara hob eine Braue. Der Steward begann das Frühstück aufzutragen, das Barbara ihrerseits inspizierte.

»Sieht nicht schlecht aus«, sagte sie und wandte sich dann an Nicola. »Wo ist Jerry?«

Nicola hob den Kopf und blickte von einem zum andern. »Himmel noch mal«, sagte sie, »bin ich meines Bruders Hüter? Vielleicht taucht er, vielleicht schwimmt er, vielleicht ...«

»Er ist an Deck«, unterbrach sie David.

»Nein, da ist er nicht«, sagte Jerrys Stimme. »Er ist hier.«

Lächelnd und munter sagte er zu allen dreien guten Morgen und setzte sich ebenfalls an den Tisch.

»Gut, dann können wir anfangen«, sagte Barbara. »Art und Angie werden uns aus dem einfachen Grund keine Gesellschaft leisten, weil sie sich beide schlecht fühlen. Ich sagte Angie schon, es müsse sich um morgendliche Übelkeit handeln.«

Sie kicherte leise und begann frisch gebratenen Speck auf die Teller der anderen zu häufen.

»Ein Festschmaus«, sagte Jerry. »Wirklich.«

Sein herzlicher Ton war wenig überzeugend, und David empfand plötzlich Mitgefühl mit dem Mann, dem es unter ihren prüfenden Seitenblicken unbehaglich sein mußte. Er sah zu Nicola hinüber, wobei er wußte, daß sein Blick feindselig war. Sie erwiderte ihn mit unschuldsvoll weit geöffneten Augen.

»Hm, köstlich«, sagte Jerry.

»Mein Gott, wie kann jemand bloß als erstes am Morgen so aufs Essen abfahren«, sagte Nicola. Sie trank ihre Tasse in einem Zug leer und stand auf. Die anderen betrachteten sie schweigend.

»Ich brauche frische Luft«, sagte sie und trollte sich in Richtung des Decks.

»Irritierendes Frauenzimmer«, sagte Barbara.

»Sie ist nur ein Kind«, sagte Jerry, die Augen auf den Teller gerichtet.

»Ein Kind, sagt er! Du hast sie gestern nacht nicht wie ein Kind behandelt.«

»Wir haben uns nur eine Weile unterhalten.«

»Unterhalten, ja? Bezeichnet man das heutzutage so?« sagte Barbara. »Ich hätte nie gedacht, Jerry, daß du . . .« Barbara brach ab und lächelte in sich hinein. »Schon gut«, sagte sie. David schwieg. Er strich sich Butter auf eine Scheibe Toast, nippte an seinem Kaffee und versuchte dann etwas vom Schinkenspeck, den Eiern und den Pfannkuchen. Das Frühstück *war* gut.

»Lieber Himmel, es sieht aus wie bei Schimpansens Teeparty«, sagte Nicola von der Schwelle her. Sie zuckte angewidert die Schultern und ging wieder an Deck. David beobachtete die zierliche Gestalt an der Reling ein paar Sekunden lang. Schweigend beendeten sie ihr Frühstück.

24

In der Woche vor der Eröffnung seiner Ausstellung litt David an Lampenfieber und wurde von ernsthaften Bedenken überfallen. Was, wenn er nun doch noch nicht so weit war? Wenn es diesmal ein Mißerfolg wurde, so würde er Mühe haben, eine zweite Chance zu bekommen. Ein Bursche vom ›New West‹ war gekommen, um mit ihm über die Ausstellung zu sprechen. David hatte sich dabei ertappt, daß er gestottert und gestammelt hatte, unfähig, klar zu denken oder irgendwelche intelligenten Antworten zu formulieren. Erleichtert hatte er den Mann hinausbegleitet und sich mit dem Gedanken getröstet, daß man Künstlern immer etwas Exzentrizität zugestand. Allerdings befürchtete er, daß der Kerl ihn weniger für verrückt als für einfältig gehalten hatte.

Vielleicht bin ich das, dachte er, während er in der Sonne neben dem Swimming-pool lag. Ganz gewiß jedenfalls behandelt mich Barbara wie ein Kind und Nicola wie einen Schwachsinnigen, und entweder bin ich außer Tritt geraten oder die anderen. Verstohlen beobachtete er die Gruppe. Nicola nahm ein Sonnenbad – oben ohne. Dies geschah, so vermutete er, um Barbara zu ärgern. Oder um Jerry in Verlegenheit zu bringen. Der Anwalt war für den Nachmittag zu ihnen gekommen und hatte einen jungen Freund mitgebracht, Tim, bei dem es sich, obwohl das nicht offensichtlich war, möglicherweise um seinen Liebhaber handelte. Es war das erstemal, seit David den älteren kannte, daß er irgend etwas tat, das auf seine Homosexualität hinwies. Die beiden Männer saßen auf Deckstühlen und lasen Zeitung. Barbara warf ihnen immer wieder neugierige Blicke zu, zweifellos in der Hoffnung, so dachte David, sie beim Händchenhalten oder anderen zärtlichen Gesten zu ertappen. Sie war überrascht gewesen, als die beiden eintrafen, darüber bestand kein Zweifel. Hin und wieder streifte sie auch die fast nackte Nicola mit einem gereizten Blick.

»Gehen wir, um Himmels willen, ins Haus«, sagte Barbara schließlich. »Die Sonne ist schon halb untergegangen.«

»Oh, es ist noch herrlich«, sagte Nicola.

»Es ist noch schön warm«, bestätigte Tim ruhig. Vielleicht genoß *er* den Anblick von Nicolas hübschen Brüsten.

»Den Teufel ist es«, sagte Barbara, wie immer durch Widerstand angespornt. »Es wird kühl. Kommt schon, essen wir eine Kleinigkeit.«

»Ich geh' noch mal schnell ins Wasser«, sagte Nicola.

Sie ging zum Rand des Beckens und alle außer Jerry beobachteten sie. Elegant tauchte sie ins Wasser, schwamm zum anderen Ende, stieg heraus und kehrte tropfnaß zu ihrem Badetuch zurück. David sah bedrückt, wie sie sich gründlich abtrocknete, sehr langsam, und dabei besonders Sorgfalt ihren Brüsten widmete. Barbara, verärgert über diese Darbietung, belud sich mit Tüchern und Lotions und ging voran ins Haus. Nicola, das Badetuch nonchalant um die Taille gewunden, traf Anstalten ihr zu folgen.

»Möchtest du das hier nicht mitnehmen?« fragte David und hielt Nicolas Bikinioberteil in die Höhe. Sie drehte sich um und blickte darauf.

»Wozu?« fragte sie.

David inspizierte es eingehend. »Es ist hübsch«, sagte er.

»Aber nicht so hübsch wie ...«, murmelte Tim.

Sie hörte das und lächelte, bevor sie im Haus verschwand. Die Männer folgten, Jerry als letzter. Also war Tim gar nicht, ... oder doch? David zuckte die Schultern. Es war unwichtig.

Im Haus erteilte Barbara bereits dem offenkundig nervösen Mädchen Maria Anweisungen, während Nicola, noch immer oben nackt, zusammengerollt in einem Sessel saß.

»Schinken, Käse, Crackers, Brot – was immer Sie haben!« rief Barbara in barschem Ton. *Und* ...« der Kopf des Mädchens erschien wieder in der Tür, » ... vergessen Sie das verdammte *Eis* nicht, ja? *Pronto!*«

Eine für Barbara typische Laune, jedoch nicht durch das

Mädchen verursacht. Sie wandte sich sofort hinterher an Nicola.

»Zieh bitte was an, ja?«

»Warum?«

»Weil ich es sage. Und weil du Gast in meinem Haus bist.«

Selbst Jerry sah überrascht drein. Nicola starrte ihre Stiefmutter an und ging dann langsam auf die Treppe zu.

»Natürlich, Madame«, sagte sie. »Mit dem größten Vergnügen, Madame.«

Barbara seufzte, so bald Nicola verschwunden war.

»Was, zum Teufel, ist mit Pete Fletcher passiert?« fragte sie, ohne sich an jemand bestimmten zu wenden. »Er soll mir das Frauenzimmer vom Leib halten.«

Niemand antwortete, weil niemand Näheres wußte. David hatte Pete ein paarmal in der Stadt gesehen, wie gewöhnlich in Begleitung irgendwelcher weiblicher Wesen, aber er hatte nicht mit ihm gesprochen. Er wußte, daß Nicola Pete seit vor der Bootsfahrt nicht mehr gesehen hatte. Sie war seit diesem Zeitpunkt launisch und ungeduldig, obwohl sich eine Reihe von Burschen um sie bemühte, von denen einige für ihre Zwecke eigentlich reich genug hätten sein können. In den meisten Nächten kam sie spät nach Hause – wenn überhaupt – und sie begann müde auszusehen. David befürchtete, sie würde bald nach England zurückkehren. Das wollte er nicht. Noch nicht.

Nicola trat im selben Augenblick ins Zimmer, einen Pullover über dem Bikini, als Maria mit dem Imbiß hereinkam.

»Oh, ein Dinner für Gourmets«, sagte sie spöttisch.

Alle ignorierten das. David goß die Gläser voll, Barbara schnitt in rasender Eile Schinken und Käse auf und bot den Männern an.

»Nur einen Bissen«, sagte Jerry, »dann müssen wir wirklich gehen. Tut mir leid, Liebe.«

Tim kaute an einem kleinen Sandwich herum. »Gut«, sagte er.

»Super«, bemerkte Nicola in gedehntem Ton.

»Willst du bitte endlich diesen Quatsch lassen.« Barbaras Stimme war ruhiger als gewöhnlich, wodurch sie auch bedrohlicher als gewöhnlich wirkte.

»Wollen wir nicht alle mal den Quatsch lassen?« fragte David ruhig. »Der Himmel weiß, was diese Sticheleien sollen, aber sie sind in jedem Fall todlangweilig.«

»Und wir wollen den kleinen Jungen doch nicht langweilen, oder?«

Nicolas Worte gingen halb im Scharren der Stuhlbeine unter, als Jerry aufstand. »Wir müssen gehen, Barbara«, sagte er. Tim stand ebenfalls auf.

»Es war sehr nett«, sagte er. »Vielen Dank.«

»Bleibt doch noch ein bißchen da«, sagte David. Er fand, daß etwas männliche Gesellschaft, ganz gleich welcher Art die sexuellen Neigungen waren, eine angenehme Abwechslung bot. Außerdem mochte er Jerry gern; er war ein intelligenter Mann und konnte gut reden. Dazu hatte er heute allerdings nicht viel Gelegenheit gehabt.

»Wir müssen wirklich gehen«, sagte Jerry in bedauerndem Ton.

»Laß sie doch in Ruhe«, sagte Nicola. »Wahrscheinlich wollen sie zu einem intimen kleinen *Diner à deux* gehen.«

Ein peinliche Stille trat ein. David hätte ihr am liebsten eine Ohrfeige verpaßt. Aber Jerry lächelte plötzlich und sah Nicola ganz offen an.

»Wiedersehen«, sagte er und ging zur Tür. Tim folgte ihm.

»Wiedersehen, Gentlemen«, sagte Nicola.

Barbara sprang auf, als die Haustür ins Schloß fiel. »Scheiße«, sagte sie, »ich wollte doch was von Jerry.« Sie rannte hinter den beiden her.

»Viel Glück, wenn sie was von Jerry will«, sagte Nicola. »Armer kleiner Kerl. Sie würden ein interessantes Paar abgeben – Kastrierter und Kastrator.«

David sah sie hart an. »Was ist eigentlich heute mit dir los?« fragte er und erwartete eine schnippische Antwort. Aber sie sah ihn lediglich an und seufzte.

»Weiß der Himmel. Wahrscheinlich bin ich müde. Und abgeschlafft. Und Barbara geht mir auf die Nerven. Kindisches Luder.«

»Wir sind alle kindisch. Du auch.«

»Vielen Dank.« Sie streckte die Hand aus, um sich ein Stück

Schinken abzuschneiden. »Aber ich bin eben noch ein bißchen jung. Vielleicht mit zunehmender Reife ...«

»Das ist vermutlich eben das Problem.«

Nicola sah ihn fragend an.

»Sie ist eifersüchtig auf dich«, erklärte er.

Nicola lachte. »Eifersüchtig! Um Himmels willen, sie hat ja keine Ahnung, daß ich dich auch nur angerührt habe.«

»Vielleicht nicht. Aber ...«

»Vielleicht? Hast du ihr davon erzählt?«

»Natürlich nicht«, erwiderte er ungeduldig. »Sie ist einfach auf dich persönlich eifersüchtig. Du bist jung und mehr als attraktiv. Du hast noch alles vor dir.«

»Und sie hat alles hinter sich?«

Sie lachten beide, die gespannte Atmosphäre lockerte sich ein bißchen.

»Eigentlich nicht«, sagte David.

»Eigentlich nicht, ja? Der große Liebhaber spricht. Ist sie grandios im Bett? Kann sie gut ...«

»Nein, eigentlich nicht.« Barbaras Stimme ließ die beiden erstarren. Sie trat in die Mitte des Zimmers, bleich vor Zorn, die Linien um ihren Mund waren scharf eingegraben.

»Und was das Anrühren betrifft, meine Süße, so rühre ihn an, so viel du willst. Mir ist das egal. Aber nicht in meinem Haus.«

David schluckte mühsam und ging dann zur Bar, um ihr einen Drink einzugießen. Sie hatte niemals Treue von ihm verlangt, seine Seitensprünge hatten sie nicht weiter irritiert. Aber Nicola – das war wohl etwas anderes.

»Beruhige dich, Schätzchen«, sagte er und goß ihr einen großen Scotch ein.

»Mach, daß du von hier verschwindest!« schrie Barbara Nicola an.

Die Jüngere sah sie mit ausdruckslosem Gesicht an.

»Hier.« David reichte Barbara den Scotch. Sie nahm das Glas und sah ihn fest an.

»Du auch«, sagte sie.

»Ich denke nicht daran.«

»Du bist einfach überdreht, liebstes Stiefmütterchen«, sagte Nicola. »Setz dich und trink dein Glas aus.«

Erschreckt durch ihre Ungeschicklichkeit warf David Nicola einen warnenden Blick zu. Sie erwiderte ihn gelassen.

Barbara war, wie vorauszusehen, außer sich. »Raus – habe ich gesagt!« zischte sie mit zusammengebissenen Zähnen.

Nicola streckte erneut die Hand aus und begann bedächtig weitere Schinkenscheiben abzuschneiden. Das lange Messer gab einen kleinen, metallisch klirrenden Laut von sich, so bald es die Metallplatte berührte. Abgesehen von den Atemzügen der Anwesenden war es der einzige Laut im Zimmer.

»Später«, sagte Nicola schließlich. »Vielleicht morgen.«

Barbara nippte an ihrem Glas, um Selbstbeherrschung bemüht. David legte einen Arm um ihre Schultern, aber sie schüttelte ihn sofort ab.

»Setz dich, Barbara«, sagte er.

»Ich will, daß sie verschwindet – jetzt sofort.«

Aber sie setzte sich immerhin, trank einen weiteren Schluck und wandte sich dann an Nicola. Ihre Stimme, wenngleich nach wie vor zornig, klang beherrscht.

»Ich will, daß du fortgehst und zwar gleich. Du bist hier mein Gast gewesen. Du hast meine Mahlzeiten gegessen, meinen Alkohol getrunken und mit meinen Freunden geschlafen. Und du dankst mir das ...«

»Danken!« schrie Nicola, der der Geduldsfaden riß. Sie brach ab, holte ein paarmal kurz Luft, um sich einigermaßen zu fassen, und fuhr dann fort, winzige Schinkenstücke abzuschneiden. »Was, zum Teufel, schulde ich dir denn? Du wolltest mich hier haben. Um der Ausstellung meines Vaters ein bißchen Niveau zu geben. Du hast mich gebeten, hierherzukommen.«

»Niveau?« höhnte Barbara.

David, angewidert von beiden Frauen, ging zum Fenster hinüber. »Du meine Güte – wie die Fischweiber«, sagte er.

»Schön, ich habe dich hergebeten. Ich wollte, ich hätte den Blödsinn gelassen. Ich dachte, es wäre beim Verkauf der Bilder nützlich. Aber verdammte Scheiße, ich hab' dich gar nicht gebraucht. Überhaupt nicht. Ich habe jedes einzelne von meinen Bildern verkauft.«

»Es waren nicht *deine* Bilder. Es waren seine.«

»Mir gehören die verdammten Dinger. Ich meine, sie haben mir gehört.«

Verblüffte Stille herrschte im Raum. David, der nicht recht begriff, was das zu bedeuten hatte, drehte sich am Fenster um. Wie konnten Barbara *alle* Bilder Nick Grahams gehören? Sie waren aus Privatsammlungen gekommen. Oder doch nicht? Er entsann sich, daß einige der Bilder, als sie die Ausstellung eingerichtet hatten, von irgendwoher transportiert werden mußten. Leihgaben vielleicht. Sie konnte sie irgendwann einmal ausgeliehen und für die Ausstellung zurückbekommen haben. Vielleicht.

Nicola starrte Barbara völlig perplex an. »*Die* hier gehören dir...«, sagte sie und machte eine umfassende Geste in Richtung der Grahamschen Bilder im Zimmer.

»Diese hier behalte ich, meine Süße«, sagte Barbara in gefährlich ruhigem Ton. »Das sind Bilder von mir, und ich möchte jeden einzelnen elenden Tag daran erinnert werden, was für eine Idiotin ich war.«

Nicola wandte den Blick ab. »Die anderen hast du verkauft?« fragte sie leise.

»Alle miteinander.«

»Wie viele in der Galerie haben dir gehört?«

»Die meisten.«

Nicola, die noch immer am Schinken herumsäbelte, sah nicht auf. »Er hat sie dir aber nicht gegeben«, sagte sie.

»Er sie mir geben? Daran hätte er im Traum nicht gedacht. Ich habe sie gekauft, meine Süße. Für sie bezahlt. Mit meinen eigenen kleinen Pennies habe ich dafür bezahlt. Und mit Serges kleinen Pennies.«

Nicola sah ihre Stiefmutter jetzt an. »Du hast durch andere Leute Angebote machen lassen?«

»Du hast's kapiert.«

»Durch Agenten?«

»Durch Agenten und andere.«

»Dann mußt du tatsächlich Pennies für die Bilder bezahlt haben.« Es war, als ob Nicola ein Selbstgespräch führte. Ihre Stimme war sehr leise. »Denn mein Vater hat seine Bilder verkauft, wie er sie gemalt hat. Er brauchte immer Geld. Er verkaufte sie an den ersten besten Bieter.«

»Ich war im allgemeinen die erste.«

»Du hast jemand für dich vorgeschickt?«

»Ganz recht.«

»Und dann hast du sie gehortet«, stellte Nicola fest und nickte.

David versuchte all dem zu folgen und begann vage zu begreifen. »Was, zum Teufel, soll das?« fragte er. »Könnte mir mal einer erklären...«

»Ich will es dir erklären«, sagte Nicola, außer sich vor Zorn. Sie war aufgesprungen, das lange Tranchiermesser noch immer in der Hand. Sie schwenkte es wie einen Taktstock in der Luft, während sie sprach. »Sie hat alle Bilder aufgekauft. Ganz bewußt. Diese Kuh hier hat sie absichtlich zusammengekauft.«

»Na und? Ich habe ja schließlich dafür bezahlt«, sagte Barbara.

»Sie kannte ihn. Sie kannte meinen Vater gut. Sie wußte, daß er alles billig verkauft. Und so bekam sie eine Kollektion zusammen und hortete sie. Absichtlich. Für Ausstellungen standen sie nie zur Verfügung.« Ihre Stimme wurde schrill vor Wut. »All die frühen Werke waren einfach verschwunden. Wir konnten sie nicht aufspüren. Aber mein Vater hat es auch nie ernsthaft versucht. Selbst das wußte sie. Das war der Grund, warum er so wenig zu bieten hatte. Praktisch nichts.«

»Er hat es nicht anders verdient!« schrie Barbara.

Nicolas Stimme übertönte die ihre noch. »Du Kuh. Du hast die Bilder für dich behalten, um ihn zu vernichten. Du...«

»Seid still. Alle beide. Sofort. Beruhigt euch doch bitte!«

David wurde ignoriert. Die beiden Frauen, weiß vor Wut im Gesicht, starrten einander an, blaue Augen bohrten sich förmlich in blaue Augen. David hatte sich noch nie so hilflos gefühlt. Bei Männern wären nun die Fäuste gefolgt, und er hätte physisch intervenieren können. Aber hier lag Aggression geballt in der Luft und wurde durch Worte vermittelt.

»Den Drecksack konnte keiner vernichten«, zischte Barbara. »Er war aus...«

»Du hast dazu beigetragen, daß er sich selbst zerstört hat. Das hast du getan. Und du bildest dir ein, du könntest das da behalten, nur damit du dich erinnern kannst?« Nicola schwenkte das Messer in Richtung der Bilder. »O nein, daraus wird nichts. Du wirst sie nicht behalten...«

Erst als sie wie ein Wirbelwind durchs Zimmer fegte, begriff David. Wie eine Wahnsinnige machte sie sich über das erste Bild her, bevor er bei ihr angelangt war. Zwei lange, heftige Schnitte. Das Bild einer jungen Frau, einer jungen Barbara, war zerstört.

»Hör auf!« kreischte Barbara, nun völlig hysterisch.

Sie erreichte Nicola gleichzeitig mit David. Nicola fuhr herum; ihre Augen glitzerten; sie holte mit dem Messer aus.

»Bleibt ja weg – weg!« sagte sie.

»Nicola, um Himmels willen«, sagte David so ruhig es ihm nur möglich war.

Er hätte sie packen können, aber er befürchtete, sie würde sich selbst verletzen. Oder auch Barbara. Er mußte versuchen ihr zuzureden.

Nicola hatte sich katzengleich auf das nächste, kleinere Bild im Zimmer zubewegt. Das Messer fuhr über die Leinwand; das Bild klaffte auseinander und hing in seltsamem Winkel nach unten.

Ein Wald mit Sternhyazinthen, eine Frau und ein Kind.

Barbara schnappte nach Luft, griff nach Nicolas Arm, ließ aber sofort los, als das Messer herumfuhr.

»Wenn du mir zu nahe kommst, du Luder, schlitze ich dich auch auf.«

Barbara, die Augen vor Angst weit aufgerissen, wich zurück. David trat vor sie, blickte ruhig in Nicolas Augen.

»Nicola. Beruhige dich bitte.«

Tränen rannen ihr über die Wangen, aber sie hielt seinem Blick stand. »Und dir gehts nicht anders!«

Hinter ihr fiel die zerstörte Studie zu Boden. Barbara gab einen gequälten Aufschrei von sich und machte eine Bewegung, als wollte sie Nicola packen. David hielt sie energisch zurück.

»Sie gehören mir! *Mir!*« schrie sie Nicola an. »Weißt du denn, wieviel sie wert sind, du verrücktes, widerliches Luder!«

»Für dich sind sie gar nichts wert. Du hast nicht dafür bezahlt. Mein Vater hat für sie bezahlt.«

Nicola umkreiste den Raum wie ein wildes Tier, noch immer hielt sie das Messer vor sich.

»Nicola, ich nehme dir das Ding jetzt weg. Gib es mir.« Davids Stimme klang ruhiger, als er sich fühlte. Er fragte sich, ob sie wirklich übergeschnappt, wirklich wahnsinnig geworden sei. Diese Wildheit in ihrem Gesicht, diese funkelnden Augen. Sie blieb einen Augenblick stehen, sah ihn an und bewegte sich dann wieder weiter.

»Gib mir das Messer«, fuhr er fort. »Und dann wollen wir uns alle in Ruhe hinsetzen und –«

»Wo ist der Rest?« flüsterte Nicola. »In der Diele. Natürlich. Die Bilder in der Diele draußen.«

Sie fuhr so schnell herum, daß David glaubte, sie würde hinfallen. Automatisch streckte er die Arme aus, um sie zu stützen. Dann stellte er verwirrt fest, daß Barbara zuerst nach ihr gegriffen hatte. Entsetzt sah er, wie sich das Messer hob. Mit einer heftigen Bewegung stieß Nicola die Waffe tief in Barbaras Schulter.

»Nein!« schrie David.

Barbara war auf den Boden gestürzt, Blut sickerte durch ihr gelbes Kleid, auf den Teppich. Sie lag regungslos da. Nicola stand vor ihr, wie erstarrt, blickte auf sie hinab. David drängte das Mädchen beiseite und kniete neben Barbara nieder.

»Ich habe sie umgebracht!« schrie Nicola.

Das Messer war auf den Teppich gefallen. Aus der Wunde an Barbaras Schulter floß helles Blut. David tastete nach ihrem Puls. Er war zu spüren. Ihr Fleisch war warm. Er riß sein Hemd vom Leib und versuchte das Blut zu stillen. Nicola kauerte auf dem Boden, wiegte sich vor und zurück und wimmerte.

»Barbara umgebracht. Barbara umgebracht. Umgebracht.«

Das eintönige Wimmern ging weiter, als er zum Telefon eilte. Zu seiner Erleichterung erreichte er Barbaras Arzt sofort und kehrte dann zu der Bewußtlosen zurück, die jetzt weniger blutete.

»Umgebracht, umgebracht, umgebracht ...«, ging der Singsang weiter.

»Sie ist nicht tot«, sagte David laut.

Nicola, die sich noch immer vor und zurück wiegte, verstand nicht.

»Nicola!« sagte er noch lauter.

Das leere Gesicht wandte sich ihm zu. Es war bleich; die Augen schienen förmlich zu brennen.

»Sie ist nicht tot.«

Nicola runzelte die Stirn.

»Barbara lebt«, sagte er. »Der Doktor kommt gleich. Es kommt alles in Ordnung.«

Nicola senkte den Kopf auf die Knie, wiegte sich weiter, hörte jedoch mit ihrem Singsang auf.

»Nicola.« Er wartete, bis sie den Kopf hob und ihre Augen seinem Blick begegneten. »Geh jetzt hinauf, wasch dir das Gesicht und ruh dich eine Weile in deinem Zimmer aus. Hast du gehört?«

Sie blickte schnell auf Barbara, schauderte heftig und nickte dann. Zitternd richtete sie sich auf.

»Geh jetzt«, sagte David.

Sie ging unsicher zur Tür, das Gesicht abgewandt. Er hörte ihre schleppenden Schritte auf der Treppe.

Barbara rührte sich. Ihr Gesicht war grau, was das blonde Haar unnatürlich hell erscheinen ließ. Er strich ihr eine Strähne aus der Stirn. Und wartete. Endlich das Geräusch eines Wagens. Der Arzt.

Er war mit Barbara befreundet, ein geschäftiger, tüchtiger Mann. Innerhalb weniger Minuten hatte er die Wunde versorgt und der nun nicht mehr Bewußtlosen ein Beruhigungs- und ein Schmerzmittel gegeben.

»Sie müssen sich ausruhen«, sagte er. »Und bewegen Sie den Arm nicht. Äh – eigentlich sollte ich Sie fragen, wie Sie zu der Verletzung gekommen sind. Sie ist nicht ernsthaft. Aber ...«

»Sie müssen aber nicht unbedingt fragen«, sagte Barbara schwach. »Oder?«

Er seufzte. »Nein.«

Die beiden Männer brachten sie ins Bett, und sie schlief fast sofort ein. Erst nachdem sich die Haustor hinter dem Arzt geschlossen hatte, fing David an zu zittern. Es war eine plötzliche unmißverständliche Reaktion. Er starrte verblüfft auf seine Hände. Er hatte den Arzt um ein paar Beruhigungstabletten gebeten und gesagt, sie seien für ihn selbst. Er hatte vorgehabt, sie Nicola zu geben, und nun fragte er sich, ob er sie nicht selbst einnehmen sollte. Er schüttelte den Kopf. Lieber einen steifen Drink. Und dann – dann mußte er zu Nicola gehen.

Sie saß zusammengekrümmt in einem Sessel beim Fenster und hielt ihre Knie so krampfhaft umfaßt, daß zwei Fingernägel abgebrochen waren. Sie bemerkte es gar nicht. Vor ein paar Minuten hatte sie sich heftig ins Waschbecken des Badezimmers erbrochen, der schale Geschmack haftete noch immer in ihrem Mund. David hatte gesagt, sie solle sich das Gesicht waschen. Sie konnte ihr Gesicht jetzt noch nicht waschen. Sie mußte erst sehen, wie der Arzt kam. Sie wartete. Es schien Stunden zu dauern, bevor der Wagen die Zufahrt heraufkam. Nicola reckte den Hals, um den Mann ins Haus gehen zu sehen. Ein Mann mittleren Alters, eine Tasche in der Hand. Der Arzt.

Das Klicken der Haustür. Stimmen. Dann eine Zeitlang Stille. Später wieder Stimmen auf der Treppe, Geräusche und dann – unverwechselbar das, worauf sie gewartet hatte, der Laut, der sie erlösen konnte – Barbaras Stimme. Leise zwar, aber eindeutig ihre Stimme. Sie hob sich leicht, sie beschwerte sich über etwas, klang ungeduldig. Barbara lebte. Nicola vergrub den Kopf in den Händen und schluchzte lautlos, die Tränen tropften ihr zwischen den Fingern durch, näßten ihren Hals und die Vorderseite ihres Pullovers.

Sie wartete, bis sie den Arzt weggehen sah, dann stand sie steif auf und ging ins Badezimmer. Ihr Gesicht im Spiegel war grauweiß, voller Tränenstreifen. Sie betrachtete es eine Weile, in ihrem Kopf wirbelte alles durcheinander.

»Was ist mit mir geschehen?« sagte sie laut. »Wie konnte ich das tun?«

Sie wusch sich gründlich das Gesicht. Wie Lady Macbeth, dachte sie. Ein Wegwaschen der Sünden. Dann kehrte sie zu ihrem Sitzplatz am Fenster zurück und starrte in den Himmel. Eine klare Nacht, Sterne waren zu sehen. Die Bäume, die sich gegen ihn abzeichneten, hatten etwas Bedrohliches. Sie schauderte, sagte sich, sie müsse packen, müsse zurück nach England, ganz gleich, wie. Wenn sie einmal dort war, konnte sie alles durchdenken. Jetzt war das nicht möglich.

Sie war so lange in der allmählich immer tiefer werdenden Dunkelheit gesessen, daß das plötzlich angeknipste Licht sie blendete. Sie drehte sich verängstigt um und sah David vor sich. Sein Gesicht war ebenfalls blaß, die Augen dunkel. Er kam schnell durchs Zimmer und legte die Arme um sie. Die Wärme der Berührung brachte sie den Tränen wieder gefährlich nahe; sie schluckte mühsam.

»Wie geht es ihr?« murmelte sie in sein Hemd hinein.

»Sie schläft. Sie wird bald wieder okay sein. Es war nichts Ernsthaftes.«

»Der Arzt...?«

»Er wird nichts sagen.«

»Wird sie...« Nicola schluckte erneut. »Wird Barbara... etwas unternehmen?«

»Nein.« Er ließ sie los und blickte in ihr Gesicht hinab. »Sie hat mich gebeten, für morgen einen Flug für dich zu buchen. Das habe ich getan.«

Seine Augen waren dunkel vor Schmerz. Sie wandte den Blick ab.

»Ich würde noch lieber heute nacht fliegen.«

»Du mußt dich erst ausruhen.«

»Ich werde nicht... ausruhen können.«

Nicola blickte wieder zu ihm auf: die dichte, dunkle Haarkappe, aus der ihm zwei Strähnen in die Stirn fielen, die braunen Augen, die so oft lächelten, forschten jetzt bedrückt in ihrem Gesicht.

»Ich habe dich verletzt«, sagte sie.

Er sah sie eine ganze Weile an. »Ja. Aber ich glaube, du hast dich selbst noch mehr verletzt.«

»Dann sagen wir uns also Lebewohl?« fragte sie mit dünner Stimme.

»Willst du, daß ich mit dir mitkomme?«

Die Frage verband sie wie eine Brücke.

»Nein«, sagte Nicola. »Das hier ist deine Welt. Mit ihr zusammen.«

»Nein. Das ist nicht wahr.«

»Doch, David. Mein Gott, es wäre fast auch meine Welt

geworden. Was ist bloß mit mir passiert? Was ist mit uns allen geschehen?«

Er streichelte eine Zeitlang ihr Haar. »Ich weiß es nicht«, sagte er. Er legte den Kopf auf den ihren; seine Stimme klang gedämpft und traurig. »Ich hätte dich lieben können. Ich habe es getan. Ich tue es.«

Nicola entzog sich ihm und wandte sich ab, um aus dem Fenster zu schauen.

»Du hast das andere mehr geliebt.«

»Nein.«

»Doch«, sagte sie leise. »Aber ich auch. Ich wollte ... ach, wer weiß das? Warum habe ich ... o Gott, ich wollte, wir hätten ...« Ihre Stimme versiegte.

»Wir können es noch immer.«

Eine Weile herrschte Stille im Zimmer, bis Nicola ihm wieder das Gesicht zuwandte. »Und deine Ausstellung?« fragte sie.

Er zuckte leicht zusammen, aber seine Augen hielten den ihren stand. »Die zählt«, gab er zu. »Sie ist wichtig. Aber ich glaube, du bist wichtiger.«

»Meinst du?« fragte sie und zum erstenmal lag wieder der Schimmer eines Lächelns auf ihrem Gesicht. »Leb wohl, David. Es tut mir leid. Es tut mir für uns alle leid.«

Er sah sie lange an, küßte sie leicht auf die Stirn und ging dann zur Tür.

»Schlafe, wenn du kannst«, sagte er. »Wir sehen uns dann morgen.«

Sie wandte sich ab, um ihn nicht hinausgehen zu sehen, und beim Laut der ins Schloß fallenden Tür drückte sie die Faust gegen den Mund, um die Tränen zurückzuhalten. Sie lauschte seinen Schritten, die sich die Treppe hinab entfernten. Dann hörte sie, wie er sich unten bewegte. In der Stille des Hauses konnte sie sogar das leise Klirren des Eises wahrnehmen, als er sich etwas zu trinken eingoß. Aus Barbaras Zimmer drang keinerlei Geräusch.

Nicola zog ihren Koffer heraus und begann eilig zu packen. Als sie damit fertig war, knipste sie das Licht aus und nahm ihren Platz am Fenster wieder ein, um zu warten, bis es im Haus völlig stille war.

Ungefähr eine Stunde später hörte sie erneut Davids

Schritte; sie verstummten draußen vor ihrer Tür – zwei, drei Sekunden lang. Nicola saß steif da, ihr Herz pochte. Die Schritte entfernten sich. Sie hörte das Klicken von Barbaras Schlafzimmertür. Stille senkte sich über das Haus. Nicola wartete noch immer, blickte laufend auf ihre Uhr. Eine halbe Stunde ... eine Stunde. Sie konnte nicht allzu lang warten; später würden weniger Taxis unterwegs sein. Sie beschloß, bis zum Bel-Air Gate zu Fuß zu gehen – oder zu telefonieren, falls sie eine Telefonzelle fände. Vielleicht stieß sie auch auf ein Taxi, das durch Bel-Air zurückkam.

Endlich war sie bereit. Sie hatte das Gefühl, ihr Herzschlag halle im Haus wider. Ihre Hand, die den Koffer hielt, war schweißnaß. Sie hielt ihr Gepäck fest und hoch, um nicht gegen das Geländer oder den Boden zu stoßen. Unten an der Treppe blieb sie stehen und lauschte. Im Haus herrschte Schweigen; draußen zirpten die Grillen; irgendwo weit in der Ferne war ein Wagen zu hören. Ihr Atem ging schnell; sie hatte ein Gefühl der Verkrampfung in der Brust. Die Haustür öffnete sich langsam, gab einen leisen Quietschlaut von sich. Die Kühle draußen war angenehm, es roch nach gemähtem Gras und Tannen. Lautlos schloß sie die Tür hinter sich, nahm ihren Koffer auf und ging auf Zehenspitzen den Kiesweg entlang. Sie warf einen Blick nach oben – im Haus brannte kein Licht. Sie war so gut wie frei.

Eine dunkle Gestalt tauchte so plötzlich vor ihr auf, daß sie fast aufgeschrien hätte. Sie ließ den Koffer fallen, ihre Haut begann zu prickeln. Jeff stand vor ihr, sein Gesicht war im Dunkeln nicht zu erkennen. Sie glaubte, er wolle ihr den Weg versperren, aber statt dessen hob er ihren Koffer auf.

»LAX?« fragte er ruhig.

»Pardon?«

»Zum Flugplatz?«

»Ja«, flüsterte Nicola und zitterte in der unheimlichen Dunkelheit.

Hatte er es gewußt? Wie konnte er es wissen? Sie wagte nicht, ihn wegzuschicken. Es war leichter, ihm einfach zum Cadillac zu folgen. Er ging wie eine Katze, lautlos. Wenn er sie zum Flugplatz brachte, war sie in Sicherheit. Wenn er anderes vorhatte ... zu müde um zu überlegen, ging sie hinter ihm her.

Er öffnete die vordere Wagentür, winkte ihr einzusteigen. Wie ein Roboter gehorchte sie. Er verstaute ihr Gepäck hinten im Kofferraum. Wie konnte er nur so lautlos sein? Ihre Haut fühlte sich klamm und kalt an, unsinnige Ängste quälten sie. Er mußte so etwas wie eine Spukgestalt sein – die alles wußte, alles sah – oder ein Mörder. Mörder? Das Wort verfolgte sie.

Dann saß er neben ihr, ließ den Motor an. Er fuhr sehr langsam, so daß der Wagen nur leise summte. Am Ende der Zufahrt legte er an Tempo zu. Nicola saß steif da, die Hände ineinander verkrampft. Sie starrte aus dem Fenster und las die Straßenschilder – Bel-Air Gate, Sunset Boulevard, San Diego Freeway, Century Boulevard Exit. Auf einem Schild stand: ›LA International.‹ Der Flughafen. Sie entspannte sich etwas und warf dem jungen Mann neben ihr einen nervösen Blick zu.

»Woher wußten Sie das?« fragte sie.

Jeff sah sie flüchtig an und blickte dann wieder auf die Straße vor sich.

»Ich meine, daß ich zu dem Zeitpunkt weg wollte?« fügte Nicola hinzu.

»Ich wußte es eben.«

»Aber wieso? Ich sollte erst morgen fliegen.«

Sie glaubte nicht, daß er antworten würde. Schließlich streifte er sie doch mit einem Seitenblick. »Ich beobachte eben«, sagte er. »Ich habe Ohren. Die meisten Dinge weiß ich.«

»Sind Sie ... *bewachen* Sie Barbara irgendwie?«

Jeff schwieg eine Weile und schien zu überlegen. Plötzlich lachte er harsch. »Bewachen?« sagte er. »Nein. Ich habe nur vor, eines Tages dort zu wohnen. Richtig zu wohnen.«

Nicola runzelte die Stirn. »Aber wie ...«

Er zuckte die Schultern und nahm dann eine Hand vom Lenkrad. »Ich weiß, was sich da abspielt. Das bedeutet, daß ich gelegentlich zu viel weiß. Was *sie* betrifft, meine ich. Und sie mag mich. Sie mag, was ich tue.«

Nicola sah ihn verblüfft an.

»Mit ihr«, erklärte Jeff. »Beim Sex.«

»Sex ...« Nicola wandte den Blick von ihm ab und versuchte

diese neue Erkenntnis in die allgemeine Unordnung ihrer Gedanken einzugliedern. »Ist das der Grund, weshalb Sie mich offenbar immer im Auge behalten haben?« fragte sie.

»Ich behalte alles im Auge«, sagte er. »Jeden. Ich dachte mir schon, daß Sie und Leyton aufeinander anbeißen würden. Ich hab' versucht, ein bißchen nachzuhelfen. Vielleicht hat's geklappt – was mich betrifft, meine ich.«

»Und Sie hatten vor, einfach da hineinzuschlüpfen? Ganz sicher wird sie auch noch jemand anderen finden?«

»Sie braucht keinen anderen, wenn sie mich hat«, erklärte Jerff zuversichtlich. »Und, verdammt – der Dampf geht ihr allmählich aus.«

Nicola starrte ihn schockiert an. »Mein Gott«, sagte sie.

Er sah ihr ins Gesicht, und was immer er dort erblickte, mußte ihn amüsiert haben. Er grinste. Nicola wandte erschreckt den Kopf ab. Sie lehnte die Stirn an das kühle Glas des Wagenfensters und wartete darauf, daß die Fahrt zu Ende ginge. Endlich kamen sie am Flugplatz an. Jeff äußerte kein weiteres Wort mehr. Sie dankte ihm tonlos. Er stellte ihr Gepäck auf den Gehsteig vor dem Terminal der Birtish Airways und kehrte sofort in den Cadillac zurück. Sie sah dem Wagen nach, bis er verschwunden war, bevor sie erschöpft ins Flughafengebäude trat.

25

Sie sah ihn am Fenster stehen, sein geschmeidiger Körper hatte etwas Angespanntes; er beobachtete irgend etwas, und sie versuchte seinen Namen zu rufen. Aber das Beruhigungsmittel war stark gewesen. Sie hatte das Gefühl, in Watte gepackt zu sein, irgendwo verstaut in einer Schublade zu liegen. Sie spürte, wie sie wieder in die Tiefen des Schlafs versank und hörte dann einen Laut, der sie zwang, die Augen zu öffnen. Es war das Geräusch eines davonfahrenden Wagens. David zog sich schnell an, eine schwarze, sich hastig bewegende Gestalt, die sich gegen das dunkle Grau des

Schlafzimmers abhob. Einmal glitt er durch einen Mondstrahl. Die Tür öffnete und schloß sich wieder.

»David?« rief sie, allzu leise.

Er war fort. Mit Mühe richtete sie sich zum Sitzen auf, schlug sich einmal mit der Hand des gesunden Arms hart gegen die Wange. Der Schmerz in ihrer Schulter flammte erneut auf. Eine Tür schlug zu, ein Motor wurde angelassen. Es klang nach dem Mercedes. Wohin fuhr er? Dann wußte sie es. Zwei Wagen. Nicola saß in dem einen. Hatte Jeff sie weggebracht, aus dem Haus geschafft? Sicher. Er war loyal; er würde sie zum Flughafen bringen bevor sie wußte, wie ihr geschah. Und David? Er war natürlich hinterhergefahren. Ein liebeskrankes Kalb, das hinter einer idiotischen Illusion herjagte. Die Augen wurden Barbara schwer; sie kämpfte gegen den Schlaf an. Er würde zurückkommen, sagte sie sich. Er *mußte* zurückkommen. Sie brauchte ihn. Sie hatte für seine Ausstellung wacker gekämpft; er würde eine solche Chance nicht eines neurotischen kleinen Weibsstücks mit einem Vaterkomplex wegen aufgeben.

Für Barbara bestand die Tragödie des Abends nicht in ihrer Verletzung – die würde bald heilen, das wußte sie – oder in Nicolas plötzlichem Ausbruch von Gewalttätigkeit. Barbara hatte Angst gehabt, aber sie war schon in zu viele ähnliche Szenen verwickelt gewesen, um sich vor Gewalttätigkeit wirklich zu fürchten. Nein, sie trauerte um die zerschnittenen Bilder. Sie waren ungeheuer viel wert gewesen. Dieses Luder. Aber David hatte seine Sachen nicht mitgenommen. Ein letztes Lebewohl für Nicola? Der Trottel. Aber wenn er nun doch nicht zurückkam ... Er würde kommen. Er mußte kommen. Es gab andere, die auf sie scharf waren. Jeff würde ihr zu Diensten sein. Sie lächelte bei dem Ausdruck – er paßte. Und dieser kleine Freund Wombergs – Tom? Tim? Er hatte sie angesehen. Ein Blick, den sie richtig einschätzen konnte. Jerry wieder mal als der Betrogene. Der alte Kerl hatte nicht genügend Grips um zu erkennen, wenn er hereingelegt wurde. Man braucht bloß Nicola, das Luder anzusehen. Sie hatte ihn um ihren kleinen Finger gewickelt. Heute abend hätte er sie sehen sollen. Wie eine Wildkatze. Eine Verrückte. Nur weil sie geglaubt hatte, man habe ihren lieben kleinen Daddy ausgenommen. Nicholas Graham hatte *verdient,* daß man ihn ausnahm. Und damit hatte sie in der Nacht, als sie ihn verlassen hatte, begonnen.

Barbara hatte damals vor vierzehn Jahren, als Graham in jener Nacht zurückkehrte, bereits anderthalb Flaschen Wein getrunken. Sie hatte erwartet, daß er erst spät heimkäme: er besuchte Terry Lampton, eine befreundete Schauspielerin in Brighton, und sie vermutete, daß er den letzten Zug benutzen würde, um damit einen Barbesuch und ein paar Drinks *en route* sicherzustellen. Aber es war fast ein Uhr früh, als sie schließlich hörte, wie er den Schlüssel im Schloß herumdrehte.

Sie blieb sitzen, die Füße auf dem Kaffeetischchen, bis er eintrat. Dann richtete sie sich auf und starrte ungläubig zu ihm hinüber. An seinem Arm baumelte ein blauer Rucksack, und neben ihm stand ein junges Mädchen. Sie war blond, schlank, hatte große Augen. Das Mädchen sah sie an und lächelte zaghaft.

»Barbara . . . das hier ist Anna. Anna, meine Frau Barbara.«

Das Mädchen sagte leise: »Hallo« und als Barbara nichts erwiderte, sondern nur Nick Graham hart anstarrte, blickte die Kleine ihrerseits zu ihm auf.

»Anna«, sagte Graham, »ist unser neues *au-pair*-Mädchen.«

»Unser *was?*«zischte Barbara durch die Zähne.

»Sie kommt aus Belgien«, fuhr Graham fort. »Aus . . .«

»Le Zoote«, sagte das Mädchen. »Es liegt am Meer.«

»Le Zoote – auf dem Weg über Soho?« fragte Barbara. Ihr Gesicht war weiß.

»Le Zoote am Meer – und sie hat Kinder gern«, sagte Graham sachlich.

»Sie ist selbst noch ein Kind«, sagte Barbara. Der Zorn verkrampfte ihren Körper so sehr, daß sie kaum sprechen konnte.

»Außerdem kocht sie gern.«

»Wirklich?« Zum erstenmal wandte sich Barbara direkt an das Mädchen.

»Ja.«

»Können Sie Kaffee machen?«

»Natürlich.«

»Dann – die Tür dort führt zur Küche. Machen Sie uns bitte Kaffee. Schwarz.«

»Sei nicht so . . .«, begann Graham, aber das Mädchen ging nach kurzem Zögern in die Küche und schloß die Tür hinter sich.

Barbara sprang sofort auf. »Was, zum Teufel, soll das heißen?«

Nick Graham strich sich mit der Hand durch die graue Mähne und schüttelte bedächtig den Kopf. Ihr wurde bewußt, daß er betrunkener war, als sie zuerst gedacht hatte.

»Kein Grund zur Beunruhigung, Liebes.«

»Ich bin nicht dein Liebes, du Dreckskerl.«

»Sie ist ein *au-pair-Girl*«, sagte er müde. »Sie soll dir im Haus helfen. Mit Nicola spielen. Mehr mit ihr ausgehen – ins Theater und so weiter. Sie braucht das.«

»Sie ist also für Nicola da. Und für dich. Was ist mit *mir?*«

»Du beschwerst dich fortgesetzt darüber, daß du nicht genügend wegkommst. Schön, jetzt kannst du. Wir können beide ausgehen – gemeinsam, wenn wir wollen.«

»Wo hast du die kleine Hure aufgegabelt?«

Graham riß der Geduldsfaden. »Sieh dich vor, was du sagst! Sie ist keine Hure. Ich habe sie heute nachmittag im Brightoner Zug kennengelernt. Sie wollte dort nach einem Job suchen; wir unterhielten uns eine Weile und . . .«

»Hast du sie mit zu Terry genommen?« fragte Barbara ungläubig.

»Natürlich nicht. Sie hat sich die Lanes angesehen und ist ins Kino gegangen, und wir verabredeten uns am Bahnhof. Ich dachte, du bist froh darüber, verdammt.«

»Du verlogener Drecksack. Sie soll machen, daß sie von hier weggeht. Raus!«

»Um Himmels willen, Frau – du giftest dich die ganze Zeit über, daß du dein gesamtes Leben in der Küche verbringst und jetzt . . .«

»Sie verschwindet morgen.«

Graham schüttelte den Kopf und gähnte. »Wirklich, ich denke nicht daran, mir zu dieser Nachtzeit einen solchen Blödsinn anzuhören. Gib dem Mädchen ein paar Laken, damit sie auf dem Sofa schlafen kann. Morgen werden wir die Rumpelkammer ausmisten und ...«

»Morgen ist das Flittchen von hier verschwunden.«

Er ging mit einer abwehrenden Handbewegung auf die Tür zu. Aber Barbara war noch vor ihm dort, holte Luft und verpaßte ihm einen schnellen, bösartigen Schlag ins Gesicht.

Grahams Augen funkelten flüchtig im Zorn auf, aber dann wich alles einem Ausdruck müder Gereiztheit. Er stieß sie leicht beiseite. »Genug«, sagte er und stieg die Treppe hinauf.

Barbara atmete heftig; sie hörte, wie die Tür zu Nicolas Zimmer geöffnet und wieder geschlossen wurde. Er blickte jedesmal, wenn er nachts heimkam, noch zu ihr hinein. Dann entfernten sich seine Schritte den Flur entlang in Richtung ihres gemeinsamen Schlafzimmers.

Sie blieb eine Weile zitternd und unentschlossen stehen, dann trat sie in die Küche. Dort wartete das Mädchen, drei dampfende Kaffeetassen vor sich auf dem Tablett. Sie fühlte sich unbehaglich, aber in ihren blauen Augen lag keinerlei Furcht, als sie Barbaraas Blick begegneten. Zum erstenmal betrachtete Barbara das Gesicht richtig – den feinen Knochenbau, die weiche Biegung des Mundes, die klaren blauen Augen – und empfand sofort einen Kälteschauder und beginnenden Schmerz. Denn das Gesicht glich so sehr dem auf den ungezählten Fotos, die sie heimlich oben in der Dachkammer angesehen hatte – im Album mit den Hochzeits- und Flitterwochenbildern. Die Frau, die ein winziges Neugeborenes im Arm hielt. Susan – Nicolas Mutter. Sie holte tief und mühsam Atem.

»Ich werde ein Taxi für Sie rufen«, sagte sie. »Jetzt sofort. Ich schlage vor, Sie fahren wieder zu Victoria Station. Dort gehen die ganze Nacht über Züge nach Brighton. Ich will Sie hier nicht haben.«

Das Mädchen sah sie gelassen an. »Danke. Ich glaube auch nicht, daß ich hier bleiben möchte«, sagte es ruhig.

Barbaras Hände zitterten, als sie die Nummer der Taxivermittlung wählte. Das Mädchen ergriff seinen Rucksack und blieb in der Diele neben der Haustür stehen. Barbara goß sich einen großen Scotch ein, setzte sich auf einen Sessel und beobachtete die Kleine. Die Minuten verstrichen nur langsam.

In der Stille konnte Barbara ihren eigenen Atem und die nächtlichen Geräusche im oberen Stock hören. Nicola, die im Schlaf murmelte. Nick, der sich im Bett umdrehte. Endlich das Geräusch eines anfahrenden Wagens. Das Mädchen öffnete die Haustür, ging hinaus und schloß sie leise hinter sich. Barbara hörte, wie die Wagentür draußen zuschlug und das Taxi gleich darauf wegfuhr. Sie lauschte, bis sie nichts mehr hören konnte, bis sie sicher war, daß das Mädchen in der Nacht verschwunden war. Und dann, abrupt, begann sie heftig zu schluchzen.

Als das Weinen nachgelassen hatte, goß sie sich einen weiteren Scotch ein und blickte dann auf ihre Uhr. Es war zwei Uhr dreißig früh. Sie mußte entscheiden, was sie tun sollte.

Zwei Stunden lang saß Barbara unten und nippte am Scotch. Dann stieg sie mit wirbelndem Kopf die Treppe hinauf und ging ins Schlafzimmer. Die Nachttischlampe brannte noch. Während Barbara sich unsicher auf den Beinen hielt, betrachtet sie ein, zwei Minuten lang Grahams schlafende Gestalt.

»Dreckskerl«, murmelte sie. »Dreckskerl.«

Dann riß sie mit einem plötzlichen Ruck die Bettdecke von ihm weg und schüttelte ihn so kräftig wie sie nur konnte.

»Himmel noch mal . . .«, begann er.

»Ich gehe weg. Ich kehre in die Staaten zurück.«

Er öffnete die Augen, runzelte die Stirn und schloß sie wieder.

»Spar' dir die große Szene für morgen auf«, sagte er. »Dann können wir uns darüber unterhalten.«

»Aber ich gehe jetzt. Sofort.«

»Sei nicht albern.«

»ich gehe *jetzt*«, sagte Barbara und kramte in der Kleiderkammer nach einem Koffer.

»Sei still, Barbara. Du weckst nur Nicola auf. Wir können doch morgen darüber reden.«

Barbara hörte nicht auf ihn. »Und bilde dir bloß nicht ein, die arme kleine Waise Annie oder wie sonst sie geheißen hat, wird dein armes kleines Herz trösten oder dein kaltes kleines Bett wärmen, denn die kleine Waise Annie ist dahin zurückgegangen, woher sie gekommen ist . . .«

Nun richtete er sich auf und starrte sie an. »Sie ist – was?«

»Ich hab' sie rausgeschmissen«, sagte Barbara und häufte Kleider in einen Koffer.

Er war aufgestanden und kam auf sie zu, packte sie zornig am Arm und drehte sie zu sich um. »Was hast du getan?«

»Ich hab' sie rausgeschmissen und ihr gute Reise gewünscht.«

»Mitten in der Nacht! Du hast ein junges Mädchen mitten in der Nacht in die Kälte hinausgejagt? Du egoistisches, kleinkariertes Frauenzimmer, du ...«

Vorübergehend dachte sie, er würde sie schlagen, aber er ließ plötzlich ihren Arm los, seufzte und wandte sich ab. Er kehrte ins Bett zurück, lag da und beobachtete sie.

Sie wandte sich ihm zu. »Was glaubst du eigentlich, wer ich bin!« schrie sie. »Bildest du dir ein, ich könnte das unter meinem eigenen Dach aushalten? Ist es nicht schon schlimm genug, wenn du es mit anderen Frauen treibst, sobald du außerhalb der Haustür bist? Vierundzwanzig Stunden hätte ich dir bestenfalls gegeben, bevor du sie gebumst hättest.«

Eine kurze Stille trat ein, dann sagte Nick Graham mit ruhiger, völlig vernünftiger Stimme: »Vierundzwanzig Stunden? Ich habe den ganzen Nachmittag über in Brightons reizvollem Shipton Hotel mit ihr geschlafen.«

Es war das letzte, was er zu ihr sagte. Er drehte sich um und wandte ihr den Rücken zu, als ob er schlafen wollte. Benommen starrte Barbara ihn an, dann ließ sie den Koffer zuschnappen. Er rührte sich nicht. Sein Atem war gleichmäßig. Sie verließ das Zimmer, schleifte den Koffer hinter sich her.

Unten rief sie erneut die Taxivermittlung an und setzte sich anschließend nieder, um sich auszurechnen, wieviel Geld sie noch hatte. Es war nicht viel. Es reichte für die Taxifahrt nach Heathrow, danach blieb nicht mehr viel übrig. Den Flug mußte sie auf Kreditkarte buchen. Einmal in Amerika, mußte sie Teile ihres Schmucks verkaufen. Sie grübelte eine Weile, dann nahm sie schnell zwei der kleinsten Bilder von Nicholas Graham von der Wand in der Diele und schob sie unten in ihren Koffer.

Sechs Stunden später befand sie sich auf dem Flug zurück in

die Staaten. Für den Zoll hatte sie eine Geschichte parat – als Ehefrau Nick Grahams nahm sie die Bilder überallhin mit – es waren Geschenke. Aber ihr Koffer wurde gar nicht geöffnet. Die Bilder gingen mit ihr nach Kalifornien . . . und später nach Bel Air. Sie waren die Grundlage ihrer Sammlung. Eine Sammlung, die sie vierzehn Jahre lang stetig vergrößerte. Und dies hatte sie Nicholas Graham vor kurzem mitgeteilt.

Sie hatte diesen Brief ganz impulsiv geschrieben, nach einem Abend ausgedehnten Trinkens – einsamen Trinkens – in der Wohndiele, in der seine Bilder hingen.

›Warum malst du also nicht mehr, Alter?‹ hatte sie geschrieben. ›Ich glaube, seit zwei Jahren ist nichts mehr zu meiner Kollektion hinzugekommen. Ja, ich habe die meisten deiner Bilder. Ich kann mich nicht entscheiden, ob ich jedes Jahr eines an unserem Hochzeitstag verbrennen oder sie einfach in irgendeinem feuchten, dunklen Keller vor dem Licht des Tages und bewundernden Augen verstecken soll. Oh, du betrogene Jugend – keinen Blick je auf Nick Grahams Werk geworfen zu haben! Jedenfalls nicht, so lange Du am Leben bist.‹

Mit nervöser Erregung hatte sie auf seine Reaktion gewartet – halb hatte sie damit gerechnet, daß er über den Atlantik gestürmt käme. Im tiefsten Innern hatte sie es gehofft. Sie wollte ihn wiedersehen, wenn auch nur, um sich an seinem Zorn zu weiden. Einmal kam ihr auch der Gedanke, er könne möglicherweise die Presse benachrichtigen, auf seine übliche Weise das Rampenlicht genießen, und sie zitterte bei dem Gedanken, ihr Name könnte in diesem Zusammenhang in der ›Los Angeles Times‹ auftauchen. Aber es erfolgte keine Reaktion. Nichts. Erst einen Monat später las sie, daß er sich umgebracht hatte.

Tot? Dieser große, brutale Kerl tot? Es schien unmöglich. In ihrem Schlafzimmer in Bel-Air, während sie allmählich wieder in ihren durch Beruhigungsmittel beschwerten Schlaf zurücksank, empfand Barbara etwas, das ihr seit langem fremd war, etwas womit sie nie mehr gerechnet hatte: ein Gefühl des Verlusts.

26

Auf der San-Diego-Autobahn verfluchte David die kalifornischen Geschwindigkeitsbegrenzungen und schickte innerlich ein Stoßgebet zum Himmel, der schwarze Cadillac möge vor ihm auftauchen. Jeffs wenige Minuten Vorsprung bedeuteten, daß er ihm mehrere Kilometer voraus sein konnte. David *hoffte*, er würde sie zum Flughafen bringen – aber wohin sonst konnte er Nicola fahren? Er fragte sich, wie sie es geschafft hatte, daß Jeff sie zum Flugplatz brachte. Und wann.

David war ruhelos neben der schlafenden Barbara gelegen, als er das leise Klicken der hinteren Haustür gehört hatte. Er war mehr aus Bewegungsbedürfnis als aus echter Neugier zum Fenster gegangen. Er hatte erwartet, Jeff im Garten umherschlendern zu sehen. Das kam öfter vor. Statt dessen sah er erst Nicola mit einem Koffer, dann Jeff. Ohne zu überlegen hatte David sich angezogen und war in den Mercedes gestiegen. Er konnte es einfach nicht ertragen, sie weggehen zu sehen, ohne noch einmal mit ihr gesprochen zu haben. Er konnte es überhaupt nicht ertragen, sie weggehen zu sehen.

Ihr aschgraues Gesicht – noch vor ein paar Stunden – verfolgte ihn in der Erinnerung.

»Was ist mit mir passiert? Was ist mit uns allen geschehen?«

Er wußte keine Antwort darauf. Barbara hatte über die Jahre hinweg Rachepläne gegen Nick Graham geschmiedet. Das konnte er, David, verstehen. Aber ... Er schüttelte den Kopf, um klarer denken zu können. Nicola.

Nirgendwo war von dem Cadillac etwas zu sehen, als er vor dem British Airways Terminal hielt. Sie würde doch wohl mit dieser Linie fliegen? Aber auch von Nicola keine Spur. Er parkte den Wagen und ging ins Flughafengebäude, forschte in den Gesichtern der Reisenden. Keine Nicola. Endlich sah er sie doch. Sie saß zusammengekauert auf einer Bank, starrte in eine Zeitschrift, ihr Koffer stand neben ihr. Ein paar Leute schlenderten umher, die Stimme aus dem Lautsprecher hallte an den Wänden wider – ein Flughafen in den frühen Morgenstunden, hell erleuchtet und halb leer. Ein trostloser Ort.

Sie starrte ihn entgeistert an, als er vor ihr stand. Er setzte sich neben sie auf die Bank und nahm ihr Gesicht in beide Hände. »Ich möchte mit dir kommen.«

»Das kannst du nicht.«

»Ich möchte es aber.« Er lächelte. »Nicht vielleicht. Nicht ›ich glaube‹. Ich weiß es. Ich weiß es mit Sicherheit.«

Nicola lächelte nicht einmal. »Und deine Ausstellung?«

»Du bist wichtiger.«

Sie seufzte. »Das kann ich nicht zulassen. Ich will es nicht.«

»Du mußt.«

»Du wirst es bereuen. Du wirst mich deswegen hassen.«

Er berührte ihre Wange. »Wie könnte ich dich je hassen?«

Sie zuckte die Schultern. »Solche Dinge passieren.«

»Ich liebe dich. Und du...« Er konnte die Frage nicht zu Ende bringen, er fürchtete die Antwort zu sehr.

Aber die blauen Augen waren weicher geworden. »Ja, ich liebe dich wahrscheinlich auch«, sagte sie. »Sonst wäre ich nicht so wütend und verletzt gewesen, als du mich damals abgewiesen hast.«

»Dich abgewiesen?« Er sah sie überrascht an. »Ich habe dich niemals abgewiesen.«

»Auf dem Dachboden. Als du deine Bilder ausgesucht hast.«

Er runzelte die Stirn, dann fiel es ihm ein. »Aber da habe ich doch gearbeitet.« Beiden wurde die Bedeutung dieser Antwort klar, und sie lächelten.

»Siehst du«, sagte sie. »Ich wußte es doch.«

»Das war nicht wirklich eine Ablehnung.«

»Nein, vielleicht nicht.«

Er strich ihr eine Haarsträhne von der Wange. »Wirst du mich mitkommen lassen? Wirst du mich endlich akzeptieren?«

Sie blickte auf den Boden, bewegte einen Fuß und starrte darauf.

»Was die erste Frage betrifft – nein«, sagte sie. »Was die zweite angeht – möglicherweise ja. Aber nicht jetzt.«

Er empfand tiefe Enttäuschung. »Was meinst du damit?«

»Ich möchte nicht, daß du jetzt mitkommst. Außerdem, wie wolltest du das machen? Kein Gepäck, keinen Paß.«

»Ich hoffte, du würdest hier warten. Vor morgen vormittag gibt es doch wohl keinen Flug?« Er hob die eine Braue.

»Nein. Der erste geht um 12 Uhr 45. TWA.«

»Dann bist du am falschen Flugsteig.«

»Ich weiß. Ich fühle mich hier wohler. Wenn es so weit ist, gehe ich schon zum richtigen Flugsteig.«

»Hör zu«, sagte David und nahm ihre Hand. »Ich bin einfach so hinter dir hergerast. Unterwegs habe ich mir ausgedacht, ich würde dich finden, mit dir reden, dann zurückfahren, und meine Sachen abholen. Wir könnten gemeinsam fliegen.« Er drückte ihre Hand, versuchte ihr zu suggerieren, daß sie sich einverstanden erklärte.

»Nein«, sagte sie. »Ich möchte, daß du zurückkehrst, diese Ausstellung hinter dich bringst – und bei Barbara bleibst... bis es ihr besser geht. Wenn du dann noch nach England kommen willst, werde ich dort sein.«

Es war logisch, es war vernünftig, und David wußte,daß er es so machen würde. Er wünschte sich diese Ausstellung. Er wollte Nicola haben. Am Ende würde er beides bekommen. Aber er wollte nicht, daß sie das Gefühl hatte, er würde allzu leicht nachgeben. Er durfte sie nicht verlieren. Er liebte sie, das wußte er.

»Nein, ich komme mit dir«, sagte er energisch.

Sie lächelte. »Sei nicht albern. Du weißt, daß mein Vorschlag der beste ist. Du bist bereits einverstanden. Ich habe dein Gesicht beobachtet.«

Er sah ihr in die Augen. Ja, sie hatte seine Gedanken gelesen. Er lächelte sie an. »Du bist einfach unheimlich.«

»Das kann man wohl sagen. Und jetzt – wollen wir irgendwo einen Kaffee trinken?«

»Laß uns woanders hingehen. Es dauert noch so lange bis zum Mittag.«

»Wohin?«

»Ich weiß was – ganz hier in der Nähe«, sagte David beiläufig, »Das ›Airport Marina‹.«

»Ist das ein Café?«

»Ein Hotel.«

Er wartete herzklopfend auf ihre Reaktion.

»Wollen wir zuerst mein Ticket buchen?« sagte sie. Im TWA Terminal erstand sie ihr Flugticket, und es gab ihm einen Stich, als er zusah, wie sie es sorgfältig in die Handtasche steckte. Als sie zum Wagen gingen, ließ sie plötzlich seinen Arm los und blieb stehen.

»David ... solltest du nicht zu Barbara zurück ...«

»Sie schläft fest. Und ich bleibe bei dir bis zum Abflug.«

Sie protestierte nicht mehr, bis sie im Hotelzimmer waren.

»Ich habe das Gefühl, daß es ganz falsch ist«, sagte sie und wandte den Blick von dem Doppelbett ab, das den ganzen Raum beherrschte.

»Natürlich nicht. Ich liebe dich«, sagte er und umarmte sie.

»Ich habe in letzter Zeit so vieles falsch gemacht.«

»Denk nicht mehr darüber nach. Ich werde uns was zum Trinken bestellen.«

Sie sah abgespannt und erschöpft aus. David sehnte sich danach, sie zu umarmen, sie zu lieben, aber er hielt sich zurück. Sie sollte sich erst ein bißchen entspannen. Sie saßen auf dem Bett und hielten einander an den Händen, bis die Drinks eintrafen. Nicola nippte an ihrem Glas und stellte es sofort wieder hin.

»Ich weiß nicht, ob ich wirklich was trinken möchte«, sagte sie. Sie legte den Kopf an seine Schulter. »Ich fühle mich so merkwürdig. Völlig ausgepumpt. Unwirklich.«

»Du bist einfach erschöpft. Leg dich ins Bett.«

Er half ihr beim Auskleiden, und allein ihren Pullover über ihre Brüste zu ziehen, erregte ihn. Er küßte sie hart, hielt sie eng gegen sich gepreßt. Innerhalb von Sekunden lagen sie über dem Bett und gleich darauf liebte David sie so sanft und zärtlich, wie es ihm nur möglich war. Endlich schrie sie auf und klammerte sich an ihn. Seine Belohnung.

Hinterher lag sie schläfrig in seiner Armbeuge.

»Mein Gott, ich liebe dich«, sagte er.

»Ich weiß nicht, warum du mich nicht haßt«, sagte Nicola leise. »Ich bin doch völlig verrückt gewesen.«

»Ich habe es versucht«, gab er ehrlich zu. »Eine Zeitlang habe ich es versucht.«

»Hast du ... Barbara ... geliebt?«

Er schüttelte den Kopf. »Es war keine Liebe. Nichts, was Liebe ähnlich ist. Ich mochte sie vermutlich. Sie hat mich fasziniert. Sie war so ... abgebrüht, kompromißlos. Ich glaube auch ...«, er machte eine Pause, um sich richtig ausdrücken zu können, »ich war neugierig, weil sie so allgemein verhaßt ist. Die Leute haben Angst vor ihr. Ich wollte ihr zeigen, daß ich keine Angst hatte. So ähnlich muß es gewesen sein. Ich kann nicht behaupten, daß ich sie völlig verstanden habe.«

Nicola seufzte. »Ich verstehe sie auch nicht. Ebenso wenig wie mich selbst. Ich glaube, ich hasse sie. Sonst hätte ich doch nicht... Ich will versuchen, sie nicht zu hassen. Wirst du Schuldgefühle hegen, wenn du sie verläßt?«

»Nein. Sie wird jemand anderen finden.«

»Wirklich? Jeff sagte...«

Nicola hielt inne, und David hob ihr Kinn an, so daß er ihr ins Gesicht sehen konnte. »Jeff? Was hat Jeff gesagt?«

Eine lange Pause entstand. Nicola schien innerlich mit etwas zu kämpfen.

»Sie schläft hin und wieder mit Jeff«, sagte sie schließlich.

Er stützte sich auf einen Ellbogen und sah erstaunt auf sie hinab. »Mit Jeff? Woher weißt du das?«

»Er hat es mir gesagt.«

»Jeff? Ach du meine Güte.«

»Regt dich das auf?«

Er schüttelte den Kopf. »Nein. Überhaupt nicht. Es macht es leichter... nicht, sie zu verlassen«, fügte er eilig mit einem Blick in Nicolas Gesicht hinzu. »Aber leichter, keine Schuldgefühle zu haben.«

Sie lächelte. »Ja.«

Er legte sich wieder hin und zog sie an sich. »Versuche ein bißchen zu schlafen.«

»Ich kann bestimmt nicht schlafen«, murmelte Nicola. Aber nachdem sie eine Weile in seinen Armen gelegen war, entspannte sie sich. Sie atmete leise; eine winzige Falte war auf ihrer Stirn, während sie schlief.

Als es Zeit zum Abflug war, brachte er sie zum Flugsteig, umarmte sie fest und sah dann der schlanken Gestalt nach, bis sie in der Menge verschwunden war. Ihre Augen waren trocken; den ganzen Vormittag über war sie still und nachdenklich gewesen. Er hatte ihre Adresse in der Tasche und ein Versprechen von ihr erhalten. Das war alles. Er spürte, daß es genug war. Benommen vom Ablauf der Ereignisse fuhr er zum

Haus zurück. Barbara würde ihn natürlich ausfragen, und er würde ihr wenigstens die halbe Wahrheit sagen. Er würde erzählen, er sei bei Nicola auf dem Flughafen geblieben, bis ihre Maschine abgeflogen war, weil er das Gefühl gehabt habe, sie in ihrem verworrenen Zustand nicht allein lassen zu können. Das mußte Barbara genügen. Er würde die nächste Woche durchstehen; er würde bis zum Ende seiner Ausstellung dableiben. Dann würde er weggehen. Nicola. Nicola. Auf der nun belebten Autobahn begann er vor sich hin zu pfeifen.

27

Felix hatte ihren Schlüssel mitgenommen und kam eilig in die Wohnung, einen großen Stapel Zeitungen und Zeitschriften im Arm und eine große Flasche Wein in der Hand. Sie saß dicht vor dem Kaminfeuer in eine Decke gehüllt und lächelte ihn verschwommen an.

»Wie fühlst du dich?« fragte er.

»Viel besser«, log Nicola. Es war der dritte Tag ihrer Erkältung, und ihre Nase lief fortgesetzt. Felix hatte darauf bestanden, daß sie an diesem kalten Londoner Abend zu Hause bleiben sollte. Er stellte den Wein auf den Tisch und lud die Zeitungen in ihrem Schoß ab.

»Alle amerikanischen Blätter, die ich ergattern konnte«, sagte er. »Ich habe nicht viel darin entdecken können, aber ich habe sie auch nicht richtig durchgesehen. In der obersten Zeitung steht was über die Ausstellung.«

Es handelte sich um eine lokale Zeitschrift aus Los Angeles. Sie schlug sie schnell auf.

»David Leyton ... innovativ ... bildhauerische Konfigurationen, die Video-Monitoren enthalten ...«

»Guter Gott«, sagte sie laut. *Davon* hatte sie nichts gewußt.

»... starke Komposition ...« Der Kritiker schwang sich zu der Behauptung auf, die Arbeiten des Künstlers seien noch nicht »ausgereift«, aber er habe mit Sicherheit Entwicklungsmöglichkeiten. Nicola war sich nicht sicher, was damit ausgesagt werden sollte.

»Nicht schlecht«, sagte sie zu Felix, der soeben die Weinflasche öffnete.

Sie überflog die anderen Zeitungen, wobei sie sich ungefähr jede Minute die Nase putzen mußte. Gelegentlich fand sie eine Bemerkung über die Eröffnung der Ausstellung, zudem ein Inserat in der ›Los Angeles Times‹ und das war alles.

»Nicht gerade atemberaubend«, sagte sie und nahm ein Glas Wein von Felix entgegen. »Aber für den Anfang auch nicht schlecht.«

Er nahm die Zeitschrift und las die Kritik sorgfältig durch. »Komische Sprache, die ihr da benutzt«, sagte er. »Ähnlich wie bei den Juristen. Dazu geschaffen zu verwirren.«

Sie lachte. »Meine kleinen Kritiken sind nicht so. Ich wüßte nicht, wie ich das anstellen sollte.«

»Du wirst es schon noch lernen«, sagte er mürrisch.

»Brummig?«

»Ich? Ich bin doch eitel Liebenswürdigkeit.«

»Bist du wirklich. Ich dachte früher, das träfe auf mich auch zu.«

Er sah sie fragend an. Nicola hatte Felix ein bißchen über ihre Erfahrungen in Los Angeles berichtet, aber nicht in Einzelheiten, schon gar nicht die Dinge, die sie am meisten bedrückten – der seltsame Verlust von Realität und Eigenpersönlichkeit. Jekyll und Hyde. Sie wußte nicht, wo sie hätte beginnen sollen.

»Wann kann ich deine Freundin kennenlernen?« fragte sie, um das Thema zu wechseln. Felix hatte während ihrer Abwesenheit eine junge Musikstudentin aufgegabelt und ließ die für ihn üblichen Anzeichen von Vernarrtheit erkennen.

»Bald. Ich verspreche es. Sie wird dir gefallen; sie ist eine entzückende Person. Ironie des Schicksals«, fügte er grinsend hinzu. »Du hast mir geraten, einen Rotschopf aufzureißen, und ich finde eine Blonde. Und du kommst mit einem Rotschopf zurück.«

»Ich lasse das Haar auswachsen.«

»Gut. Es sieht scheußlich aus«, sagte er.

Sie tranken aus ihren Gläsern. Nicola nieste. Felix griff nach einer Zeitung und warf sie angewidert wieder hin.

»Es ist unzumutbar, diesen ganzen Senf durchzulesen«, sagte er. »Wann rückt dein junger Mann an?«

Sie zögerte. »Ich bin mir nicht sicher. In seinem Brief steht, wenn die Ausstellung vorüber ist. Wenn alles geregelt ist. Das müßte eigentlich bald so weit sein.«

»Werdet ihr hier wohnen? In diesem Apartment?«

»Ja, vermutlich«, sagte Nicola. »Wir werden uns kaum was anderes leisten können. Vielleicht gehen wir dann wieder nach Kalifornien zurück. Es kann eine gute Gegend sein... ach, verdammt, Felix!«

Er starrte sie überrascht an. »Was ist? Willst du nicht, daß er kommt?«

»Mein Gott, doch. Wirklich. Aber – ich kann es nicht erklären. Ich habe das Gefühl, als ob sich alles wiederholen würde.«

»Wiederholen?«

»Ja. Ich empfinde es als unwirklich. Es erschreckt mich. Meine Mutter und mein Vater, du weißt schon – der Künstler und seine Frau. Irgendwie war alles so armselig und dürftig. Ich wollte das nicht in Los Angeles. Ich wollte Barbara imitieren. Du lieber Himmel – wie denn? Und warum?«

»Du redest nicht sehr sinnvoll«, sagte Felix freundlich. »Fang noch mal von vorne an.«

Langsam, aufrichtig, von langen Pausen unterbrochen, erzählte sie ihm alles, was sich in Kalifornien ereignet hatte. Die Parties, die Männer, ihr Verlangen, so zu leben wie Barbara gelebt hatte – auf Kosten irgendeines reichen Mannes. Sie ging hastig über Pete und die bewußte Nacht hinweg und berichtete Felix von Barbaras Behauptungen über ihren Vater, den Tod ihrer Mutter, über David und schließlich schilderte sie ihm auch, wie sie auf Barbara eingestochen hatte – diese letzte, unglaubliche Szene.

Er hörte aufmerksam und geduldig zu, und als sie am Ende angelangt war, hatten sie auch den Wein ausgetrunken.

»Es hat den Anschein, als ob deine Stiefmutter eine ziemlich gemeine Hexe ist«, sagte er schließlich. »Sie hätte für eine entsprechende Seite in dir zum Katalysator werden können.«

»In mir? Ich wußte gar nicht, daß ich eine solche Seite in mir habe. Hör zu, Lieber, ich habe mich immer für eine ganz besondere Person gehalten – jedenfalls nicht für bösartig, so viel ist sicher. Und, Felix, das Schlimme ist – ich habe einiges davon ausgesprochen genossen, wirklich genossen. Ich wurde zu jemand, der dauernd sagt: ›Warum nicht?‹ Erinnere dich, wir sprachen einmal über Leute, die fortgesetzt ›Warum nicht?‹ sagen. Früher war ich mal jemand, der immer Gründe für etwas brauchte, und zwar gute.«

Felix schwieg eine Weile.

»Menschen können andere korrumpieren«, äußerte er dann. »So wie Macht korrumpieren kann. Aber – ich weiß nicht. Ich kann mir einfach nicht vorstellen, daß du – aber ich war schließlich nicht dort. Ich muß darüber nachdenken. Halte dich warm – ich hole noch mehr Wein.«

Bevor sie protestieren konnte, war er durch die Tür verschwunden. Sie las erneut die Kritik durch. Ob David damit zufrieden war? Sein einziger Brief seit ihrer Abreise war äußerst liebevoll gewesen, aber er hatte gestanden, daß er der Ausstellung wegen ziemlich nervös sei.

›Ich habe das Gefühl, wenn es ein Fehlschlag wird, dann werde ich auch bei Dir scheitern‹, hatte er geschrieben. Nicola lächelte und blätterte die anderen Zeitungen noch einmal durch. Keine Erwähnung von Barbaras Namen in den Gesellschaftsspalten. David selbst hatte sie auch nicht erwähnt. Nicola hatte an Jerry geschrieben – eine Art Entschuldigungsbrief – und von ihm eine liebenswürdige Antwort erhalten. Auch er hatte kein Wort über Barbara geäußert.

Felix kehrte zurück, zwei Flaschen Wein im Arm. »Nur für alle Fälle«, sagte er. »Außerdem bin ich durstig.«

Er zog seinen Mantel aus und öffnete schweigend die Flaschen. Seine Stirn war gerunzelt; er grübelte noch immer darüber nach, was er sagen sollte. Als sie beisammen saßen, jeder ein großes Glas Wein in der Hand, sah er zu ihr hinüber.

»Als erstes vergiß deine Theorie vom Wiederholungszwang. Das ist Unsinn. Dein Leben ist ebenso einmalig wie jedes andere auch. Na schön – du heiratest oder lebst mit einem Künstler zusammen, genau wie deine Mutter auch. Aber David ist nicht dein Vater – allem nach besteht da überhaupt keine Ähnlichkeit – und du bist nicht wie deine Mutter. Außerdem lebt ihr in anderen Zeiten, in einer anderen Welt.

Das kannst du also beiseite lassen. Was den Rest betrifft...«, er machte eine Pause und nippte an seinem Glas. »Montaigne hat geglaubt, daß der Reisende seine eigene Persönlichkeit mitnimmt, wohin immer er geht...«

Er hielt erneut inne und sah sie scharf an.

»Dann war das also... mein eigentliches Ich.«

»Nein«, fuhr Felix sie an. »Ein Teil von dir. Zeitweilig, wenn du so willst.«

»Um Himmels willen.« Sie legte den Kopf gegen die Rücklehne ihres Stuhls.

»Du hast es überlebt, Schätzchen«, sagte Felix.

»Lieber Gott – aber nur um Haaresbreite! Der Himmel weiß, was hätte passieren können. Und weißt du, hier hätten sie mich beinahe gefeuert. Ted Sharp ist aus irgendeinem Grund für mich eingetreten. Jeremy behandelt mich immer noch so, als wäre ich gerade aus einem Stück Gorgonzola gekrochen.«

»Vielleicht verdientermaßen?«

»Natürlich. Natürlich. Ich behaupte ja nicht...«

»Du bist einfach für eine Weile verloren gegangen«, sagte Felix. »Das ist alles.«

Sie saßen eine Zeitlang schweigend da und beobachteten das flackernde Feuer. Dann begannen sie von anderen Dingen zu sprechen: von ihrer Arbeit, die am Montag wieder beginnen würde, von Felix' Mädchen, von Davids möglichen Chancen in London. Noch später unterhielten sie sich über alte Freunde und Filme, die man sich ansehen mußte, Bücher, die zu lesen waren – so wie sie immer miteinander geredet hatten. Hinterher, als Felix gegangen war – eine Spur unsicher –, kehrte Nicola zu ihrem Stuhl vor dem nun ersterbenden Feuer zurück und blieb lange so sitzen, um in die Asche zu starren.

28

Es war ein grauer Tag mit bleiernem Himmel. Ein heftiger Wind rüttelte an den Schlafzimmerfenstern, als Nicola mit nervös zitternden Händen Mascara auf ihre Wimpern zu applizieren versuchte. Aber sie verschmierte sie nur derart, daß sie wie ein Clown aussah. Sie holte mehrfach tief Luft und versuchte es erneut. Ihre Hände waren jetzt ruhiger, aber ihr Herz klopfte nach wie vor zu schnell. Seit Davids letztem Brief war ein Monat vergangen.

»Du mußt auf die Möglichkeit gefaßt sein«, hatte Felix vorsichtig vor einer Woche gesagt, »daß er...«

»Daß er nicht kommt?«

»Ja. Wenn seine Arbeit so wichtig für ihn ist, wenn er bis zu einem gewissen Maß Erfolg gehabt hat und das nun genießt... na ja...«

»Er wird kommen, Felix.«

Ihre Stimme hatte überzeugt geklungen. Aber die Worte ihres Freundes waren lediglich das Echo ihrer eigenen, unausgesprochenen Gedanken. Davids Arbeit war wichtig für ihn. Sie, Nicola, war es auch – zumindest hatte sie geglaubt, sie sei wichtig für ihn. Sie versuchte sich zu sagen, daß sie ihn möglicherweise nie wieder sehen würde. Ihr wurde kalt bei dem Gedanken.

Dann, gestern morgen, das Telegramm. Nur das Datum, die Ankunftszeit und die Flugnummer, Unterschrift ›Alles Liebe, David‹. Zuerst hatte Euphorie sie bewogen, im Zimmer umherzutanzen – den alten Schleifschritt-Steptanz ihrer Kindheit. Später hatten Zweifel sie überfallen. Vielleicht kam er nur um ihr zu sagen, daß er wieder zurückmüsse. Um ihr angemessen Lebewohl zu sagen. Er verfügte, das wußte sie, über ein gewisses Maß an Ehrgefühl. Vielleicht fand er eine Geste dieser Art als unerläßlich. Er würde sie nicht einfach hängen lassen.

Als sie sich umzog, um ihn abzuholen, fand sie, sie müsse schön aussehen für den Fall, daß es sich um einen Abschied handelte. Sie betrachtete sich eingehend. Braune Samthosen, die in ihren neuen, kniehohen Lederstiefeln steckten, cremefarbene Seidenbluse, kurze Pelzjacke. Die passende Aufmachung für einen kalten, trüben Tag.

Die Hennafärbung war gewichen, ihr Haar war wieder fast von seinem natürlichen Blond, aber die Enden lockten sich noch immer. Alan in Sassoon's Bond Street Salon hatte zwei Stunden damit verbracht, das Haar zu stutzen und zu glätten und die restliche Lockenpracht zu einer modernen ›Shake‹-

Frisur zu formen, die ihr gut stand. Aber Nicola sehnte sich danach, wieder ihr langes, glänzendes Haar von früher zurückzubekommen.

Sie war eine Stunde zu früh in Heathrow. Eine Weile trödelte sie über einer Tasse Kaffee in der Kaffeebar herum, dann studierte sie die Bücher bei W. H. Smith. Endlich krächzte der Lautsprecher die Mitteilung heraus, auf die sie so lang gewartet hatte. Davids Maschine war gelandet.

Sie stand ein wenig hinter der geschäftigen, aufgeregten Menge von Familienangehörigen und Freunden, die sich gegen die Absperrseile am Durchgang für Passagiere drängte. Die Minuten verstrichen langsam, aber schließlich begannen die Leute in den Ausgängen hinter dem Zoll aufzutauchen. Blinzelnd, gähnend, mit schwerem Gepäck beladen – die Briten sofort erkennbar an ihrer sich schälenden Haut und der überaus praktischen und vernünftigen Kleidung; die Kalifornier, müde wirkend unter der Sonnenbräune, in leichten Jeans und Pullovern, zusammenpassendes Gepäck in den Händen.

Zweimal setzte Nicolas Herzschlag beim Anblick eines großen, dunkelhaarigen Mannes aus, den sie undeutlich durch die Glasscheibe ausmachen konnte, aber jedesmal war es ein Fremder. David würde nicht kommen. Sie hatte gewußt, daß er nicht kommen würde.

Und dann war er da. Seine Gestalt war für sie selbst durch die Scheibe hindurch sofort erkennbar. Größer als die anderen, das Haar, eine Spur länger, fiel ihm in die Stirn. Die Tür öffnete sich. Unter dem klaren Licht war er sonnengebräunter, wirkte gesünder und energiegeladener, als sie ihn in Erinnerung hatte. Er wirkte nach dem Flug überhaupt nicht müde. David stellte seine Koffer ab, und sein Blick glitt forschend über die Gesichter. Er war da. Er sah sie. Und er lächelte. Das Lächeln hatte sie nicht vergessen.

Nicola, ohne auf irgendwelche Manieren zu achten – was selten vorkam –, stieß Leute beiseite und bahnte sich mit dem Ellbogen den Weg zu ihm. Er umschlang sie und vergrub das Gesicht in ihrem Haar.

»Mein Gott, hast du mir gefehlt«, murmelte er. Ihre Lippen spielten mit seiner Wange.

»Ich hatte solche Angst, du würdest nicht kommen. Ich

kann es einfach nicht glauben, daß du hier bist«, murmelte sie.

»Ich bin hier.«

Sie wollte ihn fragen – für wie lange? Für immer? Aber sie brachte kein Wort heraus.

Er trat zurück und sah sie an. Sachte berührte er ihr Haar. »Und ich brauche Kaffee – dringend! Das Zeug, was sie in der Maschine serviert haben, war reines Spülwasser.«

»Dann warte«, sagte sie und führte ihn in Richtung Kaffeebar, »bis du das hier gekostet hast.«

Er verzog das Gesicht nach dem ersten Schluck Heathrow-Kaffee.

»Jetzt verstehe ich, weshalb die Engländer Tee trinken. Ist das überall im Land so schrecklich?« erkundigte er sich.

»Mein Kaffee ist besser.«

Er grinste. »Gott sei Dank.«

Dann wollte er also bleiben. Oder ...?

»Erzähle mir alles ... von der Ausstellung, von Barbara, von Jerry ...«

»Die Details hörst du später. Aber in Kürze – mit der Ausstellung verlief alles einigermaßen glatt ... es ist ein Anfang. Ich habe auch ein paar britische Kunsthändler kennengelernt ... einen muß ich hier aufsuchen.«

Ihr Herz machte einen hoffnungsvollen Sprung.

»Barbara ... war von überraschend stoischer Haltung. Aber sie ist schließlich eine standfeste Lady. Ich bin am Tag nach deiner Abreise ausgezogen. Ich habe dann bei Jo-Jo gewohnt. Jeff zog, wie du vorausgesagt hast, sofort bei Barbara ein. Aber während der Ausstellung hat sie mir beigestanden – dafür bin ich ihr dankbar.«

Nicola verzog das Gesicht. Er streichelte ihre Wange.

»Mach dir keine Gedanken Barbaras wegen. Im übrigen ...« Er griff in eine kleine Aktentasche und zog zwei Stücke Papier heraus. »Sie schickt dir das hier. Ich glaube, es war als eine Art freundliche Geste gedacht – obwohl ich da nicht ganz sicher bin.«

Nicola betrachtete die beiden zerfetzten Papierstücke und schob sie dann übereinander. Das Bild eines Waldes mit Sternhyazinthen. Eine Frau und ein Kind. Ihre Augen füllten sich mit Tränen. Sie konnte jetzt nicht länger warten. Sie mußte es wissen.

»David ... bleibst du hier? Bleibst du endgültig hier?«

Er starrte sie an.

»Ich bin hier, um dich zu *heiraten,* du kleines Kamel.«

Nicola blickte in die warmen, braunen Augen.

»Gut«, sagte sie.